NISHIKAWA TETSUROU
西川徹郎記念文學館講堂
撮影 赤羽真也

NISHIKAWA TETSUROU
西川徹郎記念文學館2Fテラス［銀河の澪］
撮影 斎藤冬海

NISHIKAWA TETSUROU MUSEUM OF Literary
旭川市七条緑道初冬の西川徹郎記念文學館
撮影 赤羽真也

惨劇のファンタジー
西川徹郎
十七文字の世界藝術

西川徹郎研究叢書Ⅰ

綾目広治 著

装画　森ヒロコ
イラストレーション　戸島あかね
装幀　霜山　雫

目次

序にかえて　読みの方法論

たとえば、次のような文がある。

今日伝はつてゐる春琴女が三十七歳の時の写真といふものを見るのに、輪郭の整つた瓜実顔に、一つ一つ可愛い指で摘まみ上げたやうな小柄な今にも消えてなくなりさうな柔かな目鼻がついてゐる。

これは谷崎潤一郎の名作『春琴抄』（一九三三〈昭和八〉・六）の中の一文で、「端麗にして高雅」であったとされる春琴の容貌について語られた箇所である。その叙述によって私たち読者は、春琴の顔が「瓜実顔」の輪郭であり、目鼻などは小作りであったことを知るが、しかしそれらがどういう形で小作りであったのか、また、顎の線や頬の膨らみ具合はどうであったかなどを知ることはできない。この一文は登場人物の容貌を語った箇所だが、小説の叙述においても実は語られていないところがたくさんあることを表していると言える。

おそらく、このような叙述だけで、春琴の容貌をはっきりと思い浮かべることができる人はいないであろう。とは言え、読者はそれぞれ自分の見知っている、「瓜実顔」で目鼻などが小作りな美女を思い浮かべて、「たぶん春琴はそれに近い顔であったろう」と想像したりするのである。そうなると、読者が百人いれば、百通りの春琴の顔が生まれてくるだろう。読者それぞれが見知っている「瓜実顔」の美女は、様々であるからである。名作が映画化されたりすると、「あの女優さんは小説の主人公のイメージに合わない」というようなことがよく言われることがあるが、それは当然である。小説を読んで読者自らがイメージ形成した主人公の容貌が、実際の女優に似ているようなことは、極めて稀な場合であるのであって、たいていは読者が想像したような容貌にはそぐわないことの方が多いのである。例外的に自分のイメージにぴったりすることもあるが、ほとんどの場合は期待外れに終わる。

今述べたことは、小説中の主人公の容貌に関してのことであるが、このことは小説中の事物や事柄などについても、大なり小なりに言えることである。また、建物や登場人物の服装についての叙述、あるいは場所の叙述についても、精緻かつ詳細であることはほとんどないであろう。しかし、だからと言って、それらについて、もしもびっしりと書き込まれた文章だった場合、当該の像の輪郭が明瞭に浮かんでくるかと言うと、そうではなく、その逆に焦点がぼやけてしまって、読者は像を形成しにくくなると考えられる。多くの場合、小説の文章には言わば適度に、受容美学が言うところの空白箇所がある方が、読者はスムーズに物語に入っていけるだろう。そして、読者はその空白箇所を自らの想像力によって補いながら読み進めて行くというのが、小説を読む場合の常道なのである。

実は、谷崎潤一郎はそれらのことをよく認識していて、むしろその空白箇所を積極的に活用しようとし、他方で想像力を持つ読者の役割に期待をかけていたのである。谷崎潤一郎は、彼の表現論だと言える『文章読本』(一九三四〈昭和九〉・一一)で、次のように述べている。すなわち、「僅かな言葉が暗示となつて読者の想像力が働き出し、足りないところを読者自らが補ふやうにさせる。作者の筆は、唯その読者の想像を誘ひ出すやうにするだけである」、あるいは、「実はもう少し不親切に書いて、あとを読者の理解力に一任した方が効果があるのであります」、と。

たしかに小説を読む場合に読者は、単に作者から発信された情報を受け止めているだけではなく、文字に書かれた情報に対して積極的に関与していると言える。そのことを受容美学の代表的理論家の一人であるW・イーザーは『行為としての読書――美的作用の理論――』（轡田収訳、岩波書店、一九八二〈昭和五七〉・三）で、「どのような文学作品を読む場合にも、作品構造とその受容者との相互作用が読書の基本をなす」と述べている。そして、その「相互作用」については次のように語っている。「作品は読者による具体化をまって、初めてその生命をもつがゆえに、テクスト以上のものであり、具体化は読者の主観に全く束縛されないことはないが、その主観性はテクストが与える条件を枠として働いている。つまり、テクストと読者とが収斂する場所に、文学作品が位置している」、と。ここで言われている「具体化」とは、たとえば先ほどの容貌の問題に関連して言うならば、書かれた文字情報からその像をまさに具体的に思い浮かべることである。

このように受容美学は、作者だけでなく読者も積極的にテクスト創造に関与することを語り、受容美学が言うところの、テクストに含まれている空白箇所、さらには「不確定箇所」を、読者が想像力によって埋めたり確定したりして「具体化」することを述べたのである。この理論は小説を読む場合に適用されるだけでなく、その空白箇所が小説よりもはるかに大きいと言える俳句を読む場合にも当てはまると言えよう。さらに言うならば、俳句を読む場合には、コンテクストすなわち文脈というものが、ほとんど不明である。もちろん、テーマが示されている場合や連作の場合には、多少なりともコンテクストが見えてくるようなこともあるが、一句の五・七・五のみが示されているときには、その句が置かれているコンテクストは――もしもそれがあるのならば――、読み手がその句から想像して作っていかなければならない（俳句には五・七・五の定型以外にも多くの俳句があり、西川徹郎の俳句はまさに定型に縛られない俳句であるが、ここでは定型に即して論を進めていく）。

このように俳句の読み手は、空白を埋め、「不確定箇所」を暫定的にでも確定し、その上に場合によっては句の背景をなすコンテクストをも作っていかなければならないわけだから、小説の読者よりも一層の積極性あるいは能動性が求められていると言えよう。とりわけ西川徹郎の俳句を読む場合には、「ホトトギス」系の俳句などを読む場合以上に、読み手の積極的な関与が求められていると考えられる。

さて、以上のように、読者が能動的に関わらなければならないことを踏まえた上で西川俳句に向かいたいのであるが、方法論上の原理的問題についてさらに述べておきたいことがある。

俳句を解釈する場合、一般的には俳句は僅か五・七・五の十七音からなる言葉の連なりであるから、その十七音から纏まった意味や情景を読み取ることができるだろうか、ひょっとすると作者は何の意図もなく、ただ単に、あるいはでたらめに五・七・五の言葉の連なりを並べただけではないだろうか、という疑問が起こってくる場合もあるだろう。そういうとき解釈者は思うであろう、「この十七音の言葉の連なりは無意味であって、それらから何らかの意味を導き出すのは馬鹿げたことであるかも知れない」、と。こういう問題はどう考えるべきであろうか。

言語表現を解釈するという場合、それは俳句に限らず、ある種の翻訳の性格を持っているだろう。たとえば、言語学者のローマン・ヤーコブソンは『一般言語学』（川本茂雄監修、田村すゞ子他共訳、みすず書房、一九七三〈昭和四八〉・三）で同一言語内においても翻訳はあるとしている。実際、私たちは未知の言葉に出会った場合、既知の言葉による説明でその未知の言葉の意味を了解するわけだが、これをヤーコブソンは「言語内翻訳、すなわち、言い換え」と呼んでいる。たしかに同一言語内でのコミュニケーションにおいても、その根底には翻訳があると言える。同一言語内でもコミュニケーションがうまく成り立たない場合があるが、それは「言語内翻訳、すなわち、言い換え」が適切でなかったということである。このように考えてくると、日本語の俳句を日本語で解釈するときにも、それは同一言語内における翻訳作業という面を持っているということになってくるだろう。

では、翻訳の問題は原理的にはどう考えるべきだろうか。それを考える際に、有効な示唆を与えてくれるのが、分析哲学の代表的な存在であるW・V・O・クワインとD・デイヴィドソンの考え方である。ひょっとすると、俳句解釈の方法の問題を論ずるのに、彼らの考え方を参考にするのは迂遠な行程のように思われるかも知れない。しかし翻訳に関わる問題についての彼らの考え方は、俳句解釈に関しても重要で有益な指針を与えてくれると考えられるのである。この問題については、すでに拙論「異文化論の陥穽――翻訳についての原理的考察から」（『倫理的で政治的な批評へ 日本近代文学の批判的研究』〈皓星社、二〇〇四〈平成一六〉・二〉所収）で論じているので、ここではなるべく簡略に論及したい。

クワインは『ことばと対象』（大出晃・宮館恵訳、勁草書房、一九八四〈昭和五九〉・五）の中の「翻訳と意味」の章で一つの思考実験を行っている。それは、英語圏のフィールド言語学者がその人のまったく知らない言語を話す民族の中に入り込んだ場合の状況を想定した思考実験である。もちろん、その場合には、辞書も無ければ通訳もいない。そういう状況下でその言語学者の前で現地人がウサギ（Rabbit）を指してギャヴァガイ（Gavagai）と言ったとすると、はたしてギャヴァガイはウサギと翻訳していいものか。ひょっとするとギャヴァガイはウサギの耳を指す言葉かも知れないし、あるいは〈白〉という色彩を表す言葉かも知れないし、動物一般を指し示す言葉かも知れない。さらには、驚きの感嘆詞かも知れないし、ウサギが出て来たという事態を表す言葉かも知れない。どう翻訳するべきだろうか。

このように予備知識のまったく無い状況での翻訳を、クワインは〈根底的翻訳〉と呼んでいる。このとき言語学者が不可知論や決定不能の状態に陥るのは好ましくないし、実際にもこれまで多くの言語学者は、こういう事態においても何とか翻訳を試みてきたのだ、とクワインは述べる。クワインによれば、ギャヴァガイとウサギとの間にいくつかの不一致があるように思われても、やがて言語学者が当該の現地人の言語を少しでも知るようになって、手の込んだ質問ができるようになるならば、それらの不一致も自分の翻訳と矛盾なく説明できるようになるだろうと期待して、ひとまずはギャヴァガイをウサギと翻訳することが望ましい。現地人は自分たちと同様に、ウサギを表す短い言葉を持っているが、自分たちと同じく現地人はとくにウサギの部位を表すような言葉は持っていないと考えるべきなのである。

つまり、クワインの言う〈根底的翻訳〉とは、自分の持つ概念枠を基準にして現地人の言葉を翻訳するしかない、ということである。だから、〈根底的翻訳〉において大事なことは、現地人は言語学者の基準から見て理に適ったことを言っているはずであり、現地人の語ることは言語学者から見ても辻褄が合っているはずだと想定することなのである。もちろん、その翻訳に誤りがあった場合にはその都度訂正していかなければならないが、その訂正においても、言語学者は自らの概念枠の基準に照らし合わせながら修正していくのである。

したがって、〈根底的翻訳〉の考え方の根本にあるのは、相手も自分たちと同様に辻褄があったことを言おうとしていると考えることである。クワインはこのような想定を〈Principle of Charity〉と呼んでいる。これは「寛容の原理」あるいは「好意の原理」と日本語訳されている考え方である。ギャヴァガイの例で言えば、その現地人は前論理的な滅茶苦茶なことを言ったり思ったりするような人々ではなく、自分たちと同様に辻褄の合った論理性のある言説を語る人々であると考えることである。これは異言語に遭遇した場合だけでなく、同一言語においてもそうである。クワインは同書で、「〈正当な翻訳は論理法則を保持する〉ということは、(略)外国語がまったく含まれていない場合ですらそうなのである」と述べている。同一言語内の話者同士の間にも根底的には翻訳があるというクワインのこの論は、先に見たヤーコブソンの「言語内翻訳」に通じる考え方である。

クワインの〈根底的翻訳〉の考えを受け継いだのが、D・デイヴィドソンの〈根源的解釈〉の理論である。デイヴィドソンも、同一言語内でも翻訳の問題は生じると考えている点において、ヤーコブソンやクワインと同様の立場を取っている。デイヴィドソンは『真理と解釈』(野本和幸他訳、勁草書房、一九九一〈平成三〉・一)で、次のように述べている。すなわち、「解釈の問題は、対外的な問題であるとともに対内的な問題でもある。この問題は、同じ言語の話し手同士にとっても、言語が同じであるということをいかに確定し得るか、という問いの形式で浮上してくる」として、「どんな場合であれ、他人の論を理解することは根源的解釈を含む」と。そして、「対外的」な場合であれ、「対内的」な場合であれ、解釈は常に「われわれの基準に照して」行われるが、大切なことは相手が私たちに理解可能で妥当な発話をする存在であるという前提がなければならないということである。この前提は先に見たクワインの〈Principle of Charity〉と同じであるが、デイヴィドソン哲学の場合では、この言葉は「寛大の原理」というふうに翻訳されている。

このように見てくると、翻訳の場合において大切なことは、まず翻訳の問題は異言語間のみならず同一言語内でも生じる問題であるということをしっかりと認識することである。そして、実際の翻訳の場面では、翻訳される言説を語っている相手も私たちと同様に、前論理的な滅茶苦茶なことを言っている存在として捉えるのではなく、辻褄の合った妥当な言説を語る存在であると捉えなければならないということである。さらには、相手の言葉を理解するためには自分の概念枠に依拠せざるを得ないのだということである。

以上のような、翻訳における重要な観点は、俳句を解釈する場合にも有効であると考えられるが、概念枠の問題についてさらに述べておくと、相手の言説を自分たちの概念枠に即して翻訳するのは、相手の考え方に対する独善的な解釈に陥りはしないかという問題を惹起するかも知れない。異言語を話す人たちと自分たちとは、その概念枠が一致するということがあるのだろうか。

デイヴィドソンは、言語が異なれば概念枠もことなるのではないかという考え方に対して、言語間に差異があるのは当然だが、二種の言語間で翻訳が可能な場合には、やはりそれらの概念枠は一致しているからだとして、同書で「われわれは差異を申し分なく理解できるが、それも共有された信念という背景に照してのことにすぎない」、と述べている。たしかに、この「信念の広範な共有」があるから、理解やコミュニケーションが可能となるのだと言えよう。もちろん、異種の言語間では現時点においては翻訳不可能の言葉もあるであろう。しかし、そのような言葉でも説明の補いや修辞を加える方法などによって、その言葉の意味内容を翻訳する、すなわち伝えることはできるのである。

さて、俳句を解釈する場合においても、翻訳で起こってくるような問題が出てくると考えられる。たとえばそれは、〈この俳句は無意味ではないだろうか〉とか〈この俳句は前論理的もしくは非論理的な滅茶苦茶なことを言おうとしているのではないか〉という疑問である。しかし、私たちはこれまで見てきた論に従って、当該の俳句は辻褄の合った妥当なこと、少なくとも滅茶苦茶なことを語っているのではないということ、有意味なことを語っているという前提に立つこと、またその解釈はあくまで読み手の概念枠の中で行うことしかできないということ、以上のことを確認して解釈の試みをしたい。

また、今述べたことと関連のあることであるが、多くの俳句において、とりわけ西川徹郎の俳句においては、比喩表現、その中でも隠喩表現が多用されていて、ときには奇想天外なとでも言うべき隠喩表現もあるが、しかしこの隠喩表現の解釈においても、〈Principle of Charity〉の考え方、クワイン哲学の場合では「寛容の原理」あるいは「好意の原理」と日本語訳されている考え方、またデイヴィドソン哲学では「寛大の原理」と訳されている考え方が大切ではないかと考えられる。

たとえ、その比喩表現が、一見して不可思議な表現のように思えても、聞き手や読み手は理解や解釈を投げ出すのではなく、「好意の原理」や「寛大の原理」のもとに何とかその表現を、あくまでも自らの概念枠の中においてでしかないが、解釈しようと試みるべきなのである。この問題に関して、比喩表現についてではないが、「不幸な幸福」といった「対義結合」の表現のように、普通には解釈できないような表現について、佐藤信夫は『レトリック認識―ことばは新しい世界をつくる―』（講談社、一九八一〈昭和五六〉・一二）で、次のように述べている。

（略）その表現がたんなるナンセンスであるはずはない、という善意の前提に立つなら、いったん途方にくれた理解力はそこで読み取りの対策を講ずることになる。すなわち一見行きづまりと見えたところで、視点（あえて言ってみれば認識点）をわずかに動かしてみると、意外な進路が見えるかもしれない。たとえば、いまのいままで「のぼり坂」とばかり思われていたおなじ坂が、ふと別の角度から眺めてみたら「くだり坂」に見えはじめた、というような現象である。

（傍点・引用者）

ここで語られている「善意の前提」の考え方は、クワインの「好意の原理」やデイヴィドソンの「寛大の原理」に通じる考え方と言っていいだろう。或る言語表現に面したとき、それが奇抜であったり鬼面人を驚かすような表現であっても、それには納得できるかも知れない意味があるのだという「前提」に、まず立つことが大切なわけである。西川徹郎の俳句を読むときにもそのことが重要になってくるだろう。

西川徹郎の俳句ではとりわけ隠喩表現に特徴があると一応言うことができる。一応と言ったのは、それが果たして隠喩なのか、それともそのもの自体のことを言っているのか、判断がつきにくい場合があるからである。また直喩においても、必ずしもすんなりとは了解できない表現がある。たとえば、西川徹郎の最初の句集『無灯艦隊』から、どの句でもいいのだが、二句取り出してみる。

女囚ねむれり畑に針が群生して
刺客ひそむ峠のような日暮の便所

「女囚ねむれり」の句では、普通に「畑に針が群生」することはないから、「針」が何かの隠喩であろうと考えられる。そうすると、何の隠喩であろうか。「女囚」が登場するのであるから、「針」は犯罪と関係のある事柄に関わっているかも知れないし、そうだとしたら、やはり「針」は決して穏やかな物品ではないから、人の殺傷と関わるものの隠喩だろうか、というふうに想像を廻らせるだろう。

もっとも、そういう解釈ではなく、「女囚ねむれり」に注目してみると、「針が群生して」というのは、その女囚が見た夢の光景であって、「針」はフロイトの精神分析で言うならば、まさに男根の象徴だと考えられるのではないか。そうなると、この句は「女囚」の欲望が夢となっている様を語った句である。また、「群生して」というところには、囚われの人である「女囚」の強い欲望がよく表れている、というような解釈の方が相応しいのではないか。

今の解釈は「針」を隠喩としてではなく、「針」そのものとして読んだのであるが、隠喩ではなくて夢に表れた物をそのまま詠んだにしても、実は夢の中の物は何かの象徴であることが多く、この場合には先にも触れたようにフロイトの精神分析の理論によれば、やはりそれは男根の象徴なのである。象徴（シンボル）と隠喩（メタファー）とは厳密には異なったものであるが、今の場合のように結果的に象徴は隠喩と同様の働きをしていることがある。

ともかくこのように、「女囚ねむれり」の句における、とりわけ「針」の言葉は、隠喩か否かが判断のつきにくい語であると言えよう。

次の「刺客ひそむ」の句では、まず読み手は「峠のような」という直喩表現でつまずくのではないかと思われる。単に、「刺客ひそむ峠にある便所」ならば、ドラマ性のある句であるように読めるとともに、他方で「便所」という言葉に滑稽感を覚え、「刺客」が潜んでいるという緊張感とのそぐわなさに、かえって面白味を感じるだろうが、しかしそれだけの句である。それが西川俳句になると、「峠のような」というような比喩による形容になってきて、読み手は混乱してくると思われる。

もしも、「刺客ひそむ」で切れて、且つそれは「日暮の便所」に係るとしたならば、「峠のような」という直喩は、いったいどういう意味合いやニュアンスがあるのだろうか。しかし、そうではなく、「日暮の便所」があり、そこは「刺客ひそむ」ような場所だとする読みもできよう。そうすると、「刺客」が峠で狙う相手を待っている、そのような不気味で危険を感じさせる雰囲気のある「便所」がある、という句になるであろう。

おそらく、この句の場合には、後者のような読みの方が腑に落ちると考えられるが、それにしても、「女囚ねむれり」の句では「畑に針が群生して」という、隠喩を含んでいるかも知れない表現が、また「刺客ひそむ」の句では「峠のような」という直喩表現が、読み手にすんなりと了解できるとは言えないものとなっている。西川俳句にはそういう比喩や形容が頻出してくるのである。もしも、読み手が想像を膨らませて、句が喚起させようとしていると考えられる像をうまく結ぶことができればいいのだが、しばしば像は結ばれることはなく、句の言葉だけが読み手の胸中に残り、不思議な感覚、時として句からは奇妙なとも言うべき違和感さえ受け取るという場合がある。つまり、腑に落ちたという感覚に程遠いのである。あるいは、それはカタルシスを味わえない読みの体験というふうにも言えようか。

実は、それが言わば結果としての西川俳句の狙いの一つと言えるのではないだろうか。ここで、「結果としての」という限定を付けたのは、作者が最初からそのことを意識して狙っていたとは考えにくいからである。おそらく作者は、花鳥諷詠にまつわるような、いわゆる伝統的な情緒に抵抗感なく収束してしまうような感情反応に対して、異議申し立てをしていると思われるが、それが「結果としての」言わば反カタルシスの読みの体験をもたらす句となったと言えるのである。したがってそれは、伝統的情緒に収まってしまう感情反応を言わば脱臼させているのである。あるいは、西川俳句は劇作家のベルトルト・ブレヒトの言う〈異化効果〉をもたらすものとしてあるというふうにも言えようか。

しかしながら、繰り返して言えば、作者の西川徹郎は反カタルシスや〈異化効果〉を狙って句作しているのではないだろう。おそらく、句によって語られている感情反応や体験などの事柄は、ことさら〈異化効果〉などを狙って語られたものではなく、多くは西川徹郎にとっては普通の感覚や実体験だったのではないかと考えられる。そのことは、『俳句・俳景⑮ 無灯艦隊ノート』(蝸牛社、一九九八〈平成一〇〉・二)を読めば知ることができる。もちろん、俳句の中には西川徹郎が一種の感情実験あるいは感覚実験している場合の句もあるであろう。

さて、これから西川徹郎の俳句を読んでいきたいのであるが、その膨大な数の俳句の大半を扱うことはできない。吉本隆明は「西川徹郎さんの俳句」（『西川徹郎の世界』秋桜発行所、一九八八〈昭和六三〉・七）所収）の中で、「わたしがいいなと思った句を、任意に抽き出してみる」と述べて、それらの句について論及している。私もそのようにして西川徹郎の俳句を論じることにしたい。また、これまでの多くの論のように、西川俳句の数句以上を引用して、それらをまとめて扱うという方法を採る場合もあるが、数句以上引用した場合でも、なるべくその中の一句それぞれに言及することも試みてみたいと考えている。

さらに、すでに述べたように、俳句には空白箇所が他の文芸ジャンルのものよりもはるかに大きく、それら空白箇所を読み手が埋めようとしたり、さらに句の背景となる文脈を作ったりするならば、それらの作業はどうしても恣意的なものにならざるを得ないであろう。しかし、そういう作業を試みなければ、俳句の解釈は一歩も進まないであろう。要は、私の行った作業の結果であると言える解釈に、それなりの説得力があって、西川俳句の魅力を引き出すことに成功しているかどうか、である。やはり、俳句の解釈についての説得力とは、どんなものであれ、「それなり」のものでしかないと考えられるが、しかしもしも「それなり」の説得力があるならば、それは成功した解釈と言えるのではないだろうか。

句集を論じる順番は、原則として句集の発行年順に従った。

第一章　隠喩の冒険——『無灯艦隊』『瞳孔祭』

西川徹郎の第一句集である『無灯艦隊』（粒発行所、一九七四〈昭和四九〉・三）について、伊東聖子は論考「銀漢抄／『無灯艦隊』という言語《ラング》―西川徹郎の文学世界」（『星月の惨劇 西川徹郎の世界』〈編集人・斎藤冬海、茜屋書店、二〇〇二〈平成一四〉・九〉所収）で、生活の言語が語られているところを「凝視」していくと、「既存する国家／制度をつらぬく、理性／主体／普遍との、近代の幻想がでっちあげていった閉塞の網様態」があるが、それらの「悪夢としかいいようのない意味的秩序」を、「解体作業」するものとして『無灯艦隊』はあったのであり、それがこの句集の「存立理由」であった、ということを述べている。さらに、「彼は近代の渦中のあの人間中心主義の矛盾に気づき、全身全霊をもって表示しぬいた『無灯艦隊』（略）」というふうにも語っている。つまり伊東聖子によれば、人間中心主義に基づく近代の諸原理や国家および社会の制度に対して「否！」を叩きつけたのが、『無灯艦隊』であったのである。

このような大きな観点から『無灯艦隊』を意味づけしているのではなく、作者の西川徹郎個人に焦点を当てて捉えようとしているのが、研生英午の論文「空《くう》の谺―実存俳句の行方」（同書所収）である。研生英午は定本版も含めた『無灯艦隊』について、この句集には「孤独な少年の自閉的な心象世界が顕れている」としている。また、『無灯艦隊』冒頭の有名な一句である

不眠症に落葉が魚になっている

第二句目の

巨きな耳が飛びだす羊飼う村に

に言及して、これらには「いささか神経症的に過敏になった感性で肥大した自我が見られる」と述べている。

さらに高橋比呂子は論文「実存の俳句―カフカ的見地からの西川徹郎」（同書所収）で、『無灯艦隊』の中

の俳句も引用した後で、「非現実でありながら、このリアリティはなんなのであろうか。絵画などにおける、たとえばサルバドール・ダリなどのシュールリアリズムに通じる表現法である」と述べ、とくに初期の西川俳句とシュールレアリスムとの間に影響関係があると指摘している。

　これらの見解は、いずれも正鵠を得ていると考えられるが、まとめれば次のようになるであろう。つまり、『無灯艦隊』の俳句世界とは、自閉的な孤独の中でいささか自我肥大気味にもなった少年の、その過敏になった神経あるいは感性で捉えた世界が詠まれていて、しかもそれは、狭い意識の世界から抜け出て広大な無意識世界をも捉えようとしたシュールレアリスムの試みに通じるものである。そして、そういう世界を俳句に詠もうとすることは、人間中心主義のもとに形成された近代の国家や社会の制度に対して反旗を翻すことに繋がる、という見解である。

　このような捉え方を踏まえたうえで、次に『無灯艦隊』に収められた俳句を読んでいきたいが、その前に西川徹郎の俳句全般について相対立する見解があることに触れておきたい。それは西川俳句が難解であるか否かという問題をめぐっての論である。

　たとえば、笠原伸夫は論文「現代俳句の一極北――西川徹郎論」（同書所収）で、「西川徹郎の世界は決して難解ではない。むしろ澄明で象《かたち》あざやかだ」と語っている。また、阿部誠文は論文「体内宇宙に我を求めて―西川徹郎へのアフォリズム」（同）で、「西川徹郎の俳句は、一読難解にみえるが、その一方で、きわめてたわいもない句や舞台裏まで見え透いている句にも出会う。ということは、西川徹郎の俳句は、本来難解ではない、ということでもある」と述べている。さらに阿部誠文は同論文で、再び西川俳句の難解さの問題に論及して、「西川徹郎の俳句は、難解だという。そこには、誤解がある。西川徹郎の俳句をわかる俳句だと思い、理解しようとするからだ。西川徹郎の俳句は、わかる俳句ではない。伝わってくる俳句だ。イメージとして伝わってくるし、音楽としても伝わってくる」と語っている（傍点・原文）。しかし他方では、論文「西川徹郎という物語」（同書所収）の加藤多一のように、「西川作品は、一瞬の渓流なのだ。

わかるのは無理。部分的に、断片的に感知する他に、私の場合方法がない」という見解もある。

このように、難解さについては二つの見解があるが、西川俳句が難解ではないという立場の論者も、その難解さの問題に言及しているのである。そのことはやはり、彼らの耳にも〈西川俳句は難解である〉という声が届いていることを示している。おそらく、難解さをめぐっての双方の見解は、実は見かけほどの逕庭はないとも考えられる。

阿部誠文は、西川俳句は「わかる俳句だと思」うのが間違いなので、「イメージとして伝わってくる」俳句と考えるべきであると述べているが、これは、西川俳句を読むとき、「わかるのは無理」だから、「感知する他に（略）方法がない」、という加藤多一の見解と重なってくるであろう。実際にも阿部誠文も、「西川徹郎の俳句は、わかる俳句ではない」と明言しているのである。であるならば、やはりそれは難解だと認めていることであろう。だから、「理解しようとする」のではなく、「イメージとして」受け止めるべきだということになるが、そのことならば「わかるのは無理」と言う加藤多一も、「感知する」ことはできると語っているわけである。

つまり、解釈して理解しようとすることを止めて、「イメージとして伝わってくる」ものを「感知する他」にない、ということを双方ともに語っているのである。たしかに、その方法が西川徹郎の俳句を鑑賞する場合に一つの有力な方法であろう。というのは、西川徹郎も句作りにおいて、無意識から突き上げてくるものを掬いとることで、俳句のイメージを膨らませる方法を取る場合もあったのではないかと想像されて、そうであるならば、読み手の側も理詰めで考えるような鑑賞方法を取るのではなく、まさに「イメージとして伝わってくる」ものを「感知」するのが、西川徹郎の俳句の正当な鑑賞方法と考えられるからである。

たしかにそうではあるのだが、本章においては可能な限り、私は西川徹郎の俳句を理解しようとするつもりである。「イメージとして」受け止めるというのも、なるほど了解できることは先に述べた通りであるが、しかしながらその方法は、薄ぼんやりとした理解以前の状態であるにも拘わらず、読み手はあたかもしっかりと「わかっている」かのように自身も錯覚して受け止めてしまうことに繋がりかねないのである。だから本章においては、「わからない」ときは「わからない」とはっきりと述べるつもりである。そのうえで、どれだけ西川俳句の本質に迫ることできるかを試みてみたいと思っている。

さて『無灯艦隊』は、西川徹郎が本格的に俳句を書き始めた一九六三（昭和三八）年から一九七三（昭和四八）年までの一〇年間の作品を収録したもので、それらの句は西川徹郎の年齢で言えば一六歳から二六歳までの作品である。『無灯艦隊』の出版について西川徹郎は、『無灯艦隊ノート』（前出）の「解説に代えて」で、この句集が彼の父が亡くなる前年の秋に出版されたと述べ、「当時、重い病気であった父が心弱かった私を励ます為に自費出版してくれた掛替えの無い私の第一句集なのである」と続けている。これらのことから、この句集が青春句集の性格を持つとともに、また著者個人の人生にとって極めて大切なものであったことがわかる。

まず、読み手にとって比較的わかりやすい、あるいは句の情景その他が比較的飲み込みやすいと思われる句を、句集から適宜抽出してみる。

黒穂ふえ喪がふえ母が倒れている
便器を河で洗いしみじみ国歌唄えり
屋根裏に月見草咲き思春期過ぎる
墓参りしんしんと尾骶骨が冷え
猛魚を喰いおとうとと三角山登る
捨子ねむれり美しい河口があって
絹の地方の夜汽車は去った恋である

「黒穂ふえ」の句では、「黒穂ふえ」というのは、黒穂病に罹って黒くなった麦の穂が増えて農家に被害を与えていることを表しているだろう。そのことと「喪がふえる」こととは直接の関係はないだろうが、しかしどちらも凶事であることにおいて共通していて、そういう状況の中で「母が倒れている」というのだから、そのことも凶事と結びつくものとして了解できよう。

「便器を河で」の句では、「国歌」などというものは、直立不動してさも真摯な面持ちで厳粛に唄うようなものではなく、せいぜい「便器を河で洗」うようなときに唄うものである、と作者は言いたげである。後に、反定型の俳句を詠むことは、反国家の姿勢を貫くことである、ということを西川徹郎は評論やエッセイで明言するようになるが、若いときからその姿勢を持っていたことを知ることができる俳句である。もっとも、その反国家の姿勢は後年のように論理化されたものではなかったであろうが、感覚あるいは感性がその姿勢を表白していたわけである。

「屋根裏に」の句は、そのままに読めばいい素直な句であり、「墓参り」の句も、体が冷える墓参りの情景が自然と思い浮かべられる句である。もっとも、「尾骶骨が冷え」(傍点・引用者)と言ったところに、通常の感覚とズレる世界を詠む西川俳句らしさが覗いていると言えようか。「猛魚を」の句は、「猛魚を喰」うことで「猛魚」の荒々しさ力強さが「おとうと」に乗り移ったのであろうか、「おとうと」は登山に赴くわけである。「捨子」の句は、優しい句である。「捨子」はあわれである。だからせめて、おそらくそこに捨てられたのであろう「美しい河口」でのしばしの眠りがやすらかであってほしい、と語っているような句である。

「絹の地方」の句は、西川俳句の中にあって、珍しくロマンチックな一句と言えるかも知れない。「絹の地方」というのが、たとえば絹織物の盛んな地方のことを意味するのかどうかなどはわからないが、「絹」「夜汽車」「去った恋」という言葉の組み合わせだけからも、ロマンチックな世界が想像されよう。この句の世界は、『西川徹郎青春歌集―十代作品集』(茜屋書店、二〇一〇〈平成二二〉・一〇)で詠まれている、叙情的な恋の歌の世界を連想させるものがある。「絹の地方」の句や『西川徹郎青春歌集―十代作品集』を読んでみると、先鋭的で無人の野を行く趣のある、俳句革命の旗手の西川徹郎にも、実にロマンチックで、ときには甘いとさえ言える恋の心情がある（あった）のだということを、私たちは知ることができる。おそらく、このことは西川徹郎の俳句を読むときに忘れてはならないことだと思われる。そのような柔らかく熱い心情が、先鋭的な俳句の裏側にはあるのだということである。

続けて、比較的わかりやすい俳句を挙げてみる。

鴉頭蓋に止りそうな村凶作で
晩鐘はわが慟哭に消されけり
地中海の鷗を恋慕している僧よ
野の涯へ鴉のような受話器を置く
二階の白い学生達は鈴より喋り
無人の浜の捨人形のように　独身
刈られるためにのびる植物白い寺院
暗い地方の立ち寝の馬は脚から氷る

「鴉頭蓋に」の句は、「凶作」のために「鴉」が「村人」を襲おうとしているかのような恐ろしい情景である。まるでヒッチコック映画の『鳥』の場面のような句である。「晩鐘は」の句は、そのまま鑑賞できる句で、それほどに「我が慟哭」は激しかったのであろう。「地中海の鷗」は、「鷗」が或る人物か何かの隠喩だと思われるが、「僧」が禁断の「恋」をしていると考えれば、その恋の切なさも感じ取られる句である。「野の涯へ」の句は、もうその電話がかかってこないことを思って、あるいはかかってこないようにと願って、受話器を遠ざけた句として読める。受話器の直喩として「鴉のような」というのは、それが不吉なものを連想させるからであろうか。あるいは単に、以前には普通にあった黒い受話器の比喩とも言える。「二階の」の句はそのままの句で、「鈴より」というのだから、「学生達」はリンリンとおしゃべりなのであろう。

「無人の浜」の句は、「独身」者の淋しさが語られている句である。これも「捨人形のように」という直喩がわかりやすい比喩となっている。「刈られるために」の句は、事実がそのままが語られている。「刈られるために」だけ生育する「植物」に、作者は同情しているとも言える。「暗い地方」はまた極寒の地でもあるのだろう。そしてそれは貧しい地方でもあるのだろう。「馬は脚から氷る」にその厳しさが思われる。

『無灯艦隊』の中の比較的わかりやすい句としては、先に見た阿部誠文が論文「体内宇宙に我を求めて—西川徹郎へのアフォリズム」で述べていたように、「きわめてたわいもない句や舞台裏まで見え透いている句」もある。しかしながら、それらの句も句だけを読んだ場合には必ずしもそうだとは言えないが、『無灯艦隊ノート』や西川徹郎の講演録などを参照すると、たしかに阿部誠文が「たわいない」とか「舞台裏まで透けて見える」と言っているのも、なるほどそう言えるかも知れないと思われるような句がある。たとえば、

　　巨きな耳が飛びだす羊飼う村に

という句である。

普通には読み手にとって、この「巨きな耳」というのがやはり了解不能の言葉であろう。しかし、『無灯艦隊ノート』の「耳」と題された節で述べられていることを参照すると、この句は少し了解できるようになる。この節によると、浄土真宗寺院の住職であり、西川徹郎の祖父であった西川證信は、道内の真宗寺院を巡回布教していて一年の半分は不在であったようだが、ある年の大雪の日に、西川徹郎はその祖父の深夜の帰宅に遭遇したことがあった。そのとき、西川徹郎は異様な光景を眼にしたらしいのである。エッセイ「耳」の一節には、「その時、私ははっと息を呑むものを見たのである。大雪の止んだ月の夜に、息荒ら立たせながら玄関に立つ祖父の耳が一瞬、月光に透き通ったのだ。私はその時ほど大きな耳というものを見たことがない。それはまるで、月の夜空を飛び回る大蝙蝠が真っ青な羽をひらいたような。」と

語られている。

先の俳句の「巨きな耳」とは、この祖父の耳のことだと言えよう。もちろん、そう読まなくてもいいのだが、祖父の耳のイメージが重なっていると言えるし、また耳についての或る種のイメージを、さらに言えば強迫観念めいたものを西川徹郎に植えつけたのも、このときの体験で見た祖父の耳であった、と言うことはできようか。西川俳句になぜ「耳」の言葉が割と多く出てくるのかという問いの答は、やはりその夜に祖父の耳を見た体験が衝撃的だったからだと言える。

「耳」の言葉がある句には、たとえば次のようなものがある。

耳裏の枯田にぐんぐん縮む馬
卒業期河口で耳を群生させ
さくら散って火夫らは耳を剃り落とす
紙飛行機尼の耳越え青田越え
月光や耳泳ぎゆき消えゆけり
寒暮の村の床屋で耳を剃り落とされ

もちろん、これらの句で詠まれている「耳」が祖父の耳を指していると捉える必要はない。しかし、「耳」が作者にとって特別のイメージをもたらすものであるということを読み手が含んでおいて、これらの句を読むならば読解において言わば躓きが小さくなるであろう。たとえば、「耳裏の枯田」の句の「耳裏の枯田」とは、祖父の耳の裏側方向にある「枯田」と捉えれば、この句は実家の裏の田にいる馬のことだと了解されようか。もっとも、「ぐんぐん縮む」というのがわかりにくい。

因みに、西川徹郎と交流のあったらしい赤尾兜子の、一九七五（昭和五〇）年に刊行された句集『歳華集』の中には、「豊胸ぐんぐん伸びゆくばかり狩猟月」というのがあるが、この句の場合、「ぐんぐん」という語感と「伸びゆく」とが結びつくのは普通に理解できるが、西川俳句の場合には逆に「縮む」の形容語としてあるわけだから、やはり素直に飲み込めないと思われる。「序にかえて　読みの方法論」の章で少し触れ、後でも述べたいと思うことだが、これはレトリックの用語で言う〈対義結合〉の一種と言えるかも知れない。〈対義結合〉には、たとえば「冷たい炎」というような〈矛盾形容法〉や〈撞着語法〉などがあるが、この句の場合もそれらに通じる語の用い方である。

〈対義結合〉の言葉の組み合わせの句としては、句集『無灯艦隊』の中ではたとえば、

　さむいさむいと尼らしとしと燃える橋

という句がある。「しとしと」は、「燃える」の形容とは普通には撞着するであろうし、「さむいさむい」と言われているのに「橋」は「燃え」ているようなのである。この句も〈対義結合〉の一種であると言えようか。一般に比喩などのレトリックは、それを言い表すことができる言葉が無い事物や出来事の様態を、何とか言葉で表現しようとするときに用いられるものであるが、〈対義結合〉もそのようなものと考えれば、事態の複雑な様子を思い浮かべることができよう。西川徹郎の俳句にはそういう例が数多くあると思われる。だから、読み手は矛盾する表現だからと言って、解釈を投げ出すのではなく、その〈対義結合〉の表現に対して一歩踏み込んで、それが表そうとする複雑な意味合いやニュアンスを受け止めるべきだろう。

「卒業期」の句の「耳」も、何かの隠喩だと考えられるが、それが何かは不明である。想像を逞しくすれば、「卒業期」と言われているのだから、「河口」で卒業生たちが集まって友人たちの噂話に聞き耳を立てている様子かも知れない。「群生させ」の言葉からそういうことが想像される。

「さくら散って」の句は文字通りの内容の句とも読めるが、「火夫ら」と複数形で言われているところを見るならば、それほど複数の「火夫ら」が事故などで「耳を剃り落とす」ことは、普通には無いだろうと考えると、やはり「耳を剃り落とす」というのは、何かの事態の隠喩かも知れない。そうならば、それはやはり事故であろうか。後でも述べるが、西川徹郎の俳句における隠喩は、判断に迷うものや、あるい

は了解しにくいものが結構ある。また、「紙飛行機」の句は事態、情景をそのままを詠んでいるのであろうが、「月光や」の句の「耳」はおそらく或る人物の換喩であろう。「寒暮の村」の句は一九八六年に『定本無灯艦隊』(冬青社)に新たに収められた句である。これも文字通りに受け取られるとも言えるが、あるいは何かの隠喩であるかも知れないという句である。

さて、比較的飲み込みやすい句から入り、簡単には理解や解釈ができそうもない句について触れ始めるところまで来たが、これからはそのような難解と思われる句について見ていきたい。次の引用がそうであるが、とりわけ隠喩があると思われる句を適宜抽出したものである。

性病院の窓まだ軍艦が燃えつづける
父よ馬よ月に睫毛が生えている
樹のない沖へ突っ込みゆけり明るい列車
沖へ伸びゆく舌あり睡いパラソル売場
街は痔でありおそろしいパセリ畑
首のない暮景を咀嚼している少年
単眼の村羊はぼくの臍である
繃帯の蛇が泳いでいるプール
耐えがたく青い陸橋手のない家族
少年がはばたく岬　白い寝棺
鴉らの性欲漂う他人の部屋
馬の陰部へ酢のごとき音楽流れ
癌の隣家の猫美しい秋である

男根担ぎ佛壇峠越えにけり

このように、西川俳句の面白さに惹かれて次々と引用したくなってくるが、その一つ一つは解釈しようとするとやはり難しい。序章で引用した『レトリック認識―ことばは新しい世界をつくる―』で佐藤信夫は、「たいていのことばは（たとえかなり客観的かつ事実的な意味のことばだと見なされているばあいでも）、事実をではなく、事実に対する人間の関心を表現しているのだ」と語っている。飲み込みにくい隠喩や一見すると奇抜なレトリックが大胆に用いられている西川俳句においても、佐藤信夫が述べていることが当てはまると思われる。今引用した俳句も、ある事実や事態が詠まれているのではなく、その事実や事態を前にした作者の心の有り様が詠まれていると捉えるべきであろう。

たとえば、「性病院の窓」の句では、「軍艦」という言葉があるから「性病院」に通っていたのは水兵だろうか。では、なぜ「軍艦が燃えつづける」のかと問えば、「軍艦が静かに浮かんでいた」とするよりも、「性病院」のイメージから「燃えつづける」とした方が相応しいかも知れない、というふうなことが考えられるが、作者は「性病院の窓」を見たとき、そのように感じられた、としか言えないだろう。そのことは、「父よ馬よ」の句や「繃帯の蛇」の句、あるいは「鴉らの性欲」の句などにおいても同様であると言える。

ただ、「街は痔であり」の句や「首のない暮景を」の句、また「単眼の村羊は」の句などは、その隠喩がわかりにくいということがある。西川徹郎の俳句には、普通の感覚からすれば奇抜なと言える隠喩表現が少なからず見られ、そこに西川俳句の魅力の一つがあることに間違いないが、ここで隠喩表現一般について少し考察しておきたい。

やはり、佐藤信夫が『レトリック感覚―ことばは新しい視点をひらく』（講談社、一九七八〈昭和五三〉・九）で隠喩について論じている。そこで佐藤信夫は、「（略）多くの成功した隠喩は、人々の共感を呼ぶ性質をそなえていたからこそ成功した」と述べ、たとえば、ＸとＹとの間の類似性はすぐにでも人々に納得できるものであってこそ、隠喩が成り立つのだとしている。それに対して、「(略) 直喩は、XとYとの類似性《を提案し》、類似性《を設定する》ものであった。極端な場合には、XとYはまるで似ていなくてもいい」としている。そして、「一般に、直喩を無理やり隠喩に変形すれば、ひとりよがりになるほかはない」と語っている。なるほど、西川徹郎の俳句のわかりにくさの一つの要素として、普通ならば直喩で語るべきところを隠喩で語りきっているということもあるのかも知れない。

そうではあるが、定型が十七字の俳句において、まず字数の関係から「ごとく」や「ような」などの直喩を表す言葉を頻用することはできないだろう。また、そういう句が並んだ句集は、実に衝撃力のない、言わば締まりのない句集となるのではないか。そのことを考えるならば、俳句において隠喩は思い切って用いられるべきであろう。佐藤信夫は同書でこうも語っている。「隠喩は、直喩のように類似性を創作することはできない。が、かくれている類似性、埋もれている類似性を発掘することはできる」、と。おそらく、西川俳句における隠喩も、そのように隠れている類似性を読み手に気づかせる働きもあるのではないかと考えられる。

さて、先に引用した俳句の中の数句について言及しておきたい。「樹のない沖へ」の句では、「沖」へ「突っ込」むような「列車」は、脱線事故か何かのトラブルに遭っていると想像されるが、それを「明るい」と形容しているところに、先に述べた〈対義結合〉に近いものがあるであろう。「首のない暮景」の句で、それを「咀嚼」しているとはどういうことなのか。「首のない」というのだから、その「暮景」には言わば中心点がなく、その茫洋とした風景を何とか理解しようとしているのか。作者にそういう体験があったのではないかとも想像される。

また、「癌の隣家」の句も、「癌」と「美しい秋」との逆イメージが結合されている句であり、「癌」の病を持っている家族の今は穏やかであるはずはないが、それでも美しい秋はやってくるのである。その秋の日差しの中で猫は昼寝をしているのだろうか。秋も猫も、「癌」と関わりはないために、その「癌」の家族の辛さが余計に響いてくる。「男根担ぎ」の句は、西川俳句の中でおそらく最も有名な句の一つであるが、それにしても「男根」という言葉がストレートに用いられるような俳句は、西川俳句の独擅場だと言えよう。もちろん、「男根担ぎ」は隠喩と考えられる。それが何かということは特定できす、その点においてやはりわかりにくさがあるのであるが、それにしても、ある力強さとともに切羽詰まった思いのようなものも感じ取られる句である。

『無灯艦隊』に収録されている句について、もっと論及したいのだが、この辺りで『無灯艦隊』からだけでも窺うことのできる西川徹郎の俳句の特徴、さらにはその意義について少し論及しておきたい。

「ホトトギス」系の俳壇によって形成されてきた、言わば旧来の近代俳句のあり方に異議申し立てをしたのは、たとえば前衛俳句の運動を担った俳人たちであったが、西川徹郎の俳句はそれを受け継ぎつつも、さらに広い世界を展開するものになっている。「ホトトギス」系の俳句はいわゆる花鳥諷詠の世界に収まるもののみを題材として取り上げたのだが、西川俳句はその世界を越え出て、さらには前衛俳句が扱う世界をも踏み出て、たとえば通常の日常意識では捉えられない無意識世界をも、俳句の世界に取り込もうとしたわけである。そこにおいて、やはり西川徹郎の俳句世界は、シュールレアリスムの世界とも繋がっている。

さらに、通常の日常意識を越え出るということは、普通に受け止められている位階秩序やそれに相当した価値意識をも超え出ることであるから、社会体制や政治体制が人々に強いていると言える規範等をも言わば撥無した眼で、この世界を眼差そうとすることである。後に鮮明に語られる、西川徹郎の反国家意識は、その眼差しから必然的に出てくるものだと言えるが、その志向と姿勢は先に述べたように、「便器を河で洗いしみじみ国歌唄えり」の句にすでに語られていた。西川徹郎にとっての俳句における反定型は、反国家の意識と重なっているのである。

私はその志向と姿勢に大いに共感する者であるが、いま見てきたような、通常の価値意識や規範を超え出ようとする西川徹郎の俳句世界は、たとえば人体で言えば、頭部も脚も手も性器も、同じ視線で見ることにつながってくる。あるいは同価値のものとして見るのである。それは動物や植物を見る眼にも言えることである。これに関しては、アニミズム的だと言われることもあり、その指摘は必ずしも間違っているとは言えないだろうが、おそらくその感性は西川徹郎の生得のものであろうし、また後に浄土真宗の寺の住職となる西川徹郎（西川徹真）の仏教と繋がるものでもあると思われる。

次に西川徹郎の第二句集である『瞳孔祭』（南方社、一九八〇〈昭和五五〉・三）について見ていきたい。

小林孝吉は『銀河の光　修羅の闇―西川徹郎の俳句宇宙』（茜屋書店、二〇一〇〈平成二二〉・一〇）の中で、『瞳孔祭』では、西川徹郎は人生最大の悲しみの峪を生きている」と述べているが、たしかに『瞳孔祭』は「悲しみ」の中にある句集である。『瞳孔祭』の「あとがき」で西川徹郎は、『瞳孔祭』の中の「「路上慟哭」には（略）実父に係わるものを、「羊水溺死」には、今は離別した迷える妻K子との家庭生活をモチーフとしたものを収めた」、と語っている。

斎藤冬海編の「西川徹郎年譜」（『西川徹郎全句集』〈沖積舎、二〇〇〇（平成一二）・七〉所収）によれば、西川徹郎の父の西川證教は一九七三（昭和四八）年から腎不全症を病んでいたが、一九七四（昭和四九）年三月に急性肺炎を併発して死去している。『無灯艦隊』には父とのことを詠んだ俳句がある。たとえば、

流氷の夜鐘ほど父を突きにけり

という句、さらに

肺病む父へしろじろと満開の島

という句である。後者には、実際の父は腎不全症であったようなので、虚構が多少施されていると言えるが、病身であったことは同じなので、虚構性を重く考えなくていいだろう。この句には父への労りさえ感じられる。では、「流氷の夜」の句はどうであろうか。これは何かの隠喩ではないかと読まれるかも知れない。ひょっとすると、或る滑稽感を覚える読み手もいるだろう。

しかし、これは隠喩ではなく、まさに事実が詠まれた痛切な句のようなのである。「銀河系つうしん」vol.11（一九九〇〈平成二〉・一〇）に収録されている、一九八九（平成元）年九月二十四日北海道立芦別高校での西川徹郎の講演録「青春と文学」には、大学を中退して帰郷した西川徹郎の、当時の「苦悩の嵐が激しく吹き荒んでいた」生活ぶりが語られているが、その中でこういう叙述がある。「その極めつけは、腎不全症という恐ろしい病名を受けて、人工透析のために通院する、痩せ細った父親を、深夜にがなり立てては、逃げ惑う父親に暴力をふるったことさえ幾度もございました」、と。この叙述から私たちは、「流氷の夜」の句のことは、事実に基づいたものであることを知ることができる。その父が亡くなったのである。

『瞳孔祭』には、父の葬儀などの様子が続く一連の句で詠まれている。

白装束の列が沼から沼へ秋
霊柩車の耳がはばたく昼月や
父を焼く山上焼酎ほど澄んで
困や木となり草となり父は
号泣やひとりひとりが森に入り
野が暗くなるまで父を梳きいたり
幌現れるおびただしい梨の木の祈り
父はなみだのらんぷの船でながれている

ここには、父が亡くなったときの繋がりのある出来事が詠まれている。「秋」に葬儀が行われ、「霊柩車の耳」の「耳」は父の換喩であり、父は「山上」で荼毘に付されて、「困や木」「草」のような存在となったが、近親者は「森」で「号泣」した。「父を梳きいたり」というのは、荼毘に付す前のことか。あるいは、作者の心の中で、ということであろうか。そして、「祈り」が捧げられ、亡き父は今は「なみだのらんぷの船でながれている」のである。「なみだのらんぷの船」という、この隠喩の精確な意味を、明らかにすることはできないが、「なみだ」は近親者の涙と考えられ、「らんぷ」は仏となった父への燈明であり、それは近親者の涙に込められた父への思いとともに灯っている燈明であろう。

このように、一連の出来事を、斎藤冬海が言うところの「群作」によって連続的に表したのは、父の葬儀を詠んだこれらの句が初めてではないかと考えられる。これ以後、西川徹郎は俳句を群作することによって、一連の出来事やその出来事のシークエンスを表現するようになる。これまでにも前衛俳句などで連作の試みはあったようだが、こういう物語性のある群作の試みを前面に出して積極的に句作りを行ったのは、西川徹郎を嚆矢とするのではないかと思われる。少なくとも西川徹郎はその一人であろう。物語性のある群作と言えば、「あとがき」で述べられていた「離別した妻K子」との離婚と、そしてその前年の八ヶ月の「女児死産」とをめぐる出来事を詠んだ群作も、同様の手法で詠まれている。

「羊水溺死」の章に収められた句は八十句あり、その中で「女児死産」に直接関わると考えられる句は三十句以上あり、本来ならそれらのすべてを引用したいが、ここではその内の十数句のみを引用する。その十数句からでも作者の痛切な思いが伝わってくるだろう。また、その比喩等に飲み込みにくいものもなくはないが、しかし一つ一つの句に込められた思いはしっかりと伝わってくるであろう。

嘔吐の妻鬱金草のごとかがむ路上
羊水溺死みている白い葉のプール
胎内墓地行最終バスが揺れるなり
桜あざやか舌の尖端の葬送
ある日突然白い柩車に乗せられる
樺の木くらやみぶら下っている赤ちゃん
傘ぐるぐる宇宙遊泳の赤ちゃん
夏終る産婆が赤子ほど痩せて

地球が灯っているよ柩の中の赤ちゃん
桔梗くらがり顔洗い告別式へ行く
瞳孔ホテル遠い電話をしていたり
町は灯っているか羊水飢饉です
楢の葉雪のように積もる日出てゆく妻

「妻」の「嘔吐」、「赤ちゃん」の「胎内」での死、「告別式」のこと、作者が想像していると思われる、「赤ちゃん」の霊魂の彷徨っている様子などが詠まれた後、引用の最後は妻との離別の日が詠まれている。

さらに肉親との死別を詠んだ句としては、祖母との死別を詠んだ句もある。

初夜のごと美し棺に寝し祖母は
落ちる冬日と棺中の唇朱かりし
死者に紅さす夕月よりも鮮か

これらの句にはとくに読解の必要はないであろう。詠まれた通りに受け止められる句であり、亡き祖母の美しさを詠むことの中に、作者の祖母への愛情がよく表れていて、読み手も素直にそれを了解することができる。

こうしてみると、『瞳孔祭』の中心は、死別生別の双方のある、家族との離別の悲しみの句にあることがわかってくる。まさに、先に引用した小林孝吉の、「『瞳孔祭』では、西川徹郎は人生最大の悲しみの峪を生きている」という言葉通りである。そうではあるが、『瞳孔祭』には後の西川俳句の言わばスターたちも登場していたり、また『無灯艦隊』では極めて僅かしか見られなかったユーモアのある俳句もそれなりに出て来ていたり、『無灯艦隊』でもほんの少し顔を覗かせていたロマンチックな世界も出ていたりと、『瞳孔祭』は西川徹郎の俳句世界が拡がりつつあることを感じさせる句集になっている。

まず、後のスターとなる「鬼」「鬼女」は、次のように登場している。

樹上に鬼　歯が泣き濡れる小学校
まっぴるま鬼女が尿しに行く韮畑

の句である。「樹上に鬼」の句の「歯」は、「鬼」の換喩かも知れないが、換喩でなければならない必然性については、よくわからない。ただ、この句には後の西川俳句に欠かせない場所となる「小学校」も登場していて、興味深い句となっている。また、「まっぴるま」の句は、尾籠と言えば尾籠であろうが、しかしユーモアも感じられるだろう。

一般に俳句では〈軽み〉ということがよく言われるが、西川徹郎の俳句は『無灯艦隊』に見られるように、その逆にむしろ重い句であった。そのことは『瞳孔祭』においても基本的に変わりはないのだが、しかしユーモアのある俳句も『無灯艦隊』に比べれば多く登場してきていて、その意味で〈軽み〉のある句作りもされている。もっとも、ユーモアがあるかどうかの判断は、読み手の姿勢や、あるいは視点、観点の取り方の如何に関わってくることは言うまでもない。次に、読み方によってはユーモアを感じ取ることができるだろうと思われる俳句を挙げてみる。

ねむれぬから隣家の馬をなぐりに行く
ぎゃあぎゃあと犬が走っていった秋
父の陰茎を抜かんと喘ぐ真昼のくらがり
ふぐり重たい象脳院の前を行き
褌で顔洗う隣人ばらのたびだち
白きが牛の陰毛と枯穂衾る
まぼろしの道を塩屋が逃げゆけり
栗の木が死ぬまで僧になぐられいたり
校庭六月肛門もきんせんかも咲いて

「ねむれぬから」の句は西川俳句の中の有名句の一つである。『無灯艦隊ノート』の「秋祭」の頁を読むと、西川徹郎は不眠症に悩まされていたようで、すでに見たように『無灯艦隊』の冒頭句が、「不眠症に落葉が魚になっている」であった。当人にとっては辛い不眠症であっても、このような〈八つ当たり的〉な句になると、やはりユーモラスなニュアンスが出てくるのであろう。今引用した九句の内、「陰茎」「ふぐり」「褌」「陰毛」「肛門」など、いわゆる下《しも》の言葉が出てくる句が五句ある。しかし、これらは決して猥褻な感じを与えなく、ユーモラスなものになっていると言えよう。やはり、このことはある種の〈軽み〉と言えようか。

西川俳句はこのように拡がりを見せているのであるが、『無灯艦隊』ではほんの僅かしか見られなかったロマンチックな世界は、『瞳孔祭』でも僅かであることには変わりはないが、たとえば次のような句がある。

螢火が映る秋子の秋の乳房よ
螢が秋の雪のように降る裸船上
妻よはつなつ輪切りレモンのように自転車
夏立つ日妻は眉を引き帆を引きたり

これらの句の中で、「夏立つ日」の句は「帆を引きたり」の意味などが不明で、解釈しづらいところがあるが、その他の句は詠まれた情景を思い浮かべれば、その意は比較的飲み込みやすいと思われる。

この他、『瞳孔祭』には『無灯艦隊』と同様に、その比喩とりわけ隠喩がわかりにくい句も幾つかある。次に挙げてみる。

野道で落とした眼球をめそめそ捜す
瞳孔にピラニアを飼う舞踏のさかり
白い京樹にピラニアが棲んでいる

暁は最南の巡礼すがたの並木
老兵眠る陰毛よりも白い楡の木
風と暮らしひとさしゆびは狂死せん
鶏犯される夢夜がしのびよるプール
夕ぐれホテル水の血管が立っている
血管透きとおるパセリ畑の通行人
遠野市というひとすじの静脈を過ぎる

「野道で」の句は、「眼球」の隠喩がわかりにくいが、これは隠喩ではなく事実そのままだと読めなくもない。そうなると、この句はメルヘン的な句になってくるであろう。すぐ後でも触れるが、以後の西川俳句には顕著に見られる、メルヘン的なものへの傾きが、『瞳孔祭』に少し出始めていると言えようか。「瞳孔に」の句は、「ピラニア」が隠喩だとしたら、この句は「舞踏」の会で女性を狙う男性のことを詠んだものと言えようか。その他の句も、やはり「ピラニア」や「巡礼すがたの並木」、また「ひとさしゆび」や「夜がしのびよるプール」、「水の血管」、さらには「パセリ畑の通行人」、「静脈」などの隠喩が、少々わかりにくい。

しかしながら、隠喩として捉えるから、わかりにくくなるのであって、隠喩として捉えなければ、案外素直に受け止めることができると考えられる。「野道で」の句に関して述べたように、これを事実や事柄がそのまま詠まれたものだとして読もうとすると、そこで詠まれている事態は、メルヘン的な世界では別に珍しくもなく起こり得るあり方だと考えることができよう。おそらく西川徹郎は、『瞳孔祭』で新しい方向を表しつつあったのではないだろうか。言うまでもなく、それはメルヘン的な世界を詠むということである。メルヘン的ということで見るならば、たとえば

月の墓原バトミントンのふたり

という句は、まさにメルヘン的であろう。

次に、句の背景がわかる句や、『無灯艦隊』中の句との連続性があると思われる句、さらには普通に読んでわかりやすい句を見てみたい。たとえば、

校庭にへびひとすじの鼻血のように

という句の背景には、『無灯艦隊ノート』で以下のように語られている体験があったからだと推定されなくもない。その体験とは、同書の「黄金の水松その2」（「黄金の水松」というのは、樹齢三千年とされる、北海道最大と言われている木のことである）で語られていることである。それによれば、「私の住む新城から黄金村にかけては、他所と比べ物にならないほどに蛇が多い」らしいのだが、ある日「黄金の水松」を見に行ったとき、「「まさか蛇はいないだろうな」と念ったその時私は、大鷲の羽のように開いた見事な下枝の先に真っ白な蛇が一匹だらりとぶら下がっているのを見てしまったのである」、ということがあったらしい。俳句では、蛇がぶら下がっているのが学校の校庭となっていて、場所が異なっているものの、これは体験に基づきながらも虚構を施した俳句と読めよう。

前に見たように『無灯艦隊』には、ヒッチコックの映画『鳥』の一シーンのような、

鴉頭蓋に止りそうな村凶作で

という句があったが、『瞳孔祭』では

村中裸　鳥の恐怖を忘れたころ

と詠まれている。これは、前者の句で詠まれている危機が過ぎ去った後のことと読める。また、『無灯艦隊』において「舌」の句があったが、『瞳孔祭』でも

まいにち舌が尊属ごろし夢みたり
あの岸を戦ぐはまんじゅしゃげか舌か

という句がある。これらの「舌」は換喩と捉えるのが穏当な解釈であろうが、ずばりそのままに受け止め

るならば、これらもメルヘン的な句としても読めよう。

このように見てくると、西川徹郎にとって『瞳孔祭』は、家族との離別が詠まれた、「人生最大の悲しみの峪を生きている」（小林孝吉）ときの句が収められた句集であるが、他方ではそれら一連の出来事のシークエンスを群作によって詠むという試みや、ユーモラスな句や、さらにメルヘン的な句を詠むなど、新しい試みがなされた句集であったと言える。それは、西川俳句のさらなる展開のための序章となる句集でもあったのである。

第二章　シュールレアリスムからの摂取——『家族の肖像』『死亡の塔』

一九八四（昭和五九）年七月に沖積舎から刊行された、西川徹郎にとって第三句集である『家族の肖像』について、アンビヴァレンスな評価をしているのが、『暮色の定型―西川徹郎論』（沖積舎、一九九三〈平成五〉・一二）の高橋愁である。いま私は、「アンビヴァレンスな評価」と述べたが、高橋愁の筆はむしろ否定の方により一層傾いていると言える。同書でたしかに高橋愁は、「『家族の肖像』は西川徹郎の金字塔であった。『家族の肖像』こそ西川徹郎の最高傑作であった」と高く評価をしているのである。しかしながら、そう語りながらも、「金字塔」である『家族の肖像』がなぜ、わたしには不服なのか」と自らに問いかけ、それは「『家族の肖像』に自己愛がめだつことが気にくわないのだ」と述べて、『家族の肖像』を手厳しく批判している。たとえば高橋愁は、

浴室にまで付きまとう五月の葬儀人

の句など五句を引用した後、西川徹郎が家族に視点を置くことで「感情の紐を少しゆるめてきたようだ」として、続けて「いうなれば独善的な発想がめだちはじめてきたのである。悪くいえばひとりよがりの解答である」と語っている。「浴室にまで」の句については、「「浴室にまで付きまとう」とはなんというしまりのない散漫なことば選びではないのか。格調などまったくありはしない」（傍点・引用者）、とまで述べている。さらには、「なにが「箪笥からはみだす姉のはらわたも春」だ。なにが「猛犬である下駄箱は町を映し」だ。こんなことばならべの印象のうすいものを俳句作品としてかき残すのか。どこに一句の余韻があろう。これらの俳句はすべてひとりよがりである」（同）、と批判しているのである。

おそらく、『家族の肖像』を批判的に読むならば、高橋愁のような評価に落ち着くかも知れない。ここで高橋愁は少々苛立っているように見受けられる。たしかに『家族の肖像』に収められた俳句には、「独善的な発想」や「ひとりよがり」を感じさせるものがあると言えなくはない。だが、それは旧来の俳句鑑

賞の姿勢から見てそのように受け止められるのであって、鑑賞側の姿勢を変えれば、「独善」や「ひとりよがり」という印象も大きく後退するのではないかと思われる。このことを、高橋愁に関わって述べるならば、句集『家族の肖像』が俳句鑑賞についての高橋愁の枠組みを超え出る部分があったからではなかったかということである。

たとえば先ほどの引用の中には、傍点を記した言葉、すなわち「格調」と「余韻」があるが、西川俳句とりわけ『家族の肖像』は、「格調」とか「余韻」と言った、俳句鑑賞に際して用いられる伝統的な美意識や美学観念を、まさに否定するところで成り立っている句集ではないかということを考えるべきであろう。つまり、「格調」や「余韻」などは、『家族の肖像』の俳句には無縁な言葉であって、そういう観点とは異なった評価軸から『家族の肖像』は読まれるべきである。その点に関して示唆的なことを語っているのが、櫻井琢巳の『世界詩としての俳句―西川徹郎論』（沖積舎、二〇〇五（平成一七）・一〇）である。

その中で櫻井琢巳は、「私の勘はまちがってはいなかった。やはりあったのだ。西川が他人には黙して語らなかった彼の青春時の西洋美術への傾斜と、シュルレアリスムに関する驚くべき体験が。」として、「西川は、青春時に（略）シュルレアリスムの理論書までよんでいたのである」、と述べている。また櫻井琢巳は同書で、「私の目には、西川俳句はシュルレアリスム絵画のイメージにとらえられ、そめられているように見える」と語り、さらに、「つまり、西川の超現実《シュルレアリテ》の感性とイメージが先にあって、シュルレアリスムの影響はあとからきたものだということだ」と述べていることに、注意しなければならないだろう。

すなわち、シュールレアリスムの影響があったせよ、すでに西川徹郎の中にはシュールレアリスムを受け止めるだけの感性および資質があったので、シュールレアリスムの影響はその資質などを全面的に開花させるものとしてあったと考えるべきだということである。また、第一章で引いた西川俳句の中で有名句の一つである「男根担ぎ佛壇峠越えにけり」の句について、櫻井琢巳は「巨大でグロテスクな男根のイメージは、シュルレアリスム絵画のものだが、諧謔の血もながれているようだ」と述べている。ここで「諧諧謔」については櫻井琢巳は、西川徹郎の生得のものであって、必ずしもシュールレアリスムと関係付けなくてもいい、と述べているわけだが、しかしそうであったとしても、「諧謔」そのものも実はシュールレアリスムの特性の一つなのである。だから、「諧謔」についても、西川徹郎はシュールレアリスムに大いに共鳴したというふうに考えた方がいいであろう。

そして、シュールレアリスムとの関係が表面的にも顕著に表れている句集が『家族の肖像』なのではないかと考えられる。シュールレアリスムの芸術作品を鑑賞する際に感じられる〈難解さ〉に通じていると言える。まず、西川徹郎による『家族の肖像』の「覚書」について見ておきたい。

「覚書」では赤尾兜子の「自死」についても触れられていて、「この凄絶な兜子の自死は、私の心をいっそう修羅へと掻きたてるのであった」と語られているが、ではその「修羅」とはどういうものだったのか。『家族の肖像』の俳句に触れながら、西川徹郎は次のように述べている。すなわち、「これらの作品に多在する不在のイメージと溢れる死者達の声なき言葉は、私という存在の深淵に久しく棲みついていた私の修羅の幻影である。私はこの幻影としての修羅を恐怖し、恐怖というかたちで修羅を見いだす。つまり、これらの作品の内的光景は、眼の劇場に降霊した私という修羅の現象であるとも言い得るのである」、と。さらに、「何はともあれ、私は、永い精神の白夜を憑かれた者のように、存在と存在に纏いついた不在性の意味を問いつづけてきたのであった」、と。

句集の題名は『家族の肖像』であり、実際にこの句集には父や「はは」や姉などが登場するのだが、それらのことよりも西川徹郎自身の「修羅の現象」が詠まれているというのである。その「修羅の現象」を詠み込もうとするにあたって、おそらく西川徹郎はシュールレアリスムの手法を活用したのではないかと考えられる。たとえば、次のような句がある。

裂けたグラスに透るしののめの入水

浴室はくらやみ充ちる昼の三日月
舞いあがる木はしののめという胎児
白い木槿の錯乱という少年
銀河ごうごうと水牛の脳の髄
蠟状の駅がめくられる舌の馬
屠場の牛の瞳のあけぼのに溺れる
橋上の狂人ひるがおは白い液体
畳屋は絡まっている野のはらわた
友よ芒の肛門なびく空をみたか

以上は句集からアトランダムに抜き出した句であるが、これらの句のいわゆる句意を明示的に説明できる人は、おそらく全くと言っていいほどいないであろう。『家族の肖像』は、前の句集の『無灯艦隊』や『瞳孔祭』に比べても難解さが増したと言える。果たして、作者の西川徹郎自身もこれらの句についてどれだけ明快に解説できるだろうか。もちろん西川徹郎は、論理の筋道を通すことができない心象や世界を表そうとするからこそ、俳句形式を選び取ったと言えるわけであるが。

イヴ・デュプレシスの『シュールレアリスム』〈稲田三吉訳、文庫クセジュ、一九六三〈昭和三八〉・五〉によれば、シュールレアリスムの画家であるサルバドール・ダリは、大衆が自分の絵を理解しなくても驚くにはあたらない、「なぜなら自分自身もそれらの絵を理解できないからだ、と告白している」ようなのである。西川徹郎の俳句に関しても同様なことが言えるのではないかと思われる。したがって、通常に言われているような〈理解〉、すなわち論理性を持った言説での了解は、この場合は不可能であり、また不適切でもあるだろう。

ここで、シュールレアリスムの文や語句などについて、その難解さを少し見ておくことにしたい。次に引くのは、アンドレ・ブルトンの「シュルレアリスム宣言」（『シュルレアリスム宣言・溶ける魚』〈巖谷國士訳、岩波文庫、一九九二〈平成四〉・六〉所収）で引用されている表現である。それらは、ブルトンがシュールレアリスムの先駆者として捉えていたピエール・ルベルディによる表現である。たとえば、「小川のなかを流れる歌がある」、「昼が白いテーブルクロスのようにひろがった」、「世界は袋のなかにもどる」という表現である。読み手は、これらの表現によって、意味を確定したり、あるいは像を形成したりすることは困難であろう。ブルトンはこれらのイメージについて、「ごくわずかなていどであれ、あらかじめ熟考されたあとを示しているという見かたを、断乎として否定したい」と述べている。

つまり、無意識から浮かんでくるものを素早く表現したのがこれらの言葉だというわけである。ブルトンは続けて、こう語っている。「私にいわせれば、現前する二つの現実の「関係を、精神がとらえた」と主張するのはまちがいである。精神ははじめ、なにひとつ意識的にはとらえはしなかったのだ。二つの項のいわば偶然の接近から、ある特殊な光、イメージの光がほとばしったのであり、私たちは、これに対してかぎりなく敏感なところを見せている」（傍点・原文）、と。

おそらく西川俳句においても、「二つの項のいわば偶然の接近から」、ときとしては三つの項の「偶然の接近から」、俳句が生まれ出たということが、多々あったのではないかと考えられる。先ほどの引用例で言えば、「裂けたグラス」の句では「グラス」と「しののめ」とが、「浴室はくらやみ」の句では「浴室」と「三日月」とが、「舞いあがる木は」の句では「木」と「しののめ」と「胎児」とが、「偶然の接近から」結びついて一句の中に詠まれたと言えよう。

さらに、やはり「シュルレアリスム宣言」に引用されているシュールレアリスト等の表現を幾つか見てみたい。そこにも西川俳句とよく似た表現上の特徴を見ることができるだろう。

「シャンパンのルビー。」　（ロートレアモン）

「生長への傾向がみずからの有機体の同化する分子の量とつりあわない成人女性における乳房の発育停止のように美しい。」　　（同）

「教会が鐘のように炸裂しながらそびえていた。」　　（フィリップ・スーポー）

「橋の上で牝猫の頭をした霧が身をゆすっていた。」　　（アンドレ・ブルトン）

「燃えさかる森のなかで、
ライオンたちは涼しげだった」　　（ロジェ・ヴィトラック）

「シャンパン」は飲み物であり「ルビー」は宝石である。通常はこの二つが繋がることはないにもかかわらず、ここでは繋げられて「シャンパンのルビー」というものがあるかのようである。

西川俳句でも、

馬の根の毛がかわたれのピアノに繋る

とあり、本来「馬」に「根」などあるはずないが、それがあるかのように詠まれている。もちろん普通には、その「根」が「ピアノに繋る」こともない。

また、ロートレアモンの表現では、「乳房」に複雑な形容が施され、次にその「乳房」が形容の言葉の一部となって、「発育停止のように美しい」とされている。いったい、それがどのような美しさなのかは、もちろんイメージしにくいであろう。フィリップ・スーポーの言う、「教会が鐘のように炸裂」するというのも、普通には理解できない。そもそも「鐘」と「炸裂」とはめったに結びつかないものであるが（単なる罅割れならともかく）、それが繋げられているのである。そういう繋げられ方が、西川俳句では頻出する。

たとえば、

酔って唄えば楢山のよう父は

の句では「楢山」と「父」とが繋げられている。

北辺の寺々魚が棲んでいる草は

では「魚」と「草」とが、

秋はだんだん箒に似てゆくなり箒屋

では、「秋」と「箒」とが、繋げられている。

さらに、アンドレ・ブルトンの「牝猫の頭をした霧」という表現も、「霧」の形容の言葉としては「牝猫の顔をした」には通常ならば無理があると言えよう。そして、この表現では「霧が身をゆすっていた」と擬人化されてもいる。「霧」の擬人化ならば、西川俳句でも

楢の木たたく父よ父よと霧が

とあり、「霧」が「父よ父よ」と言いながら楢の木をたたいたことになっているのである。

またロジェ・ヴィトラックは、「燃えさかる森のなかで、／ライオンたちは涼しげだった」というように、矛盾を含んでいる表現をしているのである。同様に『家族の肖像』でも、たとえば「浴室はくらやみ充ちる昼の三日月」とあり、浴室は暗いのか昼の明るさがあるのか、よくわからない。しかも「昼の三日月」とも言われている。あるいは、直接の矛盾は無いものの、

町は白髪のよう胎内に桜生え

の句のように、「白髪」という老年を表す言葉と「胎内に桜生え」という生誕に繋がるイメージを表す言葉が並列されていて、やはり素直には飲み込めない句となっているのである。

このように見てくると、『家族の肖像』の俳句には、シュールレアリスムと相通じる要素がかなりあることがわかってくる。もちろん、相通じる要素があるというのは、単に技法レベルの話ではなく、シュールレアリスムの考え方にも、西川徹郎は共感するところがあったのではないかと考えられる。

アンナ・バラキアンが『シュルレアリスム　絶対への道』〈金田眞澄訳、紀伊国屋書店、一九七二〈昭和四七〉・三〉で述べているように、「シュルレアリスムは芸術以上のもの、つまり一つの生き方なのである」が、

西川徹郎にとっての俳句も芸術以上のものであったと考えられる。やがて西川徹郎が、実存俳句ということを言い始めることから、それを窺い知ることとできよう。その「生き方」と関わっているのが、やはりアンナ・バラキアンが、「(略)創造的思考の領域を拡大しようとするシュルレアリストの努力」、と同書で指摘している事柄であるが、それと同様のことは西川徹郎の俳句にも言えることである。第一章で指摘したように、「ホトトギス」系の俳句に見られるような、花鳥諷詠だけに限定された狭い感情世界を打ち破ったのが、たとえば新興俳句や前衛俳句の運動であり、それらの遺産を受け継いでさらに展開させていったのが、西川徹郎の俳句であったと言うことができるからである。

また、アンナ・バラキアンが同書で指摘している、シュールレアリストたちの作詩の方法も西川徹郎の作句の方法と重なるところが多くあるのではないだろうか。バラキアンはこう述べている。すなわち、「詩を作ることはピラミッドをさかさまにしたようなもので、まず一つの単語、あるいは隠喩からはじまって一つのイメージに到達し、それから意識的、無意識的連想を通じて一連のイメージに到達する。これらの詩の中には一つのイメージが次のイメージを誘発するような、単純な連続から成っているものもある」、と。もちろん、『家族の肖像』では次々と「イメージを誘発するような」感じで句作りが行われているとは言えないが、後の句集に収められることになる、「月夜ゆえ」や「秋ノクレ」などの言葉から始まる圧倒的な群作は、まさにバラキアンが指摘していることに通じている。西川徹郎にとってシュールレアリスムの影響はその深部までに届いているのかも知れない。

このことに関連して言うならば、松本健一は「無意識領域の書記—『西川徹郎全句集』について」(『星月の惨劇—西川徹郎の世界』〈前掲〉所収)で西川徹郎について、「かれは自己を無意識領域にまで踏みこんで捉えたいのである」、「(略)俳句はかれにとって方法というより、自己の無意識領域、あるいは形無きもののところにまで踏み込んでゆく場なのだ」と述べているが、この指摘はやはり西川徹郎の俳句がシュールレアリスムと少なからぬ関係があることを示唆していると言えよう。実際にも松本健一は同論文で、「(略)

俳句はかれにとって、いわば自動書記の役割をはたすのである」と述べ、シュールレアリストたちが試みた「自動書記」と西川徹郎の作句との繋がりに言及しているのである。

さらに、シュールレアリスムとの関係が考えられるのではないかと思われることに関して続けて言えば、隠喩の問題もあるであろう。西川俳句には、〈これは隠喩ではないだろうか、さらには隠喩の展開とも言える諷喩ではないだろうか〉と思われる俳句がかなりある。隠喩のある俳句と思われる句を、幾つか『家族の肖像』から引用してみる。

ことばは風にくちなしの木が血をながす
しののめのゆめの木うつつの木の錯乱
ぎゃあぎゃああれは屋根の上の眼球
爪の生えた道が便所で止まっている
祭あと毛がわあわあと山に
庭のはずれの草が皿屋を殺めに行く
畳屋は絡まっている野のはらわた
八月ゆうぐれ町ははらわたで汚れる
梅咲いて喉を淫らに通う汽車
暁という汽車は氷河期のにんしん

たとえば、「ことばは風に」の句では、「くちなしの木が血をながす」というのが、隠喩だと考えられる。「しののめの」の句では、「ゆめの木」と「うつつの木」は、それぞれ夢で見た木と現実の木というふうに理解できるが、「うつつの木の錯乱」が何かの隠喩だと一応考えられる。「ぎゃあぎゃあ」の句では、「屋根の上の眼球」がそうである。この「眼球」は何の隠喩なのだろうか。また、「爪の生えた道」の句では、その「道」はどういう道の比喩なのか、あるいは道ではなく何か別の事柄の隠喩として語られているのか、というふうに考えられよう。

すでに第一章で述べたように、隠喩は誰でもが理解しやすいものを、すなわち二つ以上の事物や事柄の間で共通するものを、すぐに誰でも理解できる場合にのみ隠喩として成功するのであり、そうではない場合に隠喩を用いられると何のことかわからないのである。西川俳句にはそういう隠喩が用いられている場合が多々あるのだが、しかしながら、はたしてそれは隠喩なのかと問い返せば、そう断定できない句もけっこうあるのである。たとえば、「ぎゃあぎゃあ」の句では「屋根の上の眼球」の「眼球」は隠喩ではなく換喩かも知れないし、「祭あと毛が」の句でも「毛」は換喩として読めなくはないのである。

西川俳句における、このような隠喩の用い方についても、シュールレアリスムからの示唆が考えられなくもない。もちろんそれは、西川徹郎がシュールレアリスムの影響からそのように隠喩を用いるようにしたというよりも、シュールレアリスムの影響について述べたときに言及した櫻井琢巳の説と同様のことが言えるだろう。すなわち、西川俳句特有の隠喩の用い方にシュールレアリスムの影響から始められたのではなく、すでに行われていた隠喩の用い方にシュールレアリスムは拍車を掛けたのである、と。そしてそれは、誰もが納得できるような、その意味でステロタイプ化した隠喩ではなく、これまで誰にも知られることのなかったところに、新たに注目させようとする隠喩なのである。その点において西川徹郎の俳句は、やはりシュールレアリスムに通じるところがあると言える。

アンナ・バラキアンは前掲書で、ポール・エリュアールやアンドレ・ブルトンの詩で用いられている、「とても浮気な理解のカメレオン」や「垂直な砂漠」、「すばらしい水の平服」、さらには「灌木と舟の魚の骨」といった表現を引用した後で、こう述べている。「さらに一歩を進めて、言葉のこの思いがけない結びつきが新しい隠喩の基礎となったが、その隠喩は類推に基づくのではなく、逸脱と矛盾から引き出されるのである」、と。そして、「シュルレアリストはわれわれがふつう分離するものを結びつける」として、「異常な隠喩がさらに異常なイメージを創造するのであり、そのイメージはたがいになんの論理的関係も持たない、二つ、あるいはそれ以上の要素から構成されている」と語っている。

「思いがけない結びつき」や「たがいになんの論理的関係も持たない、二つ、あるいはそれ以上の要素」というのは、『家族の肖像』では次のような句である。

北辺の寺々魚が棲んでいる草は
淡いうねりの血便咲いている寺の木
夜へ紛れるボクサー脳髄は楡の葉
芒は月の家を洗っているけもの
家中月の足あと桔梗さらわれて
あの鶏の卵巣は駅晩夏です
月が出て家具は死体となりつつあり
あかるくみぞれるしざんの家であるのはら
舌に苔生え激しい雨の教祖
夜毎血をながす八ッ手の木のははは

「思いがけない結びつき」や「論理的関係も持たない」のは、これらの句ではたとえば、「北辺の寺々」の句の「魚が棲んでいる草」という言葉、「淡いうねり」の句の「血便」が「咲いている」という表現、「夜へ紛れる」の句の「脳髄は楡の葉」という表現などである。『家族の肖像』の句全体に言えることであるが、読み手はこれらの句についても明確な意味を言うことはできないであろう。あるいは、輪郭のはっきりした像を結ぶこともできないであろう。しかしながら、これらの句を読むと、或る夢の一場面を見ているような感覚、あるいは日ごろ見て馴染んでいる世界の裏側にあるかも知れない世界を、垣間見ているような感覚などを覚えるのではないだろうか。

バラキアンはこのことに関してやはり前掲書で、「(略)シュルレアリストの想像力は言葉を利用して、記憶されていない、以前には存在しなかった現実を生み出す能力である」として、「利用」する「言葉」に関しては、「むしろ言語は創造し、言い表わしようのない夢を具体化するものであることをわれわれは理解する」と述べている。『家族の肖像』の多くの俳句も、「以前には存在しなかった現実を生み出す能力」を持ったものである。たしかに、いま引用した十句を読んでみても、それらに詠まれている〈情景〉や〈場面〉は、現実には存在しないものであることがわかるであろう。

ひょっとするとそれらは、作者の西川徹郎が夢想したかも知れない、「言い表わしようのない夢」と言える。あるいは、先に見た松本健一が指摘していたように、西川徹郎が自己の無意識領域を捉えようとして、そこから浮かびあがってくるだろうと思われるイメージを、言わば「自動書記」式に言葉に置き換えたのが、『家族の肖像』の多くの句だったとも言えようか。

さて、『家族の肖像』はその題目の通りに、父や母、姉や妹などの家族が登場する句がある。その内の幾つかを引いてみる。

眼を洗う妹しののめの草の葉
さざんかいま網膜剥離です妹よ
葉にまみれ葉がまみれいもうとはだか
朝の木にぶら下っている姉の卵管
銀杏銀杏と腸《わた》枯れて死ぬ母なり
魔羅のかたちの魚食う姉食堂に
枢背負えば姉青い花のおおかみ
ははよねむれ血は棒状に野を走る
足裏蒼い父電柱が倒れているよ
月の畑の淫らな毛根ははよねむれ

倒れる家具は倒れた父であるあやめ草
おとうと縊死す眼を桔梗ほどひらき

西川徹郎の実際の家族への思いは、第一章で見たように前句集の『瞳孔祭』に詠み込まれていたのだが、『家族の肖像』の句における家族は、やはりシュールレアリスティックにデフォルメされて詠まれている。注意されるのは、ここで詠まれた家族の多くが体もしくは体の部位とセットになっていることである。その部分を特筆することで、普通に想定されるような家族像なるものから、言わば食《は》み出ようと試みたのかも知れない。もっとも、なるほど食み出ることはできたと思われるが、しかしその食み出た先に見られる家族像が、今ひとつわかりづらい。ただ、これらの句のように、家族がその肉体の部位などで表されることによって、私たち読み手も家族に対しての在り来たりのイメージを省みるように促されたと感じ取るということもあるであろう。

さて、シュールレアリスムとの関連でなお付け加えることがあるとするならば、バラキアンが前掲書でシュールレアリスムのイメジャリーの中で、「テーブル」、「砂」といった「基本的な単語」や、「鏡」、「ピラミッド」、「反射鏡」などの「刺戟的な単語」などがイメージの「核心」となり、それらは「シュルレアリスムの絵画における時計や、階段、大皿、傘などとおなじような、中心的な役割を果たしている」と述べているが、西川徹郎の俳句に登場する事物や場所などは、あるいはシュールレアリスム絵画から示唆を受けたものかも知れない。たとえば、「階段」に関しては、

あかあかときわだつ毛根夜の階段
法廷の階段枇杷が喉ひらく

という句があり、「大皿」もしくは「皿」に関しては

朝の葉に似た皿屋が皿で顔洗う
ほととぎす皿屋刺身に溺れます

などの句がある。もちろん、これらの句に詠み込まれている事物はシュールレアリスムの表現に関係づけなくても理解できなくはないが、これ以後も西川俳句の中でこれらの事物が登場することを考えると、やはりシュールレアリスムと何らかの関係があるのかも知れないと思われてくるのである。

以上のように、『家族の肖像』の多くの俳句はシュールレアリスムとの関わりから生まれ出たのではないか、と考えられるのである。もっとも、それはすでに述べたように、元々あった西川徹郎の資質にシュールレアリスムが言わば触媒としての働きをしたという意味での関わりである。そして、そういう関わりを持つ『家族の肖像』は、西川徹郎の俳句においても、また日本の俳句世界においても、大胆な一歩を進めたと言えるのではないだろうか。

最後に、『家族の肖像』で補足しておくならば、西川俳句における「耳」は『家族の肖像』においても言わば健在であることである。たとえば、

　氷上愛撫耳を通れば駅がある
　耳は隣家の抽斗である馬よ

の句がある。「氷上愛撫」の句では「耳」は別空間に通じる不思議な器官であり、また「耳は隣家の」の句における「隣家」や「抽斗」さらに「馬」など、後の西川俳句での登場する言わばスターたちも、わずかな句においてではあるが、登場しているのである。これらのスターたちを登場させながら、『家族の肖像』は西川徹郎の俳句世界をさらに拡げる役割を果たした句集であったと言えよう。

『死亡の塔』（一九八六〈昭和六一〉・八、海風社）について、高橋愁は『暮色の定型―西川徹郎論』〈前掲書〉で『家族の肖像』に言及しながら、「『家族の肖像』によって、徹底的に荒廃した〈家族〉より反転して〈家族〉の回復へ歩みはじめたのが『死亡の塔』であろう」、と述べている。その「回復」について高橋愁は、「西川が存在というものの関係性にこだわったことが、ここに至り作品に節目をつけたといってもいい」〈傍

点・原文）と語っていて、西川徹郎が自己自身に眼を向けることから、自己とその自己の外側（家族）との関係に眼を向けだしたことだとしている。

小林孝吉もやはり関係性ということに焦点を当てて、『銀河の光 修羅の闇—西川徹郎の俳句宇宙』（前掲書）で、「『死亡の塔』では、生死の分裂、対照は、父、姉、母、弟など、異相異形の関係性として、いっそう存在の裸形を浮かびあがらせるのである」、と述べている。また、「西川徹郎は、修羅の幻影を映しだした『家族の肖像』から、非在の時空に生きる家族の「異相異形の関係性」を描いた『死亡の塔』へと、存在と非在、自由と修羅、性と死に引き裂かれた存在宇宙の片鱗をより鮮やかに伝えようとしているように見える」とも述べている。

これらの判断は納得できるであろう。とくに関係性については、西川徹郎は『死亡の塔』の終わりに付された「覚書」で、「人間は、本来、類的にしかその存在を証明することができえず、関係性のなかにしかその存在の成立する場所を見出すことのできえぬ生きものであるという自明の事実（略）」ということを述べている。注意しなければならないのは、関係性に眼を向けるのも、あくまで自己の存在を問い詰めるためなのだ、ということである。「覚書」では、「私とは一体誰なのか、私とは一体如何なる生きものなのか、と問い続けることが、私を今日まで俳句という表現に駆り立ててきたと言っても過言ではないという事実を先ず私は述べておきたい」、と語られている。

私とは何かを問うために、周囲との関係に眼を向けるわけで、あくまで主眼は私という存在の究明にあるわけである。もっとも、それは私という個性の独自性などを問うことではない。私という一つの存在を問うことを通して、存在そのものを問うことなのである。西川徹郎はそのように考えていた。やはり「覚書」で、「私は、この近年になって、俳句こそが存在へ向って言語を矢のごとく尖鋭化させ、存在を刺し貫くことのできうる詩型である、という考えを強く持つようになった」、と語られている。さらに続けて、「前著『家族の肖像』以来、この認識に依拠して、俳句による存在論の成立と展開の可能性を希求しつつ書き続けてきたのである」、とも述べられている。

また、小林孝吉が指摘している「非在」や「非在の時空に生きる家族」についても、たしかに『死亡の塔』の俳句で詠まれているのである。もちろんそれらの俳句は、西川徹郎の言う、「俳句による存在論の成立と展開の可能性」の或る局面だと言える。西川徹郎は「覚書」の中で、「(略)本著は、いわば『家族の肖像』の続編として読んでいただいても大過ないことを付記しておく」と述べていて、たしかに家族の一人一人がテーマとなっている俳句が多数あるが、しかしそれらを含めての『死亡の塔』の俳句は、シュールレアリスムの詩や絵画からその技法等を摂取したと思われる、難解な句の多い『家族の肖像』よりも、随分とわかりやすくなっている。ほとんどの句は、或る出来事や事柄の一シークエンスとして了解できると言える。次に、家族の一員が登場する句を、『死亡の塔』から適宜引用してみる。もっとも、これらの句は一連のものとして詠まれているのではなく、それぞれの節から抜き出したものではある。しかし、そうではあるが、それぞれの句同士は関係していると考えられる。

おとうとを野原の郵便局へ届ける
解体されてあけぼのの野のおとうと
まひるの野犬箒に映る弟は
雪降る庭に昨夜の父が立っている
雪降る秋も押入れに父棲んでいる
父の肛門へ葬花詰め込むまっぴるま
屋根に届いた野の草父は天を行く
食道癌の白浜を行く真昼の母と
空の裂け目に母棲む赤い着物着て

これらの句に出てくる「おとうと」や「父」、そして「母」も、実は現実の存在ではないだろう。「おとうと」は何らかの理由で「解体」されたらしく、「父」は今在るのではなく「昨夜の父」であったり、「押入れ」に棲むような存在なのである。やはり「父」も異世界の存在なのであろうか。実際、「父の肛門へ葬花詰め込むまっぴるま」の句は、文字通りのこと、すなわち遺体の処理として肛門に脱脂綿などのものを詰めることを表していると思われる。そうなると、やはり「父」はすでに死んでいるのであり、事実「屋根に届いた」の句では「父は天を行く」と詠まれている。「食道癌の白浜」の句は、実は「食道癌」の「母」とあるべきところをそのように詠んだと思われる。「白浜」の形容として「食道癌」は変だからである。その後、「母」の病状については詠まれた句はないが、「空の裂け目に母棲む」の句からは、やはり「母」も「父」と同様に昇天したと思われるのである。

さらに、家族が登場する句を見てみる。

　姉を死産するはは草の葉で拭い
　蓮華は母の性器ならずや蓮華寺
　物置の中の自転車を亡き姉に貸す
　紺のすみれは死者の手姉さんだめよ
　おとうとを探して野原兄はかみそり
　校葬のおとうと銀河が床下に
　おとうとの肋骨に刺さる蝶その他
　朝顔は月を犯しているいもうと
　おとうとは野のかげろうに食べられて
　曙の姉のしかばね山茶花は

「はは」は出産に関わる存在として詠まれているが、その出産は「死産」であり、「姉」はすでに「亡き」存在であり、「曙の姉」の句で「山茶花」は「姉のしかばね」であると詠まれている。また「おとうと」も、「校葬」されているのである。それは「おとうと」が「野のかげろうに食べられ」たからであろう。だから、「おとうとを探して」も無駄なのであり、「おとうと」を見つけ出せない「兄」の苛立ちは、「かみそり」のようになっているのだろうか。これらの句の中では、「いもうと」が現世に存在しているかのように思われる。しかし、その「いもうと」も「朝顔」になっているとするならば、やはり人間界からは姿を消していると言える。

こうして見ると『死亡の塔』は、まさに「死亡」した人たち、それも家族たちを詠んでいる句の多数あることがわかる。『死亡の塔』の俳句とは、いま現に存在していて、ここにいる家族ではなく、それらの人たちが亡くなったところから、その一人一人の存在を言葉によって摑み取ろうとしている句であったと言える。西川徹郎は、「俳句こそが存在へ向かって言語を矢のごとく尖鋭化させ」ると言っているが、『死亡の塔』ではその「矢」は非在から発せられている。あるいは、非在に向けて「矢」を発することを通して、存在の問題を提起しようとしたと言えようか。

『死亡の塔』はそういう句集であると一応言うことができるが、そのことに留まらない要素も持っている句集ではないだろうか。その一つが読む側の姿勢によってはユーモラスに感じられる句があることである。

土足で月が二階へ上がる死者を連れ
鬱金の襖を倒す月が土足で
肛門に手を差し入れる若葉の死者
あおあおと脱腸の死者石原行く
九月寺町ふぐりが空で唸っているよ
卵咥えて岸行く皇太子がみえる
睾丸を紙に包んで桔梗寺

あけぼのの螢の肉をゆびで突き
星が箒を棄てて出て行く朝の浴場
ペニス摑んで墓山荒らす草野球

もちろん、これらの句を何かの隠喩もしくは諷喩として考えるならば、ユーモアは感じられないだろう。むしろ極めて難解な俳句となるだろう。しかし、そうではなく、ここで詠まれていることをまさに文字通りに受け止めて、その情景なり場面なりを想像してみたとき、それはユーモラスな句として受け止められるのではなかろうか。もっとも、ここに引用した俳句には、「肛門」、「脱腸」、「ふぐり」、「睾丸」、さらには「ペニス」などの言葉があり、『瞳孔祭』の中にある俳句と同様に、言わば下《しも》の話題、あるいは尾籠な話が詠み込まれていると思う向きがあるかも知れない。しかし、それらは決して猥褻ではなく、むしろ人間が生きていく営みの中で必然的に負わなければならない事柄と直結する言葉として出て来ていると考えるべきであろう。

また、先にも述べたことで、俳句には滑稽や軽みなどの要素が本来あって、それらはユーモアの要素とも言えるが、西川俳句においてもそういう要素が、『死亡の塔』において前面に出始めたと言えるのではないだろうか。試みに、いま引用したそれぞれの俳句の場面や情景を、文字通りに思い描いてみるならば、これらは少し笑える句に思われて来るであろう。「土足で月が」の句、および「鬱金の襖を」の句における「月」や「星が箒を棄てて」の句における「星」は、擬人化されているわけだが、ここで足のある「月」や「箒」を棄てる「星」というものを想像してみるならば、やはり滑稽さが感じられるだろう。さらに、「死者」が「肛門に手を差し入れる」句や、「睾丸を紙に包」む句、さらに「ふぐり」が「空で唸っている」句なども、滑稽感をもたらす句である。

もちろん、「あおあおと」の句では、その「あおあおと」という形容が少々飲み込みにくかったり、「ペニス摑んで」の句では、「草野球」している連中が「墓山」を「荒らす」こともあるだろうと了解できるが、彼らが自分たちの「ペニスを摑んで」草野球をしているというのは、やはりすんなりとは受け止めにくいイメージである。しかし、そういう問題があるにせよ、『死亡の塔』はそれまでの句集に比較するならば、随分と句の像が結びやすく、またわかりやすくもなっている句集である。

先ほど、句に詠まれていることを文字通りに受け止めるならば、滑稽感が生まれるということを述べたが、文字通りに受け止めた場合、句に詠まれている情景や場面、また事柄は、お伽噺や昔話、さらにはファンタジーにも通じ合うところがあると言える。つまりメルヘン的とも言える句があるのである。次にそういう句を引いてみる。

夕顔ひらく葬列はるばる押入れへ
鏡破って出て行く少年冬波は
月の寺木魚に手足生えていて
真昼の寺に大きな箒死んでいる
本を叩いて枯野を劇壇人通る
喉の奥の桃の木を伐る姉いもと
梅咲く戸口死者と生者が入れ替わる
螢を追って行った箒に手足生え
野鶏が茜を乱していいます手紙下さい
はらはらと小箱へ戻る月の旅人

これらの句にはファンタジーと共通するところがあるだろう。それは、これらの句で詠まれている情景や場面が幻想空間と言えるからである。西川徹郎の俳句世界の大きな特徴の一つには、一行の中に幻想空間を創出することがあるが、たとえばここに引用した一句一句にも幻想の世界が展開していると言える。この特徴は以後の西川徹郎の俳句においてさらなる展開をしているのである。

第三章　実存を問う――『町は白緑』『桔梗祭』

すでに第二章で引用しながら論及したが、『死亡の塔』の終わりに付された「覚書」の中で西川徹郎は、「私とは一体誰なのか、私とは一体如何なる生きものなのか」を問い続けることが、「俳句という表現に駆り立ててきた」ということを述べていた。そして、「俳句こそが（略）存在を刺し貫くことのできうる詩型である」と強く考えるようになり、また「私」という存在を問うにしても、「私」はあくまで「関係性のなかにしかその存在の成立する場所を見出すこと」ができないのだ、とも語っていた。「関係性」の中で「私」という存在とは何かを問い続けることが、西川徹郎にとっての句作の意味であるということであった。

つまり、西川徹郎にとって句作とは、彼自身の実存を問うことなのである。もっとも、『死亡の塔』が刊行された一九八六（昭和六一）年頃は、「実存」という言葉を西川徹郎はまだ用いてはいなかった。実存の言葉を用いて「実存俳句」ということを鮮明に押し出すのはもっと後のことであるが、しかし『死亡の塔』の「覚書」を書いたときには、実質的には実存の意味内容を持った言説を語っていたのである。先走ることになるが、ここで『星月の惨劇　西川徹郎の世界』（前掲）に収録された西川徹郎の評論「〈火宅〉のパラドックス―〈実存俳句〉の根拠」の中の一節を見ておきたい。

西川徹郎は自分の言う実存の考え方が、いわゆる西欧の実存主義思想から出て来たものではないと述べた後、こう語っている。すなわち、「四苦の相（生老病死）と共にこの罪悪性と反自然的な本質こそ人間存在の偽らざる事実であり、実存性である。佛陀の教えがこの実存性の克服のために説かれた東洋の暁光であることを法然や親鸞は伝えたのである。私の文学はこの法然や親鸞の伝えた大乗の他力の人間観に依っている」、と。「この罪悪性」というのは、その直前の文で「相対的人間存在の罪悪性」とも言われていることから推察できるように、決して絶対的ではなく、時代や社会や様々な人間関係に翻弄されることで、罪を犯してでも生きて行かざるを得ない人間存在の、その「罪悪性」のことである。さらに言えば、俳句はそういう実存性をこそ表現するのでなければならず、花鳥諷詠の狭い枠組みに留まっていてはならないというのが、西川徹郎の俳句観であった。

このように西川徹郎の言う実存性とは、「佛陀の教え」やそれを受け継いだ法然や親鸞の人間観から出て来たものであり、いわゆる実存主義思想からの影響から生まれた考え方ではないわけだが、しかし西川徹郎は同評論で次のようにも語っているのである。「しかし、私の〈実存俳句〉の深層の究明に当たっては、ハイデッガーやカフカやサルトル等の西欧の実存哲学や実存主義文学を通して、比較論的に探究する営みも大いに意義のあるところである。人間の生と死の絶望の克服は、洋の東西と思想の在処を超えて、斉しく人間存在の深層の究明に益するからであり、私の文学の本質が、彼らとの同質性と差異性とが交差する狭間に立ち現われてくると考えられるからである」、と。この西川徹郎の言葉に支えられて、この章では西欧の実存哲学を参照することなども通して、すでに実質的には〈実存俳句〉の要素を含んでいた『町は白緑』や『桔梗祭』の俳句について考えていきたい。

実存について、たとえばハイデガーは『存在と時間』（原佑訳、中央公論社『世界の名著62』、一九七一〈昭和四六〉・一〇）で、こう語っている。すなわち、「現存在がそれへとこれこれしかじかの態度をとることができ、またつねになんらかの仕方で態度をとっている存在自身を、われわれは実存と名づける」（傍点・原文）、と。「現存在」とは、端的に言えば人間のことであるが、現存在としての人間は存在の意味を問い求める可能性を持つ存在であるとして、こう述べられている。「われわれ自身こそそのつどこの存在者であり、またこの存在者は問うことの存在可能性をとりわけもっているのだが、われわれはこうした存在者を、術語的に、現存在と表現する」（同）、と。つまり、現存在とは自分の存在の意味を問う存在であり、また今のあり方に固定されてしまうものではないのであって、その問い掛けと関わって自分の存在を未来に向かってどのように展開していこうかと思っているような、可能性を持つ存在のことである。そのような現存在のことをハイデガーは実存と名付けたのである。
　こうしてハイデガーの定義を見るだけでも、やはり西川徹郎の言う実存といわゆる実存哲学で言われている実存とは通じる要素があることがわかる。それは、私という存在とは何か、とその存在（の意味）を問う存在であるという点において、両者は通じているのである。ただ、西川徹郎も前掲の評論「〈火宅〉のパラドックス―〈実存俳句〉の根拠」で示唆しているように、西川徹郎が語る場合の実存は、「四苦の相」や「罪悪性」などに繋がれて生きざるを得ない、人間存在の業苦の面が中心になっていて、西欧の実存哲学よりも一層過酷な人間認識になっていると言えよう。そういう実存についての認識を根底に持ちつつ、人間存在の有り様のまさに諸相が詠まれているのが、とりわけ『死亡の塔』以後の西川徹郎の俳句である。西川徹郎にとって第五句集となる『町は白緑』（沖積舎、一九八八〈昭和六三〉・一）においてもそうである。
　句集『町は白緑』について、作家の藤沢周は「迷路　『町は白緑』」（「銀河系つうしん　vol. 11」一九九〇〈平成二〉・一〇）で、句集中の
　　階段で四、五日迷う春の寺
　　抽斗へ迷路は続く春の家
などの句を引用して、こう述べている。「抽斗や戸棚、靴箱の中はいずれも死者の世界として表現されているが、その彼岸と此岸の境界に霊や神秘などのサイキックなトランス（変圧器）を微塵も持って来ないところに、西川俳句独自のものがある」、と。また藤沢周は、「増殖　『町は白緑』」（「銀河系つうしん　vol. 13」一九九二〈平成四〉・七）では、句集中の
　　押入れの球根親族ふえつづく
　　からだの中の竹がからだを突きやぶる
などの句を引用しながら、次のように語っている。すなわち、これらの句を我々は単に読み感じているだ

けではなく、これらの「無秩序かつ突然変異」に対して、「不安と危惧とを抱きながら、たえずその畸型を露顕させぬようにしている。それは、合理、条理という名の「近代」と呼んでいいのかも知れないが、そのわれわれの無意識と西川俳句との軋轢こそが、戦慄をひき起こすのだ」、と。そして続けて、「極言すれば、それらの句は、われわれの認識体系を飼い慣らしてきた「近代」にとっての悪夢なのである」、と。

これら二つのエッセイにおける藤沢周の論は納得できると思われるが、ただこれらの論で語られていることは、句集『町は白緑』にだけ当てはまることではなく、西川俳句全体に言えることであろう。『町は白緑』に焦点を絞った論としては、竹中宏の「『町は白緑』の地理―西川徹郎句集『町は白緑』論」（初出「銀河つうしん vol. 10」一九八九〈平成元〉・八、『修羅と永遠―西川徹郎論集成』〈茜屋書店、二〇一五〈平成二七〉・三〉所収）がある。その中で竹中宏は、『町は白緑』は「ほのぐらくしめった、やりきれない生の真相へむかおうとするものであるにもかかわらず」、その「表現」は「むしろ、（略）精神の矢の爽快な飛翔を、このほとんどオートマティスティックにしるしとどめられた文字のうえに、よみとることができる」と述べている。たしかに『町は白緑』の世界は、『無灯艦隊』のように重苦しくなく、爽快ですらある。まず、『家族の肖像』や『死亡の塔』に連続する、家族を詠んだ句を、次に適宜抽出してみる。

弟に手足生えだす水すまし
おとうとと湖底を歩く眼を開き
山霧ははを連れ出すふらんする
白髪の姉は峠へ走る水鏡
椿寺椿は姉を産み落とす
床下の父へときどき会いに行く
棺より逃走して来た父を叱るなり
馬のからだへ曙の母を刺繍する

くちびるで秋津殺める妹よ

これらの句の状況設定はやはり異常であるが、しかし句の意味自体はわかりにくいものではないだろう。句で詠まれている事柄をそのまま受け止めれば、句意は了解できると思われる。「弟に」の句は、「水すまし」を見ていてそのように思えたということだろう。「おとうとと」の句は、「おとうと」との幻想的な遊びの句であり、「くちびるで」の句は強い感情を持つ「妹」を詠んでいると思われる。また、西川俳句における「はは」は、強い意志を持つ存在ではなく、むしろ受動的な存在であるようだ。「はは」は「山霧」に連れ出されたり、「馬」に「刺繍」されたりするのである。

「父」はすでに鬼籍に入っているようだが、その「父」と会ったり、「棺」から「逃走」した「父」を叱ったりと、「父」は少しユーモラスな存在である。「父」はまた、性的な存在でもあるようだ。「父の性具」と題された連作の中で、

明けつつあるか父の性具の冬菫

曙は父の性器と冬すみれ

という句もある。「白髪の姉」については、「白髪の姉」と題された、以下のような連作がある。

まひるまの白髪の姉が抽斗に

まひるまの白髪の姉を刈り尽す

畳に映る鳥中陰のお姉さん

鏡屋を曲がり見えなくなった姉

棒持って日の出の姉が出て行くなり

ときどき唸る姉の箪笥の月夜茸

茸摑んだまま右手死ぬ山の中

白髪生えた紙飛行機が谷の家に

「姉」の句としては他にも、
谷底に自転車姉跨がったまま
青筋立てて児を産む竹である姉は
晴れ着着て姉は戸棚を出て行くなり
という句がある。「姉」は「戸棚を出て行」き、そして「鏡屋を曲がり見えなく」なり、今は「谷底」か「中陰」にいるのか、いずれにしろ「姉」はこの現世に不在のようである。「姉」の持ち物であった「箪笥」の中の「月夜茸」だけが声を出しているのである。この「姉」に限らず、家族の全員が不在のイメージが強いが、それは「妻」に関しても言える。次に、「妻」に関する句を抜き出してみる。
空をふやしてたたかう森林局に妻
冬菫妻は死体を急ぎつつ
かげろうをうつつの妻は飲み下す
春の家写真の妻は眼より血を
抽斗の中の写真の妻が岸で叫ぶよ
「空をふやして」の句と「冬菫」の句はともに意味が飲み込みにくいが、後の句は詠まれた情景が普通ではない設定であっても、そのままに受け止めればいい句である。その詠まれた「妻」の有り様は、好ましいものではなく、やはり不在なのではないかと思われる。「写真の妻」というのが、そう思わせる。「抽斗の中」の句の「妻」が叫んでいる「岸」というのは向こう岸、すなわち彼岸ではないかと想像されるのである。妻に関しては、「寺妻」と題された連作もあり、そこでは
萩嵐して寺妻は荒れしきる
寺妻は陰に魚を棲まわせる
寺妻ノ子宮ノ鳥ヲ抜イテ下サイ

という三句が詠まれている。もっとも、これら三句で詠まれた「寺妻」は実際の「寺妻」がそうであるというのではなく、あくまでも作者の眼に映った「寺妻」、あるいは作者がそのように受け止めた「寺妻」像であろう。このことは、「寺妻」に関してのことだけではなく、これまで見てきた家族の成員たちについても同様に言えることである。

このように見てくると、この章の冒頭で述べた、「関係性」の中での「私」とは、つまるところは家族関係の中における「私」だと言える。作者は自らが抱懐する、家族それぞれについての像を、様々な角度あるいは視点から俳句に表現することで、つまりは家族像を形成することを通して、自らの実存を問い続けようとしたのである。おそらく、それぞれの家族について一句詠む度に、作者はそのように詠む自分とは何かと問い返したはずである。また、そうであってこそ、『死亡の塔』の「覚書」で述べられていた、「私」という存在を問う俳句であろう。

句集『町は白緑』には、「水鏡」という題の句の中に、

みんみん蟬であった村びと水鏡

四、五人死んでから見えてくる水の家

神々が来てかみがかる水の家

という句があるが、これらの句には村落や村人のあり方に対する批判が込められているのではないかと思われる。また『町は白緑』には、家族の句とも関わりなくはない、家の中の物などを詠んだ句、すなわち「階段」「窓」「靴箱」「抽斗」「萩の間」「鏡」、さらには「佛壇」や「戸袋」などを詠んだ句も少なからずある。

これら家の中の物などは、立松和平が「悲しみを食らう—西川徹郎句集『町は白緑』」（初出は句集『町は白緑』栞、『修羅と永遠　西川徹郎論集成』〈前掲〉所収）で、「押入は他界である。交通のたやすい他界であって、してみると身のまわりは他界ばかりだ」と述べているような、他界に通じる物や場所である。あるい

は、稲葉真弓が「原風景を巡って―実存俳句の在りか」（『修羅と永遠　西川徹郎論集成』〈前掲〉所収）で、「西川にとっては「体内」も「階段」も「靴箱」も「押入れ」もすべてが夢の出入りする入り口であり出口なのだ。その「箱」の奥は無限の空間であり、時間の観念は失われている」と述べているように、それらの場所や物は「夢の出入りする」ところとも言えよう。

そのような他界もしくは他界に通じる場所や、さらには夢への出入り口に、たとえ思考実験的にせよ、身を置くことでこの世界の有り様を見ようとすることは、やはり実存的な姿勢と言えるのではないかと思われる。さらに『町は白緑』には、思考実験ということに関連して言うならば、或る物語の一シークエンスではないかと思われる句があり、これらも思考実験的な句作と受け止められるのである。たとえば、句集の冒頭の一句である、

遠い駅から届いた死体町は白緑

である。この句には「死体」という言葉があって、ただちにミステリアスな雰囲気が漂ってきて、この句はミステリーの一シーンとして読めそうであり、また必ずしもミステリアスなイメージの無い句でも、何かの物語の一シーンのように思われてくる句がある。次に、その幾つかを適宜引用してみる。

まだ死なぬゆえ褌を干す山の家
隣人は石屋へ走る黄水仙
カミソリを手に桜の木は肉だ
校長を水田の一部として越える
乾きつつあるか死犬も金閣寺
襖絵の蓮に隠れて手淫せよ
茸摑んだまま右手死ぬ山の中
白髪生えた紙飛行機が谷の家に

藻にまみれた校塔仰ぐ少し荒れる日
寺巡りつつ唇は風のなか

「まだ死なぬゆえ」の句からは患っている人が想像されよう。実は、この句の直ぐ後に、

褌干すは海軍のよう山の家

とあり、この「山の家」には海軍の軍人が病気か戦傷かで臥せているのではないかと想像され、「まだ死なぬ」人とはその軍人のことのようであり、その軍人の人生を知りたくもなってくる。「隣人は」の句では、なぜ「隣人は石屋へ走る」のだろうかと思われ、また、「カミソリを」の句は「桜の木は肉だ」と思う人物にはどういう生活があるのだろうかと想像される。また、「校長を」の句では、「校長を水田の一部として越える」という発想を持つ人物の、校長との人間関係はどうだったのか、ということが気になってくる。「襖絵の蓮に」の句の主人公は少年だと思われ、句の背景となる少年の生活を感じさせる。「茸摑んだまま」の句には、そういう状態に至るまでにはどのようなドラマがあったのだろうかと思われてくる。「白髪生えた」の句は「紙飛行機」は老いているのだろうか（古い飛行機なのか）、それが「谷の家に」飛んでいった後のことが知りたくなり、また「藻にまみれた」の句は、学校でどういう出来事があったのかを想像してみたくなる。同様に「寺巡りつつ」の句は「寺巡り」の動機となった話を聞いてみたくなるような句である。

このように見てくると、ここで引用した句の背景には、句で語られた事態の前後にあるはずであろう出来事について様々な想像が指嗾《しそう》されてくる。そして、作者はそのような事態を句に詠むことで、自分の人生を省みて思いを致したりしているのではないかと考えられる。

また、物語性のある句であり、且つより端的にはメルヘン的な要素ともファンタジー的な要素とも言える句が、『町は白緑』には多数ある。それらを幾つか引いてみる。

ふらふらと草食べている父は山霧

戸袋の霧はきつねと言いふらす
直立して神々が棲む水鏡
鏡飾して死者数人を連れあるく
茜が寺を通りのたうつ桜鯛
岬まで墓原続く桜鯛
尖塔は秋津が引き摺りつつ運ぶ
ひょうひょうと芒が運ぶ寺屋根など
変なかたちの手が生えている寺のまわり
白髪生えた靴が野寺へゆめ運ぶ

このように引用していけば、まだまだ多くの句を挙げることができる。その少しだけを挙げてみると、

戸袋を歩き疲れて風の原
月は稗田へ浴室の戸を破り
秋津が秋の日の野の人を鷲摑む

などである。これらの句で詠まれている事柄を、何かの隠喩や諷喩として捉えるのではなく、文字通りにそのままに読み取るべきであろう。そうすると、それらの句がメルヘン的な句やファンタジー的な要素のある句であることがわかる。メルヘン的な句については句集『瞳孔祭』に、またファンタジー的な要素のある句は句集『死亡の塔』にすでに出て来ていたことを指摘したが、句集『町は白緑』ではそれらの要素を持つ句がかなり増えてきたと言える。

むろん、そこで詠まれている事柄等は或るファンタジー物語の一シークエンスとも言え、その点で先ほど指摘した句とも共通している。西川徹郎の俳句には初めからメルヘン的あるいはファンタスティックな要素と馴染むところがあったと言えるが、それらの要素のある句が以後さらに増えてきて、むしろ西川俳

句の本質にはメルヘンやファンタジーがあるのではないかと思われてくるのである。その要素は西川徹郎にとっては第六句集にあたり、句集『町は白緑』の刊行の一ヶ月後に出版された書き下ろし句集『桔梗祭』〈冬青社、一九八八〈昭和六三〉・二〉にも顕著に出てくるのである。

句集『桔梗祭』を見ていく前に、メルヘン的な俳句やファンタスティックな要素がある俳句をどう考えるかという問題について見ておきたい。ただこの章では、「私」という存在の問い、すなわち実存の問題と絡めて、それらの要素のことを考察することにする。その点で参考になるのは、篠憲二の論考「言語と実存」〈『新・岩波講座　哲学2　経験　言語　認識』〈岩波書店、一九八五〈昭和六〇〉・一二〉所収〉である。

「言語と実存」によれば、人間は生存の実在的連関からさえも離脱し、実在しないものの領域に、すなわち非実在的な空間にも関わっていく。このことを篠憲二は「言語と実存」でやや難しい言い方でこう述べている。「人間的実存はたんに感覚的な実在領野を把持するだけでなく、時空的実在性を越えた想像的、言語的な非実在的領野、つまり世界へと開かれている」、と。そして、言語を持つ存在である人間は、「音素・記号素・句・文・発話」といった階層レベルに応じて、言語結合の自由、新たなものの産出可能性を持ち、それは「新たな創造的可能性に開かれていくという、実存一般の自由の構造を例示しているのである」、と。つまり、言語にある「想像的」な要素によって、人間の感覚と思考は「創造的」になるわけである。

「想像」性と「創造」性は、人間が実存であることから出てくると篠憲二は述べているのだが、そのことを「脱自的超越性」とも言っていて、さらにこう語っている。「想像的表象によって開始された非実在的空間へのこのような離陸は、非直観的な一般的表象つまり概念の言語的形成によっていっそう高い水準で達成されることになるだろう」、と。

ここで篠憲二の論についての理解を深めるために、いわゆる新カント派中のマールブルク学派に属していた哲学者のE・カッシーラーの著書『人間』〈宮城音彌訳、岩波書店、一九五三〈昭和二八〉・三〉と哲学者、美学者であるスザンヌ・K・ランガーの著書『シンボルの哲学』（矢野萬里他訳、岩波書店、一九六〇〈昭和三五〉・九）を参照しよう。

カッシーラーは『人間』でこう述べている。「シグナルとシンボルは理論上、二つの異なった世界に属するのである。すなわちシグナルは物理的な「存在」の世界の一部であり、シンボルは人間的な「意味」の世界の一部である。シグナルはオペレイター（操作者）であり、シンボルはデジグネイター（指示者）である。シグナルはたといシグナルとして了解され、用いられたとしても、一種の物理的又は実体的存在である。シンボルはただ機能的価値のみをもっているのである」、と。そして動物はシグナルしか了解できないが、人間のみはシンボルを操ることができるのである。これはどういうことだろうか。

これについては、哲学者の木田元が『現代哲学　NHK市民大学叢書9』（日本放送出版協会、一九六九〈昭和四四〉・九）で比較的わかりやすく説明している。「つまり、動物は現に生きている直接的な状況から身を離すことができない。動物にとって対象は、その時々のパースペクティヴのなかにあらわれ、その場の構成に依存する機能値をもっているだけのものである」が、人間は同一の対象を多様なパースペクティヴにおいて見ること、すなわち認識することができるのである。つまり人間には、「（略）同一の主題をさまざまに表現しうるこの可能性、多様なパースペクティヴを切り換える能力、つまりはシンボル化の能力」があるのである。そのシンボル化の能力を最も端的に担っているのが言語能力である。

たとえば人間は、「山」と言われたとき、いま眼の前にある「山」だけではなく、いま眼にすることのできない「山」をも思い浮かべることができる。人間は「直接的な状況から身を離す」ことができるのである。それができない動物はシグナルを理解することはできても、シンボルを操ることができない。ランガーが『シンボルの哲学』で述べているように、「シンボル使用と単なるサイン使用との間には深遠な相違がある」のであり、たとえば犬にとって主人の名前はその当の人物の匂いや足音などと同等の意味を持っているにすぎないが、人間にとって名前はその人の表象さらには観念（「優しい人だ」など）を呼び起こすのである。ランガーの言う「サイン」は、先の「シグナル」とほぼ同じ意味合いと言えるが、ともかくも、シンボル化の能力を最も担うのが言語能力である。

少し回り道をしたが、篠憲二の論に戻ると、言語というシンボルを操作することによって人間は、自分がいま縛られていると言える状況を越え出て想像空間にも眼を向け、そこにおいては想像的表象さえ創造することができるのである。そのことが、篠憲二が述べている「実存と言語」の関係であると言えよう。文学作品とはそういうものであり、本来ならば俳句においても、想像空間における自由な創造がなされるべきであろう。おそらく、西川徹郎の俳句にファンタジー性やメルヘン性が色濃く出て来るようになるのは、この時期にはまだ〈実存俳句〉という旗幟が鮮明ではなかったにせよ、やはり篠憲二と同様の実存についての了解が西川徹郎の中にあったからではないかと思われる。

また、篠憲二は論考「言語と実存」でさらに興味深いことを述べている。篠憲二によれば、詩的言語は「実存の原情動、世界の原経験」すなわち「実存の始原的な親和性」を表現するだけでなく、「それとは逆の開放的なテロスへの道を切り拓きもする」として、その理由をこう述べている。「というのも、一般に詩的想像力は既成的、日常的な生活現実を排去して、世界についての自由な可能的ヴィジョンを創造する機能を有しており、したがって、一つの新たな詩的隠喩でさえ、世界を経験する新しい仕方を創設するものとなりうるからである」、と。そして、「(略) 詩作は想像的、情動的な世界経験を多元的に自由に革新しようとしており、世界開放性の全面的な遂行様式になっているということができよう」として、その意味で「詩こそ」が「実存の言語たりうる」のだと語っている。まさに、西川徹郎の俳句こそ、「実存の言語」であると言えようか。

西川徹郎の俳句が「関係性」の中で「私」という存在を問うものである以上、『桔梗祭』においても、やはり家族は大きな主題である。次に、家族が登場する句を適宜引用してみる。

戸口の桔梗くぐれば兄は八つ裂きに

妹を捜しに狂院の夏祭
犬小屋の中の弟月の山越え
鶏小屋の朝焼姉は血に濡れる
冬浜へ喉を突き出す棺の父
揺れつつ野行く籠の螢を姉という
蓮池に沈んだ姉を思う山越え
妹は菖蒲で鳥を包み込む
風上人野へ出て母に突き当たる
棺に寝ていた父が朝から麦畑に
欄間の鶴が窓を出て行く父死んで

ここでも、「父」は「棺の父」であって「死んで」いるようで、「姉」は「蓮池に沈ん」でいるし、「妹」も不在のようで、「兄」は「八つ裂き」になっていて、「弟」は犬小屋にいるのである。「突き当た」られる「母」は、やはり受動的な存在のようである。作者の西川徹郎の家族が実際にそのような存在ではないことは、言うまでもない。作者は家族像を思い切って言わば感覚実験、思考実験のようにしてデフォルメして描き出すことで、家族と自分との関係を確かめようとしているかのようである。

『桔梗祭』には、『瞳孔祭』で詠まれた「妻」や「赤ちゃん」のことではないかと思われる句もある。以下の句である。

子を殺し来て稗の花眼を開く
子殺しに銀河の紫紺染みわたる
楢山の楢の木死児は皆裸足
波打つ麦野突如裸になり妻は

床下へ潜る夕月空には妻
遠い記憶の菖蒲で妻の眼を包む
妻は野へ夜鳥夜鳥と喚きつつ

『瞳孔祭』を読んできた眼には、これらの句からは痛切な思いが感じ取られるだろう。たとえば「遠い記憶の菖蒲で」の句には、作者の悔恨の思いさえ伝わって来そうである。西川徹郎の想像力は、「日常的な生活現実を排去」(篠憲二)したところでのヴィジョンのもとで「妻」や「死児」の姿、そして西川徹郎が彼らの本質だと思っているもの、あるいは少なくともその本質が浮かびあがるように見える姿を詠んでいるようにも思われる。

後に西川徹郎は、「反俳句の視座―実存俳句を書く」(『國文學　解釈と教材の研究』二〇〇一〈平成一三〉・七、後に『修羅と永遠―西川徹郎論集成』〈前掲〉所収)で、西川俳句に登場する秋津や陽炎、桜や梅や木の小枝も、実は西川徹郎とともに生きている「世々生々の父母・兄弟」であって、自分の「かけがえのない切実な心の友だちにほかならないのである」と述べているが、『桔梗祭』にはそれら衆生たちが擬人化されて登場するのである。たとえば、次のような句である。

首締めてと桔梗が手紙書いている
月夜ゆえ蘭を戸口で抱き締める
庭箒の苛立ち直る鶏打って
涙ながし空で縊死する鶯よ
寺山の切株は薄く血を浮べ
切株は切られ切られて暴れだす
月の寺蓮華は野球をして眠らない
家三軒倒し疾走する菖蒲

遙かな萩野萩が千本行き倒れ

このような句を見ると、たしかに西川徹郎にとって「桔梗」も「蘭」も、「庭箒」や「鶯」、そして「切り株」も「蓮華」なども、「かけがえのない切実な心の友だち」なのだと思わざるを得ない。句集『町は白緑』を論じたところでは言及しなかったが、『町は白緑』の「後書」の冒頭には、「今日は、朝から庭先の木蓮が騒いでいる」という一文があるのである。この擬人化した言い方は何らかのレトリックのように思う向きもあるかも知れないが、これは西川徹郎の普通の感覚なのではないかと思われる。西川徹郎にとって「木蓮」は「騒」ぐものなのである。あるいは、これをアニミズムで説明する捉え方もあるかも知れない。しかしそのような説明の仕方を、先に見た「反俳句の視座―実存俳句を書く」で西川徹郎は否定しているのである。

ともかくも、普通には擬人化というような言い方で説明される、このような表現は、いわゆるレトリックの一種として意識されているのではなく、作者の西川徹郎にとっては、ごく普通の感覚だと言えるのではないかということである。なお、句集『桔梗祭』の「後記」にも、「私の家の木蓮が風に騒ぐ頃」という言葉がある。

さらに言えば、このような普通にはレトリックの一つとされる擬人化表現に表されている感覚が、当人にとってはごく普通の感覚であるとするならば、やはりそれはアニミズムとも関わって来なくはない幼児期の感覚に通じるものがあると言える。そうなると、これまでの西川徹郎の俳句に時折表れていたファンタスティックな要素やメルヘン的な要素というものも、その幼児期の感覚と関わり合うものであろう。たとえば、幼児は「切株」が「暴れ出す」ように見えたり、「血を浮べ」ているように感じるものであろう。そのように捉え直して、先の擬人化表現のような俳句を読み直してみると、難解な句としてではなく、むしろ素直な感覚や感情が詠まれたものに思われてくるのではないだろうか。

そのことと関係があるのは、幻想的な世界を詠んだ句である。次にその幾つかを引いてみる。

襖絵の桔梗が屋根を突き破る
犬小屋からきこえる手鞠唄を数える
丘でぶつかる月と石屋のゆめをみる
野犬は山を青桃は空を越え
町を歩けば喉より溢れだす若葉
少年溺死してさざんかになっている
溺死する時喉へ銀河が流れ込む
鏡が浦へ廻わり半身透きとおる
馬ガイマ五頭銀河ヲサカノボル
楡の内臓あるいは馬が霧になる

他にも、

自転車は屋根駈け巡る銀の花
襖絵のおまえ夜鳴きの鳥となり
破れた馬のからだ桔梗が咲いている

などの幻想的な句が少なからずある。他には、或る狭い物の中を詠んだ句や、また狭い所を通って別の空間に行くような句も、幻想的な句と言えよう。次にそれらを引いてみる。

佛身のなかの青野を岬まで
鳴り続く寺の内部の冬の浜
戸袋の浦を兄嫁走りつつ
性愛の彼方の戸袋の中の浦
鯨の胎のなかの月夜を遠く見る

　このように見てくると句集『桔梗祭』は、以前の句集で主要な題材であった家族のことなども引き続きテーマにしながらも、ファンタジー的ともメルヘン的とも言える、後に顕著になってくる西川徹郎の俳句の傾向が、はっきりとし始めてきた句集であったと言えそうである。なお、『桔梗祭』には断定することはできないが、村落社会などに対する批判意識を詠んだ句ではないか、と思われる句もある。たとえばそれは、

　樺の一部として村長を伐採す
　死なねばならぬ人がたくさん岬の町に

という句である。『桔梗祭』に限らず、西川徹郎の句集には、注意しないと読み過ごしてしまうのであるが、そのような社会批判が込められた句が埋め込まれているのである。

第四章　浄土仏教を背景に——『月光學校』『月山山系』『天女と修羅』

第三章では、『町は白緑』と『桔梗祭』を実存俳句という観点から見てきた。『町は白緑』、『桔梗祭』を上梓した後も西川徹郎は、句集としては第七句集に当たるものの、未刊行のままとなっていて、二〇〇〇（平成一二）年に沖積舎より刊行された『西川徹郎全句集』に収録されることで公表された『月光學校』や、さらには第八句集『月山山系』（茜屋叢書第一集、一九九二（平成四））に収められた俳句を精力的に詠んでいたと思われる。そのことは『西川徹郎全句集』にある斎藤冬海編による「西川徹郎年譜」などによって知ることができる。

また同年譜によると、この間に西川徹郎は、一九八九（平成元）年二月には浄土真宗本願寺派の布教使研修会に参加したり、一九九〇（平成二）年に創立した教行信証研究会で『教行信証』の講義講読を一九九七（平成九）年まで第一期として行っている（編集室註、第二期教行信証研究会は現在も継続されている）。西川徹郎の学僧としての研鑽は、もちろん若い時から積まれているわけだが、『桔梗祭』を刊行した後にはより一層の研鑽ぶりが年譜から窺われる。試みに、年譜等からその研鑽ぶりを窺わせる事柄や業績を幾つか抜き出してみると、一九九〇（平成二）年七月に「涅槃の真因」を「宗教」（教育新潮社）七月号に発表、一九九一（平成三）年一月に「教行信証聞信録」を「北の芽」に発表、一九九二（平成四）年二月に北海道教区教学研究発表会で「唯信独達の思想——教行信証における救済の論理」という題目で研究発表、さらに同年四月には「宗教」四月号に「真の幸福とは何か」が巻頭掲載される、などである。

このように西川徹郎は句作に打ち込みつつも、他方では浄土真宗の学問僧として真宗学を懸命に研鑽していたのである。しかしそうなると、ここで疑問が湧いてくるであろう。まず、西川徹郎にとって、仏教とりわけ浄土真宗と俳句との関係はどういうものであろうかという疑問、さらに実存俳句ということの主張と仏教や浄土真宗との関係、言い換えれば実存の考え方と浄土真宗つまりは親鸞の宗教とはどう関係しているのだろうかという疑問である。西川徹郎は論文「〈火宅〉のパラドックス—〈実存俳句〉の根拠」（前掲）の中で、この二つの疑問に対して一挙に答えるかのごとく述べている。すなわち、「堕獄必定」の身が「そのまま往生必定の身となる」というのが、大乗仏教の究極としての絶対他力の大悲の論理であることに論及した後、次のように語っている。「私の俳句は、これらの浄土教のミダの本願の、絶対他力の思想に依っており、殊に親鸞が明らかにしたこの「地獄一定すみか」という実存的な極苦の人間観こそ、私が殊更に〈実存俳句〉と呼ぶ根拠にほかならない」、と。

「地獄一定すみか」というのは、『歎異抄』の「地獄は一定すみかぞかし」という一文を縮めて言った言葉であり、これは〈地獄の外には住み場所はない〉ということであり、人間のまさに「極苦」の様に眼を向ける親鸞の思想を端的に表していると言える。そして、その「極苦」の様を詠むのが〈実存俳句〉であるとするのだから、たしかに西川俳句は親鸞の思想と深く繋がっていると言えよう。さらに西川徹郎は同論文において、「私の俳句は、親鸞が伝えた大乗のこの徹底した慈悲の思想を根拠に書かれている」とも述べている。

このことに関しては、西川俳句と仏教とりわけ親鸞の宗教との関係について論じた論文としては最も重厚で包括的でもある、斎藤冬海の論文「「秋ノクレ」論—西川文学の拓く世界」（『星月の惨劇　西川徹郎の世界』〈前掲〉所収）で、次のように述べられている。「西川徹郎の俳句には、（略）ゴータマ・ブッダ（釈尊）が成道後、鹿野苑（現在のベナレス郊外）で五人の弟子に初めて説いたといわれる初転法輪の佛教の根本的教理、四諦の中の苦諦の四苦（生老病死）という人間の真の姿が刻まれている」、と。もっとも、宗教と文学とでは、やはりそれが目指す方向には相違があるのではないかと思われる。その問題についても斎藤冬海は同論文でこう述べている。すなわち、「言わずもがなのことであるが、西川徹郎の文学は、佛法（弥陀法）の顕彰や讃嘆や教化のためのものではない。文学と宗教とは、西川の中では峻別されているし、そうあらねばならない」として、さらに「文学の言語は、如何なる主義主張やイズムや理念に奉仕するものでもない」、と。

斎藤冬海のこの指摘を踏まえたうえで、以上のように見てくると、たしかに「地獄は一定すみかぞかし」と人間の実相を見抜いた親鸞の眼を通して、西川徹郎の俳句は詠まれているということがわかる。それでは、実存の考え方と親鸞思想とはどのように繋がるのであるのかと言えば、それは先の引用の中にあったように、そういう人間の実相、すなわち「地獄一定すみか」という実相が、実存であるというわけである。そう考えれば、たしかに実存と親鸞思想と、さらには西川俳句とは太い線で繋がってくると言えよう。ここで、親鸞思想を実存の考え方に引き付けるのは、西川徹郎の独断的解釈ではないだろうかと思う向きもあるかも知れない。しかしながら、親鸞思想を実存の考え方に繋げて解釈するのは、西川徹郎だけではないのである。

たとえば、岡村貴句男は『実存と信仰～親鸞思想の構造解明～』〈文芸社、二〇〇〇〈平成一二〉・一〇〉で、次のようなことを述べている。――実存とは「自覚的存在としての自己」ということであり、それは真実の有り様を追求していくのが、すなわち自分自身を実現することだと自覚しているような存在のことである。それはまた自ら一人において、絶対者〈神や仏〉と向き合う、そういう「単独者」としてのあり方を実存と言う。キエルケゴールにおいてはそうであったが、親鸞においても、不安定きわまりない自己という認識は、実存的な認識と言ってよく、自己が阿弥陀仏という絶対的存在に向き合い、それに帰命しようというのである。むろん、親鸞は「単独者」という言葉を遣っていないが、「弥陀の五劫思惟の願をよく〳〵案ずれば、ひとへに親鸞一人がためなりけり」〈『歎異抄』〉というように、「親鸞」という固有名詞を自ら遣い、そしてその自分を「一人」と言っているのは、キエルケゴールの語る「単独者」の意味合いと重なっていると言える。――

このように岡村貴句男は親鸞思想を実存の考え方と繋げているのだが、親鸞には「単独者」としての自覚があったこと、また親鸞には実存の意識があったと捉えている親鸞研究としては、伊藤益の『親鸞――

悪の思想』（集英社新書、二〇〇一〈平成一三〉・八）もある。その中で伊藤益は次のように述べている。すなわち、「（略）親鸞は、のちの一遍と同様に、まずは自己を「単独者」としてとらえた」として、やはり伊藤益も「単独者」という言葉を用いていて、さらに次のように述べている。「自己の「在ること」、いいかえれば「存在」に自覚的にむき合うことを「実存」と呼ぶならば、親鸞の提起する問題は、「実存」の意識と直結するものだったといえよう」（傍点・引用者）、と述べている。あるいは武内義範も、『浄土仏教の思想九　親鸞』（講談社、一九九一〈平成三〉・一二）において、「『教行信証』とは『大無量寿経』が真実の教であるという命題の展開であり、この命題の宗教的実存の立場からの解明である」（同）、と述べているのである。

こうして見てくると西川徹郎が、実存の考え方を深めていきながら、その過程の中で親鸞の思想について、言わば格闘的な理解を進めていったことは、当然な歩みであったと言えるのではないかと思われる。ここで、これまでの論の整理をしておくと、まず西川徹郎は実存俳句ということを主張しているが、親鸞の思想も実存の問題をこそ語った思想であると捉えることができるわけで、そうなると実存俳句の俳人である西川徹郎が浄土真宗の学僧でもあることは、むしろストレートに結びついていると言える、ということである。さらに、西川俳句と親鸞思想もしくは浄土真宗の考え方はどう関係するのかという問題については、親鸞が見たこの世の実相を、西川徹郎も言わば親鸞の眼を通して見ることで、現世や人間の実相の、その諸相を詠んだのが西川俳句である、というふうに言えよう。

次に句集『月光學校』に収められた句を見てみたい。

『月光學校』については、これまでも論及した高橋愁の『暮色の定型―西川徹郎論』（前掲）でも触れられていて、「なによりも今までの西川徹郎のカラーより脱せんとして、そのカラーをまたひきだし自省している面が新鮮なのだ」と述べられている。つまり、自らのカラーを抜け出るためにこそ、そのカラーを前にして「自省」しているというのである。やや曖昧な表現であるために、込められた意味が十全には伝わって来ないが、西川徹郎がこの句集に収められた俳句を詠む中で、これまでの自らの俳句世界から超え出て行こうとしたと、高橋愁は判断していると考えられる。やはり先に論及した、小林孝吉の『銀河の光修羅の闇―西川徹郎の俳句宇宙』(前掲)でも、「四二歳の頃の未刊集『月光學校』は、西川徹郎の俳句宇宙の一つの転換点を告げていないだろうか」と述べられている。たしかに『月光學校』では、それまでと異なった俳句世界が見られる。たとえば、性愛やエロスについての句である。それらの幾つかを次に引用してみたい。

なお『月光學校』では、すべての句が何らかの題のもとに詠まれていて、一句に一題が付いている場合も多くあるのだが、以下の引用においては、それらの題は省略している。ほとんどの句が題を省略しても読める句だと考えられるからである。

おだまきのように肢絡みあう月の学校
月の学校きらきらと抽斗の中の性愛
月の登校はればばれ桔梗の陰唇も
屋根裏のマネキン月経す萩咲いて
月夜の寺の葱は女陰に突き刺さる
手淫して少し悲しくなりかみそりばな
かみそりばな咲いて校長性愛す
赤毛のアンが丘飛ぶ男根を咥えたまま
立位が得意の隣人路上晴れている
木より木へ猫飛ぶ後背位の神父

すでに見てきたように、これまでの俳句においても、たとえば句集『桔梗祭』の中には「肛門」、「ふぐり」、「睾丸」、「ペニス」、あるいは「性愛」という言葉が用いられた俳句もあった。しかしこれまでの句では、「性愛」という言葉のある句でも、

性愛の彼方の戸袋の中の浦

というもので、必ずしも焦点は「性愛」には無かったのである。「肛門」や「ふぐり」等の言葉がある句でも、それらはエロスそのものを詠んでいる句ではなかった。それに対して、いま引用した句のほとんどはエロスや性愛を詠んでいると言える。少なくともエロスや性愛に近接している句である。もっとも、「月の登校はればれ」の句や「屋根裏の」の句、「月夜の寺の」の句などは、必ずしも性愛とは言えないだろうが、しかし性器に関する言葉が織り込まれていることによって、エロスや性愛のイメージが醸し出されているだろう。

また、これらの句は、性愛やエロスの言わば様態が、淡々と詠まれていると言えよう。あたかもこれらの句は、人間の性や生の実相とはそういうものだと語っているかのようである。いや、人間だけでなく、生きとし生けるものが、すなわち衆生がそうであると語っているように思われる。そして、西川俳句においては、マネキンがその衆生の代表的な存在の一つなのである。

さて、『月光學校』には次に引くように、メルヘン的であるものの残酷なメルヘンのような句や、さらには残酷そのものの句もある。

月の回廊耳がたくさん落ちている
血を吐き倒れる抽斗の中の遠足は
激しく喘ぐ遠足晩秋の物置まで
締め殺されるから月夜の舞踏会へ行かない
下血したまま葵が戻る月の庭
死人の指も刈り採り朝の葱市へ

小焼け幾度鋸で頭を截られてより
秋庭に咲くマネキンのはらわたなど
柊に食い千切られる弟よ
鶏小屋を襲う晩秋の草の舌

これらの句はほとんどが、「血」を吐いたり、「締め殺され」そうであったり、「鶏小屋」は「襲」われそうだし、「死人」はその「指」を「刈り採られ」たり、あるいは「弟」は「柊に食い千切られる」というように、惨劇を連想させる句である。少々どぎつい句だと言えようが、しかし平穏無事で過ごしているような私たちの生活も、実はこのような惨劇と隣合わせであるかも知れないであろう。それが私たちの生の実相ではなかろうか。さらに言うならば、その生の惨劇とは、釈迦や親鸞が見抜いた、まさに四苦八苦の中にいる衆生の生の実相と言えようか。

その惨劇の中の衆生たちは、俳句の中で「月の回廊」や「月夜」、さらに「月の庭」が詠み込まれているように、月の明かりに照らされている。これよりも前の引用には「月の学校」「月夜の寺」とあって、それらの句の中に登場する衆生たちも同様である。句集の題名からして当然とも言えるが、『月光學校』の中の衆生たちは、月光に包まれているのである。惨劇の様が詠まれているわけだが、衆生たちは月光にくるまれていると言えよう。

ここで私に連想されるのは、漢訳の『大無量寿経』に語られている二つの事柄である。仏が阿難に告げたことで、無量劫の昔に「錠光」という如来が世に出現して、次いで「光遠」という如来が出現し、そして次ぎに「月光」という如来が出現したという話である。もう一つも、やはり仏が阿難に告げたことで、「無量寿仏の威神光明は、最尊第一」であって、そのため無量寿仏は「無量光仏」や「無辺光仏」などと、様々に号しているが、その中に「超日月光仏」とも号していると語られていることである（漢訳『大無量寿経』からの引用は、すべて岩波文庫版の『浄土三部経』〈中村元他訳注、一九六三・一二〉に拠る）。なお、無量寿仏というのは阿弥陀仏のことである。

もちろん、西川徹郎がこれら漢訳『大無量寿経』の記述を明確に想定して『月光學校』の題名を付けたということは、無いであろう。しかしながら結果として、『月光學校』に登場する衆生たちは、「月光」という如来、あるいは「超日月光仏」の光に照らされて存在していると言えるのではないかと思われる。たとえ、衆生たちの繰り広げる生の様態が惨劇の相を帯びていても、究極的には「月光」如来、あるいは「超日月光仏」の慈悲の光の下にいるのである。その月の光は、次のように幻想空間をもたらすようである。

月の椅子羽ばたけばたちまち鷺となる
月光学校少女たちまち龍となる
月が走って来て姉にぶつかる広い原
病院を担いだ馬が東の国に
桔梗であった頃夜会は山頂で
怒りつつ群がる昆虫月夜の勅使
解体されて蝶となる月夜の寺のオルガン
まっぴるま黒板が草を食べ尽す
校塔の月の狼を討つあまりりす
眩しくてならぬ棺の内部の萩月夜

このように、「鷺」「少女」「龍」「姉」「馬」「桔梗」「昆虫」など、様々な衆生たちの様態が詠まれているのだが、「黒板」や「棺」なども、言わば衆生化されて詠まれているのである。幻想的な句はさらに数多く詠まれていて、たとえば

死者の眼の中を七年飛ぶ鳥なり
野の人を噛み込み鶯鳴いている

　美術館を咥えた鯉が死につつあり
　老僧を少しずつ呑み込むなり鯉は

などの句がある。
　おそらく、これらの句をリアリズムの観点から読み解こうとするならば、詠まれている事柄は何の比喩であるのか、あるいはリアリズムを超えようとするシュールレアリスムの句ではないのか、というふうに捉えて、読み手はいささか頭を悩ますかも知れない。しかし、これらは幻想世界、ファンタジーやメルヘンの世界での出来事を詠んだ句であると考えれば、これらの句の内容をそのまま受け止めることができるのではないかと思われる。すでに句集『桔梗祭』にはファンタジーやメルヘンの要素のある句が詠まれていたが、『月光學校』においてその傾向がより顕著になってきたと言える。たとえば、次のような句である。

　庭先の木槿と争っているマネキン
　庭先を五年走っているマネキン
　身体に生えた鬼形の松の枝を剪る
　人形《ひとがた》の茜が通る寺の北側
　寺屋根を馬駈け上がる月の村
　佛壇のなかを通って月山へ
　床下の峠へ続く曼珠沙華
　西方へ帰る秋津に跨がって
　ゆうぐれは銀河も馬も溶けている

　これらの句も、比喩の句やシュールレアリスムの句として解釈しようとするのではなく、幻想や空想がそのまま詠まれている、メルヘンやファンタジーのような句として受け止めればいいと思われる。これらの句に詠まれているのは、幻想空間での出来事なのである。そして、これらにおいても、「木槿」や「松の木」、「曼珠沙華」「馬」などの衆生だけでなく、「マネキン」も衆生化して詠まれているのである。そのことから読み取れるのは、先に述べた私の連想に繋げて考えれば、人間だけではなく様々なものに対しても、「月光」如来あるいは「超日月光仏」の慈悲の光が降り注いでいるということになる。

　さて、『月光學校』にはこれまでの西川俳句に登場してきた家族もやはり詠まれている。家族を題材とした俳句は、これ以後も続いていて、西川徹郎の文学にとって家族が大きなテーマであることを、改めて確認することができるが、次に少々尾籠な句も含めてユーモラスにも読める句について簡単に見ておきたい。

　佛間まで上がり込む春雨の辣韮売り
　蓮池に近江の家具屋落ち込むなり
　血便続く近江の家具屋川は汚れ
　蓮料理店混む月神も日の神もいて
　栗山へ睾丸を採りに行き帰らない
　睾丸を淡海淡海と言いふらす
　月の間の死者褌を穿き換える

「睾丸を」の句はその句意が呑み込みにくいものの、ユーモアを感じることはできるだろう。また、その他の句では、「月神」や「日の神」はともかく、これらの句は衆生の生の営みを、少しユーモアも織り込んで詠んだ句と言えよう。このように、衆生の、決して美しいとは言えない生の営み、「ホトトギス」系の俳句ならば、絶対に採り上げようとしない、私たち凡夫の生と生活の諸相を、西川徹郎は俳句に詠み込んでいるのである。そういう試みによってこそ、俳句世界は一挙に拡がり、俳句は小説や詩などの他の文学ジャンルに十分に伍していけるものになるのではないかと考えられる。

第八句集『月山山系』は、題材等について第七句集『月光學校』での傾向を引き継いでいる句集であり、またテーマにおいても同様のことが言えると考えられる。さらに『月山山系』で特徴的なことは、斎藤冬海が論文「「秋ノクレ」論―西川文学の拓く世界」（前掲）で述べている「群作」の方法で、まさに圧倒的な「群作」の展開がされていることである。まず、引き継がれている傾向やテーマに関して言えば、やはり惨劇の中にいる衆生たちの姿ということである。それは、『月山山系』では死が正面に見据えられていることに表れている。

野道で死んでいる月山を喉に入れ
姉さんの遺書抽斗の中の萩月夜
マネキンも姉も縊死して萩月夜
萩箒いま起ち上がる棺の姉
手足絡んだ萩が戸口で死んでいる
黄金の影絵浦行く葬列は
少年に刈られ柊死にかかる
キャベツ渦巻く畑少年死に急ぐ
麦刈りの手つきで死者を刈り尽くす

死んでいるのは人間だけではなく、「萩」や「柊」などの植物もそうであり、また生きものだけでなく、「マネキン」や「月山」も死んでいるとされている。この場合の「マネキン」はこれまでと同様に衆生化されているのだが、「月山」も衆生化されているわけである。つまり、衆生がその中にいる四苦の中の一つである死苦が、これらの句で詠まれているのである。斎藤冬海は前掲論文で、西川徹郎の俳句には「佛教の根本的教理」を見ることができるということを指摘して、「（略）四諦の中の苦諦の四苦（生老病死）という人間の真の姿が刻まれている」と述べているが、その内のさらに死苦が「刻まれている」のである。これらの句によっても西川俳句が、西川徹郎が仏教徒で学僧でもあるあり方と深く繋がっていることを見ることができよう。

また、『月山山系』においても家族を題材とした句として、

　渚かわたれ弟を姉埋めつつ
　萩模様の棺を出て来た母が野に
　東雲で尻拭く父を見てしまう
　床を剝がせば東雲父さんもう居ない

などがある。これらの句には、惨劇を思わせる句もあれば、尾籠であってユーモラスでもあるという句もあり、その点において、これまでの西川徹郎の俳句と繋がっていると言える。ユーモアがあり尾籠さも含んでいるような句としては、

　戸をくぐり野へ出る魔羅が法衣着て
　月の山越え肛門は少しずつ開き
　月の間の死者の褌戦ぎつつ
　寝返りしつつ月の間の死者外を見る

などがある。おそらく、「月の山越え」の句は死体を詠んでいるのだろう。「月の間へ」の句や「寝返りしつつ」の句にも「死者」が詠まれているわけで、これらは先に見た「死苦」の相であると言えよう。

さて、このように西川徹郎の俳句には、衆生の生の諸相や、無生物さえも衆生化されてその種々の有様が詠まれているのであるが、そのことについて西川徹郎自身はどう考えているのだろうか。西川徹郎は、『星月の惨劇　西川徹郎の世界』（前掲）に収められた論文「〈火宅〉のパラドックス―〈実存俳句〉の根拠」（前掲）を若干改稿した同名の論文（『修羅と永遠　西川徹郎論集成』〈茜屋書店、二〇一五〈平成二七〉・五〉所収）

中で、こう述べている。「私の俳句に動物や植物の名や星や月が頻出するのは、大乗の畢竟《ママ》の菩薩である法蔵（ミダの因相）が、超発する誓願のその対機として、人間ばかりではなく、生きとし生きるあらゆる生ある存在を出現させたからである。この菩薩の誓約の底意に立って、そこに見出された生きとし生きるものの姿を、私は、俳句というこの実存の詩形式によって映し出し、蘇生させようとしたのである」、と。やはり、そうであったかと思われてくる。

　同論文で西川徹郎は、「一切の有情は皆もつて世々生々の父母・兄弟なり、何れも何れもこの順次生に佛に成りて助け候べきなり」という、『歎異抄』における親鸞の言葉を引用して、この言葉には親鸞の「衆生（人間）観が立ち現れている」と述べた後、以下のように語っている。「私の句に出てくる秋津や蜻蛉や蟬や山羊や犬や猫や蟻や蟋蟀も、そして菖蒲や蓮華や木槿も桔梗も、樺の木や楢の木や楓の木も、若葉や青葉や紅葉も、桜や梅や松の木の小枝も、みな、私と共に生き、共感共鳴して、堕獄必定の私を生かせしめようとしてはたらく、「世々生々の父母・兄弟」であり、私のかけがえのない切実な、心の友だちにほかならないのである」、と。ここで言われている動植物たちだけでなく、これまでも繰り返し登場してきたマネキンなども、衆生化されたものとして西川徹郎の俳句で詠まれているわけである。その中でも、とくに「秋津」は西川徹郎の俳句の中でもマネキンなどと並んでトップスターであろう。

　そして、『月山山系』で迫力があるのは、「秋津」が登場する群作の「秋津の国」であるが、それよりもさらに圧倒的な迫力があると言えるのが、やはり「秋津」が登場する群作「月夜ゆえ」である。それらの群作には、まさに私たち衆生の諸々の面が詠まれているのである。「秋津」の群作は「秋津の国」二四句だけでなく「秋津Ⅰ」六句と「秋津Ⅱ」五句も加えれば三五句であるが、「月夜ゆえ」の群作に至っては、一四四句が詠まれているのである。次に引用するのは、群作「月夜ゆえ」の一部分のみであるが、その引用によっても迫力の一端を感じ取ることができるのではないかと思われる。

　月夜ゆえ秋津の国へ死にに行く

月夜ゆえ寺の中じゅう秋津です
月夜ゆえ押入の中じゅう秋津
月夜ゆえ胃袋の中じゅう秋津
月夜ゆえ睾丸に食らい付く秋津
月夜ゆえ受験地獄の秋津です
月夜ゆえハーモニカを吹く秋津
月夜ゆえ半鐘乱打秋津さえ
月夜ゆえ経読み狂う秋津さえ
月夜ゆえ腸見える秋津です
月夜ゆえ卵巣膨らむ秋津です
月夜ゆえ黒板に棲む秋津
月夜ゆえ教員室の中じゅう秋津
月夜ゆえ霊安室さえ秋津です
月夜ゆえ婦長の夢さえ秋津です
月夜ゆえ患者の夢の果て翔ぶ秋津
月夜ゆえ司教の机に棲む秋津

「秋津」はどんな所でも出没して様々な所行をなすのである。「秋津」は衆生の代名詞と言えよう。さらに、

漣寄せる政変秋津の眼の中を
革命を銀の秋津がふれまわる

とあり、「秋津」は政治的出来事とも関わる存在でもある。『月山山系』には、西川徹郎が論文「〈火宅〉

のパラドックス―〈実存俳句〉の根拠」で述べていたように、「螢」や「白髪の馬」や「鳥」や「白髪の桃」などの様々な衆生も登場するが、それらの句で詠まれた事柄をそのまま受け止めると、それらはやはりメルヘン的でファンタジー的な物語と繋がっていくようなのである。たとえば次のような句である。

上人の内耳を掃きに行く箒
浴場を出て行く箒に跨がって
炉箒より鹿へ奈良路で乗り換える
靴箱の中の遠火事も消えつつあり
眠らぬうちに身体に竹が生えてくる
縄跳びの縄より消える少女柊
出血して柊は山を越えつつあり
鹿に緑夜の夢を食べられ奈良に住む
奈良に来ている佛身に跨がって
抽斗の中の暁電車走れ走れ

これらの句は、それぞれのメルヘンやファンタジーの一シーンのように読めるであろう。引用した句は、『月山山系』の中から摘出したのであるが、『月山山系』では群作「月夜ゆえ」や群作「秋津の国」以外にも群作が試みられているが、それらの群作は言わば物語的に緩い繋がりのある一連の話のようになっている。次ぎに引用するのは、「自転車」という題のある小さな群作である。

きゃあきゃあと旅立つ白髪の自転車で
白髪生えた自転車を漕ぎ消えかかる
白い切れで自転車をぐるぐる巻きに
繃帯の自転車を父と思い込む

このような群作からは、一つ一つの句がメルヘン的、ファンタジー的であるというよりも、複数の一連の句が一つのメルヘンを形造っていると言えよう。また、これまでの西川徹郎の俳句においても、擬人化された事物が登場することがあったが、『月山山系』でもそれが見られる。さらには、いわゆる見立ての句も『月山山系』にもあるが、擬人化や見立ての技法もメルヘンやファンタジーではしばしば用いられるものである。擬人化と見立てのある句を、次ぎにそれぞれ四つずつ引用したい。

川屋で暴れる木槿東雲の妻は
蒼白な木が寺山を駈け巡る
桃の木は町へ出て行く死者として
佛具屋の中の東雲が暴れている
遂に葵を渚の一部として毟る
晩夏とはいえオムレツを象と思い込む
鷲の喉の階段を麦野と思い込む
奥飛騨の秋津を僧と思い込む

ここで引用した後半の見立ての句は、見立てた何かを詠んでいるというよりも、見立てる行為自体を詠んでいると言うべきであるが、擬人化も見立ても、やはりそれらをそのままに受け止めるならば、メルヘンやファンタジーの世界に通じてくるであろう。

さて、このように見てくると『月山山系』は、『月光學校』に見られた方向をより進めた句集であったと言えよう。つまり『月山山系』は、仏教学とりわけ真宗学の研鑽を元に構築された思想を背景に持ちながら、衆生の生の様態を詠む句集であったということである。そこには凡愚としか言いようのない私たち衆生の有り様が鋭く、また時にはユーモラスにも詠まれていて、さらには、動物や草花だけでなく様々な事物なども、言わば衆生化されて俳句の中に取り込まれていた。そして、そのことは結果として、西川徹郎の俳句世界をメルヘンやファンタジーの世界に近づけてもいるということであった。本章の冒頭部分で示しているように、本章では西川徹郎の俳句と仏教とりわけ親鸞思想との関係に眼を向けてきたのであるが、句集『天女と修羅』〈沖積舎、一九九七〈平成九〉・一二〉を論じていく前に、その関係についてさらに考えていきたい。そのために仏教とりわけ親鸞の宗教的思索についての、西川徹郎の本格的な論考を見ておきたい。

黎明叢書第一集として刊行された『弥陀久遠義の研究』〈黎明學舎／茜屋書店、二〇一一〈平成二三〉・一二〉に収められた長編論文「弥陀久遠義の諸問題」は、本来は西川徹郎の、浄土真宗本願寺派の司教請求論文であったようだが、同書の「後記」によると、この論文は『弥陀久遠義の研究』に収録される際に一般読者に配慮して読みやすくなるよう改編されたらしい。その改編によって『弥陀久遠義の研究』は、なるほど仏教徒ではない私にも何とかその内容の大略を把握することのできる論文になっている。そこで、この論文で西川徹郎〈学僧としては「徹真」と呼ぶべきであるが、これまでの叙述に従って、ここでも「徹郎」で通したい〉が論じているのは、極めて大まかに言えば、次のようなことである。

――これまで浄土真宗の教学においては、十劫の本願を説く『大無量寿経』では阿弥陀如来の久遠義が顕露に説かれることなく、その『大無量寿経』を顕彰する『教行信証』にも弥陀久遠義が説かれてはいない、といった誤解に基づく解釈が行われていた。しかし、『大無量寿経』は、「久遠即十劫、十劫即久遠の阿弥陀如来の久遠実成義が説き顕された希有の経典である」。だから、法蔵菩薩と阿弥陀如来、そして釈迦の関係は、久遠の阿弥陀は「一如法性より如来し」、法蔵菩薩となり、浄土において「十劫の弥陀」となり、娑婆界において釈迦となって「応現」したのである。「つまり、久遠の弥陀が浄土影現の十劫の報身弥陀であり、穢土出現の応身釈迦であり、一切の化身化佛であることを顕しているのである。

高祖親鸞が語ろうとしたのは、そのことである。すなわち、「高祖が『大無量寿経』を釈迦一代経の根本経典とするのは、久遠實成の真理を湛えつつ従果降因したる法蔵菩薩の願行とその十劫の正覚を詮した『大無量寿経』の中に凡夫成佛の「如来大悲」の根本義が詳述されているからである」。したがって、絶対の相における久遠の阿弥陀が衆生を救うべく、相対の相における報身弥陀となり、「穢土出現の応身釈迦」ともなったと言えるのである。高祖親鸞は、『教行信証』においてそのことを語っている。――

『弥陀久遠義の研究』には今述べた事柄だけでなく、『教行信証』（厳密には『顯淨土眞實教行證文類』）の「教巻」である「顕浄土真実教文類一」の末尾部分にある文字をどう読むかという問題についての精密な議論が展開されていて、それがこの論文の重要な論点にもなっている。これは、憬興《きょうごう》師の『無量寿経連義述文賛』の中の一文が、従来は〈即ち如来の徳なり〉と読まれていたのだが、その読みは〈即ち如来の之徳なり〉と読むべきではないかという論であり、この場合、〈之徳《しとく》〉は〈至徳《しとく》〉の義である、とする論である。専門的には極めて興味深い論点が提出されていると考えられるが、ここではその問題は割愛したい。

『弥陀久遠義の研究』は、おそらく仏教学とりわけ真宗学の立場から見ても、妥当な説が展開されている論だと考えられる。この『教行信証』で語られている、衆生のあり方を肯定し救おうとする親鸞の思想を、西川徹郎はこれまでも十分に踏まえた上で句作りを行ってきたと考えられるが、やがて『弥陀久遠義の研究』に結実する『教行信証』研究の過程で、そのことの自覚をより一層深めていったと思われる。それは、『教行信証』で述べられているような衆生の有り様を、西川徹郎もまたしっかりと見詰めたということである。たとえば『教行信証』の「顕浄土方便化身土文類六」にはこう語られている。「しかるに濁世《ぢょくせ》の群萠《ぐんまう》、穢悪《ゑあく》の含識《がんしき》、いまし九十五種の邪道《じゃだう》を出でて半満権実《はんまんごんじつ》の法門《ほふもん》に入《い》るともいへども、真《しん》なる者は甚《はなは》だ以て難《かた》く、実なる者は甚《はなは》だ以て希《まれ》なり。偽《ぐゐ》なる者は、甚《はなは》だ以て多《おほ》く、虚《こ》なる者は甚《はなは》だ以て滋し」（『教行信証』の読み下しは、岩波書店刊『親鸞 日本思想大系11』〈一九七一〈昭和四六〉・四〉に拠る）、と。「濁世の群萠」に関しては、「真仏土巻」では「惑染《わくぜん》の衆生《しゅじゃう》」は「煩悩《ぼんなう》に覆《おほ》はるる」というふうにも言われている。

つまり、汚れたこの世に生きる、煩悩と悪に染まった衆生は、たとえ邪な異教をすてても、真実であることは甚だ困難であり、虚偽を求め虚偽にまみれたものだけが多く満ちている、と親鸞は言うのである。西川徹郎の俳句は、その「濁世《ちよくせ》の群萠《ぐんまう》」や「惑染《わくぜん》の衆生《しゆじやう》」の有り様を詠んでいるわけである。もちろん、それら衆生の生は否定されたり批判されたりしているのではない。阿弥陀仏の慈悲の眼を通して親鸞も衆生を見たように、西川徹郎も親鸞の慈悲の眼を通して衆生を見ようとしていると思われる。句集『天女と修羅』においても、そのような眼で衆生たちは捉えられている。これまでも衆生たちの性やエロスについて詠まれてきたが、『天女と修羅』でも、たとえば次のように詠まれている。

シノノメノ手淫鵤来テ銀ノ笛吹クハ
夜尿幾度天女モ菊ノ花見セテ
紫陽花ヲ天女ノ陰ト思イ込ム
茜色ノ箒デ老母ガ股ヲ掃ク
月浜デ死ニ別レ生キ別レシテ唇吸ウ
秋ノクレトイウ山寺デ男根叩ク
夕三日月蜻蛉ト夜叉ガ口淫ス
輪番ノ睾丸ニ食ライツク秋螢
晩秋ノ地蔵ノ右手ガ魔羅摑ム
後家犯ス生家ノ柱立ッタママ
一輪車ニ乗ッテ陰部ガ峠トナル
陰毛ガ漕グ一輪車葵迄
籐椅子ガ出テ来テ戸口デ陰開ク

これらの句には難解なところは無いであろう。見られるように、「天女」の「陰」や「菊ノ花」(＝肛門)

や、男たちの「男根」「魔羅」「睾丸」が出て来て、性の行為として「唇吸ウ」や「口淫ス」、「犯ス」、「陰開ク」という言葉が詠み込まれている。それらの言葉は性やエロスに関わっての言葉であるが、面白いのは必ずしも主体は人間ではないということである。「天女」や「地蔵」の場合もあるし、「籐椅子」の場合もある。と言っても、「地蔵」たちは生あるものとして詠まれていると考えれば、「地蔵」たちも衆生の一存在なのである。また、これらの句ではたしかに性やエロスが題材になってはいるが、すでに本章で触れたように、そこにはエロティシズムは無いのではないかと思われる。おそらく、これらの句を読んで性やエロスのイメージが膨らむことはないであろう。生きとし生けるものとして、すなわち衆生として当然あるべきものとしての性が、淡々と詠まれているのである。次に見るように、性だけではなく、死もそのように詠まれている。

天女死ヌ箒ノヨウニ靡キツツ
青々ト死ニニ行キマス梅ノ寺
未ダ死ナヌ隣人落チ葉ノ中ノ自転車
塔ノカタチノ青蓮ハ溺死体ナラン
秋雲ヲ死衣トシテ売リ尽クス
スモモ食ベテ未ダ生キテイル天女ノ死体
死ンダ坊主ガ鐘撞ク菖蒲ノ寺デアル
茜色ノ箒デ死者ガ棺ヲ掃ク
死衣靡カセ月ノ峠ガ立ッテイル

ここで詠まれている死は、悲しみや嘆きの情緒や感情と絡めてではなく、言わば死という事態そのものとして詠まれているのである。また、先ほどの引用と同じように、人間だけでなく様々な衆生が登場しているが、「月ノ峠」のような無生物も衆生化して詠まれている。もちろん、それら衆生の中心には人間がいるのであり、したがって無生物が詠まれている場合でも、その無生物は人間の隠喩として受け取ることもできる。あるいは、生物や無生物という存在を越えた地蔵（菩薩）が詠まれている場合でも、詠まれているのは人間であると読むことができる。次に引用するのは、〈晩秋地蔵〉と〈顔裂地蔵〉の群作からである。本来なら多くを紹介したいところであるが、わずかな数だけに限らざるを得ない。

辻ノ地蔵ガ子供ヲ一人ズツ食ベル
地蔵ノマワリニ婆ノ下着ガ落チテイル
涙流シツツ尻拭ウ晩秋地蔵
水飲ミニ来夕石ノ地蔵ガ沼ニ嵌マル
山山ヲ歩キ疲レテ地蔵死ヌ
学芸会観ニ行ク顔裂ケ地蔵夏茜
径行ク人ヲ顔裂ケ地蔵ガ薄目デ見ル
子供ノ寝顔ヲ地蔵ガ覗ク秋ノクレ
床屋ヘ地蔵ガ洗髪ニ来ル秋ノクレ
裂ケタ地蔵モ三段跳ビデ転ガル秋

ここには地蔵の様々な行いが詠まれているのだが、これらは実は人間の行状だと言えよう。もっと言うなら、人間の生の諸相がこの群作さらには『天女と修羅』全体に詠まれているのである。その他、『天女と修羅』には、

白髪掻キ乱シ電柱ガ立ッテイル
秋ノ螢ガ書斎デ「死者ノ書」読ミ耽ル

などの擬人化を含む句や、

汽車ノ中ノ萩野ヲ津波ト思イ込ム

塔ノカタチノ青蓮ハ溺死体ナラン

などの見立ての句、と言うよりもむしろ見立て行為そのものを詠んだ句など、様々な人間さらには衆生の生の様態が詠まれているが、次に見てみたいのはユーモアのある句である。

月シロ月シロト叫ビ生家デ男根叩ク
葡萄畑デ縊死ノ真似シテ叱ラレチャッタ
ヒマラヤノ蝶ガ月下ノ漬物ニ雑ジル
軍服着タママ父サン書架ニ挟マッテ
寝ゴコチノヨイ棺桶デ花山越エル
緑夜ハ髪洗ウ井戸ニ落チタ妹モ
ショーケースニ白髪ノ天女ガ飾ッテアル
野菜畑ノ月明デ遺書書キ直ス
酔ッテ帰ッテ来タカラ机ヲ殴ッテヤル
階段下ニ夜叉棲ム時々唸リツツ

これらの句で詠まれている情景を想像してみるならば、読み手はやはり滑稽さを感じると思われるが、どうであろうか。『天女と修羅』に収録された、ユーモアのある俳句は実に数多くある。これまでの句集にもユーモアを感じる句はあったわけだが、『天女と修羅』はほとんど爆発的にと言っていいほど、ユーモアのある句の噴出した句集と言える。以下にもう少し引用してみる。

秋ノクレ夜叉モ褌ヲ穿キ代エル
額ニハ秋ノクレノ夜叉ト書イテ下サイ
秋ノクレ盥デ溺レル兄ガ居ル
褌デ首締メ秋ノクレト叫ブ

キリギリスヲ食べ少シズツ地蔵太ル
蟋蟀ヲ食べ地蔵鳴キ出ス秋ノクレ
顔裂ケタ地蔵ガ洗面ニ来ル紅蓮沼
霊安室ノ中マデ秋ノホタル狩リ
屁ヲ放ツ生家ノ柱立ッタママ
萩ノ淫ラナ月光写真ヲ各寺ヘ配ル

これらの句に表されているように句集『天女と修羅』は、「夜叉」を初め多くの衆生が登場していて、その生の様々な様相がユーモラスに詠まれているのであるが、どう見ても褒められはしないようなことをやってしまう愚かな衆生の行状が、明るくユーモラスに詠まれているのである。それは、衆生の生の有り様がそのまま肯定されているということであろう。そのことを踏まえて考えると、先に見たようにこれらの俳句には親鸞が述べている、「煩悩《ぼんなう》に覆《おほ》はるる」「惑染《わくぜん》の衆生《しゆじやう》」が詠まれていると言えるが、それとともに天台本覚思想にも通じる思想もあるのではないかと推察されるのである。

私は、仏教学や真宗学については素人に過ぎないが、仏教と西川徹郎の俳句との関係について、敢えて一歩踏み込んだ考察を行ってみたい。

天台本覚思想について、仏教思想に造詣の深い仏文学者である栗田勇は、『最澄と天台本覚思想　日本精神史序説』（作品社、一九九四〈平成六〉・九）で、以下のようにわかりやすく説明している。「もし、自然を生命あるものと受けとめるなら、そこに、仏性を認め、本来的な覚りをみ、また、山川草木を清浄身として受けとることに何ら技巧的な工夫の必要はなかった。／ここに日本天台本覚思想のきわだった特質があるのが、天台本覚思想である」と。そして、「（略）すべての生あるものの、本来具有している本覚=仏性が保証されている」とするのが、天台本覚思想である、と述べている。「生あるもの」、すなわち衆生のみならず、「自然」さえ「生あるものと受けとめる」のであるから、森羅万象に「仏性」を見ることになるだろう。

たしかに、たとえば「伝源信」とされている「真如観」には、「（略）乃至《ナイシ》一切《サイ》ノ非情《ヒジヤウ》、草木《サウモク》・山河《サンガ》・大海《タイカイ》・虚空《コクウ》・皆真如《ミナシンニヨ》ノ外《ホカ》ノ物《モノ》ニアラズ。此等皆真如《コレラミナシンニヨ》ナレバ、皆真如《ミナシンニヨ》ハ仏也。真如《シンニヨ》ヲ実《マコト》ノ仏《ホトケ》トスルガ故也《ユエナリ》」（田村芳朗校注、岩波書店『日本思想大系9　天台本學論』一九七三〈昭和四八〉・一）と語られている。さらには、「是《レ》則地獄《チヂゴク》モ真如也《ナリ》。餓鬼《ガキ》モ真如也《ナリ》。畜生《チクシヤウ》モ真如也《ナリ》。真如ヲ実相《ジツサウ》ノ仏ト名《ナツ》クレバ、十界本《モト》ヨリ仏ナリト云事明《イフコトアキラカ》也」、と。そして、「サレバ草木《サウモク》・瓦礫《グハリヤク》・山河《センガ》・大地《タイチ》・大海《タイカイ》・虚空《コクウ》、皆是《ミナコレ》真如ナレバ、仏ニアラザル物《モノ》ナシ。虚空《コクウ》ニ向《ムカヒ》テハ、虚空《コクウ》則仏也《ナリ》。大地《タイチ》ニ向《ムカヒ》テハ、大地則仏也《ナリ》。東方《トウバウ》ニ向《ムカヒ》テハ、東方《トウバウ》則仏也。南西北《ナンサイホク》、四維上下《シユイジヤウゲ》、亦此《マタコレ》ニ同《オナ》ジ」、と。

『天女と修羅』では多くの衆生が詠まれていて、また無生物のものでも衆生化されて詠まれていると述べてきたが、これら天台本覚思想の言葉を見るならば、まさに生物無生物に関わりなく一切のものに「仏性」が在ることになって、『天女と修羅』の世界は親鸞思想とともに天台本覚思想にも通じるものがあるのではないかと思われてくる。

また、田村芳朗は『天台本學論』（前掲）の「解説」である「天台本覚思想概説」で、「天台本覚思想は、煩悩と菩提、生死と涅槃、あるいは永遠（久遠）と現在（今日）、本質（理）と現象（事）などの二元分別的な考えを余すところなく突破・超越し、絶対不二の境地をその窮みにまで追及していったもので、仏教哲理としてはクライマックスのものと評することができよう」と述べている。それはまた、「（略）現実の事象こそ永遠な真理の生きたすがたであり、そのほかに真理はないことを主張するにいたったものである」、と。さらには、天台本覚思想とは、「すなわち、今日ただいまを永遠絶対と見ることである」とも述べている。

興味深いのは、天台本覚思想を法然は受け容れなかったが、親鸞は受け容れたと田村芳朗が述べていることである。すなわち「（略）親鸞になると、相即不二論など本覚思想に類するものが復活しており（略）」と述べている。さらには、「（略）親鸞には（略）じかに本覚思想を用いた箇所は見あたらないが、しかし、

「絶対不二」「真如一実」「円融満足」「極速無碍」などの強調（『教行信証』行巻）、（略）また「生死即涅槃」（『教行信証』行巻）「不断煩悩・得涅槃」（同上）、「煩悩・菩提無二」（『高僧和讃』）、「煩悩・菩提一味」（『正像末和讃』）のことばなどは、天台本覚思想との関連において考えうるものといえよう」とも語っている。親鸞の思想自体に天台本覚思想との繋がりがあるというわけである。

　実は、栗田勇も先の著書の中で、「気になるのが親鸞上人だが、親鸞は、あからさまに天台本覚的な言い方はしていないが、つきつめるところ、相即の一元論へと深化していったと言われている。／つまり、他力と言われる阿弥陀信仰もまた、もともと本覚的な一元論のなかに、包含されていたのである」と述べて、やはり親鸞と天台本覚思想との繋がりを認めているのである。

　さて、このように見てきたとき、とくに田村芳朗が述べている天台本覚思想の大きな特徴である、「今日ただいまを永遠絶対と見ることである」という考え方は、西川徹郎の研究によれば、やはり親鸞にもあることになるであろう。すなわち、「久遠即十劫、十劫即久遠の阿弥陀如来の久遠実成義」が説き明かされたのが『教行信証』であるという論は、親鸞思想とともに親鸞思想の背景までも包む指摘になっているのではないかと思われる。そういう背景の広大な思想のもとに西川徹郎の俳句は詠まれているということである。もっとも、ここでの私の論は、そのことの一端の指摘にすぎないのであって、この問題はさらに考えていかなければならないテーマである。

第五章　ファンタスティックな俳句へ——『わが植物領』『月夜の遠足』『銀河小學校』

これまでの句集を論じた際にも、西川徹郎の俳句にはファンタジーやメルヘンに通じる傾向があることを指摘して来た。その傾向が一層著しくなっていると考えられるのが、西川徹郎にとって第一〇句集にあたる『わが植物領』（沖積舎、一九九九〈平成一一〉・一〇）である。そのことは、実に多様な事物が擬人化されている俳句や、メルヘンやファンタジーのような内容を持った俳句がかなり増えているところに見ることができよう。たとえば、前者では次のように詠まれている。

桔梗が来て死衣展く夕まぐれ
裏の木が舌をべろりと出している
墓石を呑み嗚咽する芝桜
玄関で額ずく昨夜の山梔子が
柊は三山越えつつ痩せ細る
ほうれん草のように棚引く眠れぬ冬雲は
薄明のマラソン肘立てて観る薊
床下のマラソンを旗振り稗と観る
念佛する時唇ひらく立葵
夕闇が鞠突く屋根が裂けていて

このように、「桔梗」や「芝桜」、「柊」などの植物だけでなく、「冬雲」や「夕闇」という気象現象までもが擬人化されて詠まれているのであるが、読み手はそれらの句で詠まれた情景をなるべくそのまま想像するようにして読むべきであろう。もちろん、「夕闇が鞠突く」という情景などは、像を結ぶことが難しいであろうが、こういう場合には「夕闇」の像を、読み手の嗜好に沿わせて、敢えて想像裡に造形してみればいいかも知れない。それとは異なって、これらの句を何かの比喩として読もうとすると、これらは途端に難解な句に思われて来るだろうし、またその解釈も結局は恣意的なものに陥るであろう。メルヘンで語られていることは、文字通りに受けとって鑑賞すべきであるように、メルヘン的な傾きが強い場合の西川俳句も、読み手は文字通りに読むのが適切だと考えられる。このことはファンタジーの要素が強い句の場合にも言えることである。次に、幻想的あるいはファンタスティックな句を見てみたい。

天女死ぬ尖塔に身は裂かれつつ
いっせいに死者が駈け出し狂う向日葵
天に瀧があって轟く父亡き日
峪行くジープ千本の手が井戸に溢れ
昨夜の死者がとうに来ている瓜畑
縊死体のように汽車がビルから垂れ下がる
叫びつつ死児が鞠突く茜寺
鳩時計の鳩が飛び立つ夜の肩
死人が来て覗く階段下の桃の箱
桃の谷間に汽車が三年停まったまま

これらの句で詠まれていることをそのままに読み手が受けとるならば、やはりそれらはファンタジーの世界に通じていることがわかる。これらの句で詠まれているのは奇想天外な情景であるが、ファンタジーの世界ではそのようなことは別段珍しいことではない。

『わが植物領』にはその他にも、メルヘン的でファンタスティックな句が数多く詠まれていて、詠まれている情景を読み手が一つ一つ想像してみるならば、おそらく目眩くようなイメージの乱舞に見舞われるのではないかと思われる。そのようにできるだけ文字通りに、その情景なり場面なりを想像すること、これが『わが植物領』などのファンタスティックでメルヘン的な西川俳句を鑑賞する王道であるだろうが、ここで一つの問いを発してみたい。それは、作者の西川徹郎はこれらの句を作るとき、まず情景のイメージがあって、それに言葉を与えるのか、あるいは言葉と言葉の結びつきの方が先にあるのか、という問いである。もちろん、どちらか一方でのみ句作されているのではなく、その両方で句は作られているだろうと考えられるが、それではどちらの方が大きい割合かと問うならば、おそらく後者の場合ではなかろうかと考えられる。それは、一般にファンタジーが作られる場合においても、後者のようであるからである。

では、具体的にはどのようにして、ファンタジーは作られるのであろうか。このことについて有益なヒントを与えてくれているのが、詩人で童話作家であり、さらにジャーナリストでもあったジャンニ・ロダーリの『ファンタジーの文法』（窪田富男訳、筑摩文庫、一九九〇〈平成二〉・九）である。

それによれば、ファンタスティックな仮定は単純な技術であって、その形は「もし……なら、どうなるだろう」という質問形式である。そして、「（略）《ファンタスティックな仮定》とは、結局のところ、ある主語と述語とを恣意的に結びつけることで代表される《ファンタジーの二項式》に固有の事例にすぎないということだ」とされていて、その《二項式》の例としては、「――名詞と動詞――《町》《飛行する》／――主語と述語――《ミラノが》《海にとりかこまれる》／――修飾語と主語――《ねこ捕りの名人の》《わにが》――」（傍点等・原文）という事例が挙げられている。つまり、この《二項式》のそれぞれの二項に様々な任意の言葉を代入することによって、色々なファンタジーが生まれて来るわけである。

その場合には、なるべく常識や通念に囚われない組み合わせの言葉の方が望ましい。ジャンニ・ロダーリは同書でこう述べている。すなわち、「《ファンタジーの二項式》においては、ことばは日常の意味で取り上げられるものではなく、日常的に果していることばの鎖から解き放されるものである。ことばは、互いに《引き離され》、《流浪させられ》、まだ見たこともない異郷の空でぶつけ合わされるのである」、と。たしかに、色々な言葉をそれぞれの二項に代入してみることで、それまでに無かった、思いも掛けないイメージが新たに生まれてくるであろう。ロダーリは今の引用に続けて、「こうすることによって、ひとつの物語を生み出すよりよい条件があたえられることになる」、と述べている。

おそらく、メルヘン的でファンタスティックな傾向の強い場合の西川俳句も、《ファンタジーの二項式》的な句作りが行われることがあるのではないかと考えられる。これまで見てきた句の中で、そのことを端的にわからせてくれるのは、たとえば第四章で見た「月夜ゆえ」の群作である。その群作では、句によっては二項ではなく三項と考えた方が適切な場合もあるのだが、とにかくそれらの項に様々な言葉が次々と代入されることで、あたかも万華鏡を見ているかのようなイメージの乱舞を、読み手に体験させるような句作りが為されているのではないかと想像される。もっとも、すべての句作りにおいて、そのように行われていると言うわけではないが。

このように見てくると、西川徹郎のある種の俳句とファンタジー、メルヘンとは、まず技法において共通するものがあると言えそうであるが、ジャンニ・ロダーリはさらに興味深いことを同書で述べている。それは、この《二項式》とも関わる事柄であるが、ジャンニ・ロダーリは、「ファンタスティックなテーマの探索は、ダダイストやシュールレアリストたちによる、シュールレアリストの行ったあそびを通してもできる」と述べていることである。彼は、シュールレアリストたちによる、「このあそびのひとつの方法はこうだ」として、「新聞の見出しを切り抜いて混ぜ合わせ、そこから、ばかげていたり、センセーショナルであったり、あるいはただ愉快なだけの事件記事をでっちあげる」と述べている。この方法がファンタジーの創作技法にも通じている、とジャンニ・ロダーリは言うのである。

すでに第二章で見てきたように、若いときに西川徹郎は俳句制作においてシュールレアリスムの考え方や技法からも摂取したと考えられるが、ジャンニ・ロダーリが述べているように、シュールレアリスムとファンタジーとの間には技法的にも「テーマの探索」においても類縁的な関係があるならば、シュールレアリスムから学んだこともある西川徹郎が、ファンタスティックな俳句やメルヘン的な俳句の制作に赴いたことには、なるほど納得が行くであろう。

さらにジャンニ・ロダーリは、ウラジーミル・プロップの『民話の形態学』などにも論及して、プロップを援用しながら、民話の構造は幼児期の「経験構造」の中にも何らかの形で繰り返されていると述べている。その幼児期の「経験構造」としてはジャンニ・ロダーリは、たとえばスプーンについて同書で、「(略)スプーンというもの自体がわれわれに暗示する力を利用して、単なる人名に変えた《スプーン氏》をつくり出すことである」として、「ものに魂を入れることは人格化することである」(傍点・原文)と述べている。西川徹郎の俳句、とりわけ『わが植物領』の多くの俳句には、様々な〈もの〉が擬人化されて詠まれているわけで、そうすると『わが植物領』の俳句世界は、シュールレアリスム、ファンタジー、そして民話にも通じる要素を持っていると言えよう。

さらに興味深いのはジャンニ・ロダーリが、「伝統的教育」が「生理的機能や性的好奇心」などを追放して、それらを「《タブー》」視してしまうことを述べた後、民話について次のように述べていることである。「ひるがえって、民話はといえば、これはあらゆる偽善に対して堂々と無関係な立場にいる。その自由な語りの中で、躊躇せずに《排泄物に関する通語》と呼ばれているものを用い、いわゆる《品の悪い》笑いをまき起こし、性行為その他をあからさまに述べる」、と。この指摘は、『わが植物領』だけではなく、西川徹郎の俳句全体に当てはまると言える。次に引くのは、「《排泄物》」には直接に関わりはないが、また「性行為」などは「あからさまに」は述べていないものの、しかし「性行為」を連想させるような、性器等に関わる、「《品の悪い》笑い」を誘う句である。

傷痍軍人の褌戦ぐ野の菖蒲
松ノ実落チテイル夜叉ノ性具ノヨウナ
稗ハ夜叉ノ陰毛トシテ靡クナリ
夜叉ノ糞ニハ金粉ガカカッテイル

鳴キワタル夜叉ノ陰部ニ蟬ガ棲ミ
一本ノ陰毛ガ巻キ付ク夜叉ノ首
石柱モ夜叉ノ陰部モ裂ケテイル
睾丸モ胡桃モ夜叉ニモギ採ラレ
恥部見セテ飛ブバトミントンノ夜叉ノ羽根
木箱ノ中ノ陰唇ハ未ダ眠ラレズ
舌ハキレイナ陰部ノヨウニ裂ケテイル

ファンタジーやメルヘンとの関係に続けて眼を向けながら、『わが植物領』の俳句を見ていきたい。次の引用は、少しユーモアのある俳句、さらには言わば実存的な問い掛けのある俳句などである。

地蔵の首の緋の褌が棚引くなり
勝手口カラ夜叉ガ　洗濯屋ノヨウニ
日本海ヲ行ッタリ来タリ凪ノ夜叉
夜叉ノ爪跡千マデ数エ眠レナイ
「私ハダレ、私ハダレナノ」ト叫ブ白菊
「輪番サマタスケテクダサイ」ト舌ヲ出ス
闇ノ中ノ馬ガ淋シクテ舌ヲ出ス
犬ノフグリヲ紅葉デ包ム山ノ寺
舌ガ枯木ニ引ッ掛カッテイル秋ダ

これらの句にも「《品の悪い》笑い」を誘うようなものがあって、その点においても、ジャンニ・ロダーリが述べているような民話の世界に通じるものがあるが、それだけではなく、「私ハダレ、私ハダレナノ」と叫ぶ「白菊」は、実存的な問いを投げかけていると言える。

おそらく、私たち大人と同じく、あるいはそれ以上に、子どもたちも実存的な問いを懐いているようである。子どもたちが昔話やファンタジーを好んで聴きたがる理由の一つに、昔話などがその問題に答えようとするところがあるからだと言えるようなのである。このことについて、心理学者としても高名なブルーノ・ベッテルハイムは、『昔話の魔力』（波多野完治他訳、評論社、一九七八〈昭和五三〉・八）でこう述べている、すなわち、「子どもたちも、偉大な哲学者たちと肩を並べて、あの、最初にして最後の疑問に対する答を探し求めている。――「自分はいったい何者なのだろう？」、（略）「自分はなにになならなければいけないのだろう？」」、と。さらに同書でブルーノ・ベッテルハイムは、子どもたちはそういう疑問を「アニミズム的な基盤に立って考える」と述べ、子どもたちは次のように「自問する」としている。「自問」とは、「ぼくはいったいだれだろう？　どこから来たんだろう？　（略）人はなんのために生きるのだろう？」という問いである。

すでに第二章において、句集『死亡の塔』の「覚書」で語られていた、「私とは一体誰なのか、私とは一体如何なる生きものなのか、と問い続けることが、私を今日まで俳句という表現に駆り立ててきた」という西川徹郎の言葉を引用した。そして第三章で、その問いが西川徹郎自身の実存を問うことであったということを論じてきた。同様のことが『わが植物領』の「後記」においても語られていて、西川徹郎はこの句集が「私の実存俳句集である」と述べた後、こう語っている、すなわち、「私の俳句はその悉くが、実存俳句であり。その句集は実存俳句集である。人間の実存に根ざす存在論の俳句であり、「私は誰か」という存在の初源の問いに応え、更なる問いを開示せんとするものである」、と。

このようなことを踏まえると、メルヘンやファンタジーの要素を持つと考えられる、多くの俳句が詠まれている『わが植物領』において、実存的な問いを持つ「白菊」が登場してきたことには、やはり必然性があったと言えよう。また、第三章で引用、言及した西川徹郎の評論「反俳句の視座―実存俳句を書く」（前掲）の中で西川徹郎は、「人間の〈タスケテクレ〉の実存の末期の声」を書くことが出来るのは「口語のほかはない」と述べているが、この「〈タスケテクレ〉」の声は、さきの引用中の「輪番サマタスケテクダサイ」ト舌ヲ出ス」の句に繋がっているのである。

　以上のように見てくると、メルヘンやファンタジーなどが取り入れられている『わが植物領』は、それまで西川徹郎が句作を通して問い続けて来た実存の問題が、さらに展開された句集でもあったと言える。また、この句集でも「夜叉」は多くの句で詠まれていて、西川俳句のスターとして〈健在〉であり、むしろ縦横無尽の活躍をしていると言える。

　実は、西川徹郎は『わが植物領』の中の「一夏の夜叉」と題された一節の冒頭部分でこう述べている。「一九九七年、朧月夜の夜に、紫紺の衣を身に纏った一人の僧が私の門を敲いた。その年の夏、私はその一人の僧と伴に恐ろしく口裂けた夜叉の姿を地底界に見た。それは私の人生にかつて無かった痛恨の、暗くて寒いそして余りに長い夏であった」、と。このようなコメントが西川徹郎句集の一節で付されるということは、異例のことである。よほど強烈な体験であったのであろう。果たして私たちは、これを文字通りの出来事として受け止めていいものかどうか、その判断に迷うところがあるが、西川徹郎にとっては真実の体験だったと言えよう。「夜叉」の活躍ぶりの一端のみを次に見てみる。

　　夢ニ出テ来テ夜叉ガ血ヲ吐ク蓮華寺
　　門前ノ青木ニ食イ込ム夜叉ノ爪
　　「殺シテ呉レ」ト白衣ノ夜叉ガ叫ブ崖
　　夜叉ヲ背ニ日暮ノ橋ニ佇チ尽ス
　　夜叉ノ口モ比叡ノ谿モ裂ケテイル
　　眠ラヌウチニ夜叉ガ比叡ヲ駈ケ下リテ来ル
　　自転車ヲ乗リ捨テテ行ク夜叉ノ股
　　紫紺ノ夜叉ガ別院ノ裏戸ヲ叩ク

白鶏ニ混ジッテ夜叉ガ裏庭ニ
月夜ダカラ羽バタク夜叉ノ紺ノ羽根

「夜叉」は、「門前」や「比叡」などの様々な場所に出没して、また、「白衣」を着たり「自転車」に乗ったり、あるいは「裏戸」を叩いたりと様々なことをしているが、この「夜叉」もこの章で見てきた擬人化された「桔梗」や「芝桜」、「柊」などと同じように、メルヘン的でファンタスティックな存在と考えれば、読み手は他の句の場合と同様に読むことができよう。メルヘンやファンタジーで馴染み深い存在に近づけて「夜叉」を性格付けるとするなら、さしずめ「夜叉」は魔女のような存在ということになるであろう。ただ、西川徹郎俳句における「夜叉」は、少々ユーモラスなところのある魔女ではある。

さて、このように西川徹郎の俳句世界は、テーマその他においてそれまでの作句を踏まえて、かなりの傾斜でメルヘンやファンタジーの世界に入りつつも、仏教についての本格的学識を背景にしながら、いよいよ独自な句境を切り拓いて行ったと言える。第一句集の『無灯艦隊』から西川徹郎の俳句には家族のテーマが詠まれていたが、この『わが植物領』ではわずかに「父」「姉」そして「死児」が詠み込まれているだけである。この句集においては家族のテーマは後景に退いていると言える。しかし、次の句集、書道家久保観堂が全句揮毫した『月夜の遠足』(書肆茜屋、二〇〇〇〈平成一二〉・六)では、再び家族が最大のテーマとなっている。

斎藤冬海編の「西川徹郎年譜」(前掲)によれば、『わが植物領』を刊行した一九九九(平成一一)年の一一月二日に高校教師であった実兄の徹麿が、奈良県生駒市の自宅で急性心筋梗塞で死去している(行年《ぎょうねん》五七歳)。そのすぐ後の同月六日に母である貞子が鬱血性心不全のために死去している(行年《ぎょうねん》八〇歳)。西川徹郎は『月夜の遠足』の「後記」で、母と兄の死について述べた後、『月夜の遠足』も「実存俳句集」であること、また「既に二、三の文芸誌に寄稿した十数句の作品を除」いた総てが、「この二人の肉親の生と死とその死に様をモチーフとして書いた未発表の書き下ろし作品集である」と述べている。続けて、「それらはこの二人の肉親の生と死を通して垣間見た実存の波濤であり、そのままが逃げ隠れようの無い人間の凄絶な生の実相である」、と西川徹郎は語っている。
たしかに『月夜の遠足』を読むと、「母」と「兄」を亡くしたことの悲しみが伝わって来る句集になっていることがわかるが、それとともに「二人の肉親」の生死に留まらない、「人間の生の実相」が読み手にも垣間見える句集となっている。たとえば、「兄」についての俳句である。

玄関で倒れた兄が冬浜に
兄さん角を曲がってはだめよ冬の波
靴穿いた儘倒れた兄と枯芭蕉
玄関に陽が射す兄は眼を剝いた儘
夕焼け小焼け兄は瞼を剝いた儘
路地で縄跳び兄は手足を投げた儘
東雲や兄は肛門を開いた儘
倒れた兄の靴に銀河が降り注ぐ

これらは、「兄」がその自宅で倒れた状況が、おそらく想像裡のものも含まれた様々な様態で詠まれていて、作者である西川徹郎の兄への思いが、読み手にも伝わってくる俳句である。「兄」の遺体についての句も痛切である。これらの句からは、「陽が射」しても、「陽」が「夕焼け小焼け」となっても、また「東雲」となっても、あるいは近所の子どもたちが「縄跳び」していても、「兄は手足を投げた」倒れた状態で、「眼を剝いた儘」の「兄」は二度と覚めぬ眠りを眠っていることが伝わってくる。おそらく実際にも、発見されるまで「兄」の遺体は、短くはない時間の間、放置された「儘」だったのではないかと思われる。作者はその「兄」を労り慰めるためであろう、たとえば「兄の靴に銀河」を「降り注」がせているのである。それが、「角を曲がって」黄泉の国に行った「兄」の霊に対して、弟がせめてできることかも知れない。
次に引用するのは、「母」のことも詠まれている句もあるが、やはり「兄」のことが詠まれていて、また、遺体となった「兄」だけでなく、「母」の死やそれ以外のものの死が詠まれている句もある。

母上の死髪たなびく溷も緑夜
ふらふらと遠足に出て行く死後の兄
母はぐれ兄もはぐれて月夜の遠足
月夜の遠足兄上は蕎麦を啜りつつ
月夜の遠足だんだん死者がふえてくる
終の息して鬼百合峠のははと兄
雪が来るまえに死んでいる兄と母
桔梗死ぬ吹雪の中で立った儘

句集『月夜の遠足』のテーマを凝縮している句は、

母はぐれ兄もはぐれて月夜の遠足

の句であると判断していいだろう。幽明界を異にした「母」と「兄」とは、作者にとっては「はぐれて」しまったというのが実感なのかも知れない。「ははと兄」、「兄と母」は、「終の息して」「雪が来るまえに死んでいる」のである。

月夜の遠足兄上は蕎麦を啜りつつ

という句があるが、これは生前の「兄」ではなく、「月夜の遠足」とあるのだから、やはりそれは冥界での「兄」のことなのであろう。「月夜の遠足」というのは、「死者」が増える催しもののようだからである。
さらに『月夜の遠足』には、生前の「兄」についても詠まれている句もある。あるいは生前か死後かは明らかではないが、「兄」をめぐる状況が詠まれているという句もある。

兄さんの抽斗の中の冬津波
兄さんの靴箱の中の冬雲よ
坂の上の校舎に写る兄の肺
教壇に兄立つ大雪山系を背負い
虚無僧の形《なり》して兄は奈良を発つ
兄を捜しに坂がたくさんある街へ
東大寺の仁王に踏まれた儘兄は
奈良という阿修羅は兄か吹雪つつ
兄細る四、五年坂に挟まった儘
冬の街楓は腕組む兄である

これらの句では、「教壇」に立っていた「兄」が想像の裡で追想され、また亡くなった「兄」の「抽斗」や「靴箱」には「冬津波」や「冬雲」がいるだけで、「兄」は住んでいた「奈良」から黄泉へと旅だったのだ、ということが詠まれている。

このように見てくると『月夜の遠足』は、冥界に眠る「母」や「兄」に対してのまさに鎮魂の俳句集であったことがわかる。『月夜の遠足』で家族の死について詠んだ西川徹郎は、『銀河小學校』（二〇〇三〈平成一五〉・一一、沖積舎）で、さらにメルヘン的あるいはファンタスティックな俳句世界を展開している。

次に、西川徹郎にとって第一三句集にあたる『銀河小學校』の俳句について見ていきたい。

これまでも、西川俳句の性格を明らかにするために、メルヘンやファンタジーというものの特質についても論及してきたが、さらにそれらについて、口承文芸研究の世界的な権威であったマックス・リューティが『昔話 その美学と人間像』（小澤俊夫訳、岩波書店、一九八五〈昭和六〇〉・八）や『メルヘンへの誘い』（高木昌夫訳、法政大学出版局、一九九七〈平成九〉・七）で述べていることや、またカール＝ハインツ・マレの『首をはねろ！　メルヘンの中の暴力』（小川真一訳、みすず書房、一九八九〈平成元〉・七）、また日本の昔話研究家である小澤俊夫の『改訂　昔話とは何か』（小澤昔ばなし研究所、二〇〇九〈平成二一〉・四）で述べられていることなどを参考にして、続けて考察してみたい。

『昔話　その美学と人間像』によれば、昔話の特質としては「描写」が「無縁」であること、またその「美しさは抽象的」（傍点・原文）であり、表現も「より一般的であり、非個性的なので」あって、そこで語られている話は「超時間性、非歴史性というべきものをもっている」ことが挙げられる。これらの指摘は西川俳句にだけ通じることではなく、俳句一般にも言えることだと考えられるが、興味深いのはリューティが、「くり返しとヴァリエーション」について幾度も頁を割いて述べていることである。リューティは、「メルヒェンは鋭くとぎすまされた筆で線画をかくばかりでなく、明確な形をもっている。多様なくり返しとヴァリエーションも、メルヒェンの構築法の一部をなしているのだが、（略）けっしてそれによってあいまいになることはない」、と述べている。

また、こうも語っている、「音、単語、語群（定式）が個々のメルヒェンのなかで、あるいは個々のメルヒェンの境界をこえてくり返されることは、メルヒェンの根本的様式原理である。たいていは多少変化しながら、エピソード全体をくり返すが、これはメルヒェンのもっとも重要な組み立て原理のひとつである」、と。「くり返し」については、それが「交代のなかの持続、未知のなかの既知、可変のなかの不変、そしてそのような恒常的なものの探索」であり、このような「恒常的なものの出現と再出現への喜び」は、バッハやモーツァルトのような音楽の中にもあるとされ、「そして、単純な童謡や子どもの遊戯や単純な連鎖メルヒェンのなかにも。」というふうに語られている。

マックス・リューティが指摘している、「くり返し」が「根本的様式原理」であるというメルヘンの特質を見てくると、これまでの句集『天女と修羅』における「秋ノ暮」の圧倒的な群作にもそのことが見られたが、そのような「くり返し」は『銀河小學校』の群作の句にも見られるのである。たとえば「月夜ノ

マラソン」の章においては、

峠ノ寺ノ板戸ニ映ル月夜ノマラソン
峠ノ寺ノ襖ニ映ル月夜ノマラソン
峠ノ寺ノ鏡台ニ映ル月夜ノマラソン

というような形式の句が二十三句続く。「峠ノ寺ノ（略）月夜ノマラソン」という言葉のリフレインがある。あるいは「折鶴地獄」の章では、

折鶴に吹雪の峠を折り畳む
折鶴に雪の峡谷を折り畳む
折鶴に綿羊を千匹折り畳む

というような形式の句が二十五句続いていて、「折鶴に（略）折り畳む」という言葉が、やはり繰り返されるのである。

また、『メルヘンへの誘い』でマックス・リューティは、「昔話」はストーリーを楽しむものであり、登場人物の周囲や内面世界を記述したりすることはめったになく、「たいていは一直線に進むストーリーをこのように明確に目指していることがすでに、昔話に確実さと透明さとを与えている」、と述べている。さらに同書でマックス・リューティは、昔話には「人物やストーリーには深さの段階がなく、交錯も連関もない並列性あるいは連続性が支配している。昔話のイメージは平面的であり、その人物は孤立している」とも述べている。もちろん、「人物やストーリー」についての「深さ」などは、西川俳句に限らず、五・七・五の短詩型である俳句一般に求められるはずはないであろうが、ただ「並列性あるいは連続性が支配し」、「平面的」であって、また「その人物は孤立している」という特質などは、とくに群作の場合の西川俳句に当てはまることだと考えられる。

さらにはマックス・リューティは同書で、昔話は世俗的世界と聖なる世界の隔たりは小さいとして、「昔

話の此岸的人物は彼岸の魔法の存在に驚きもせず、いわんや、強い緊張感に陥ることもなしに出会うことができる」と述べている。ほぼ同様の論だが、翻訳者の高木昌史は同書の解説で、次のように語っている。「昔話には、空想的な要素、すなわち文芸的性格と、日常の事物や行為を反映している部分、すなわち、現実の担い手となったりする部分とが同居している」、と。このようなことは、すでに見た、西川俳句におけるスター的存在である「夜叉」が登場する俳句にも言えることであろう。

以上のような、『メルヘンへの誘い』での指摘に適合する俳句を、『銀河小學校』の「銀河小學校Ⅰ」および「銀河小學校Ⅱ」の章から抜き出してみたい。まず、「並列性あるいは連続性が支配」している句の連なりを、次に世俗的な世界と彼岸的な世界との隔たりが小さいと感じられる句を引いてみる。前者は、先に述べた「くり返し」の問題とも重なって来ることは言うまでもないだろう。

筆入にカミソリ銀河を隠し持つ
抽斗にカミソリ銀河を隠し持つ
教科書にカミソリ銀河を隠し持つ
国語辞典にカミソリ銀河を隠し持つ
日記帖にカミソリ銀河を隠し持つ

小學校の便槽に棲む異星人
小學校の便所のバケツ鬼が棲む
犬のミイラが出て来て校門まで歩く
死んだ奴らが箒を掴む月の庭
火の蛇が校舎に七匹棲んでいる

やはり同書でマックス・リューティは、ユングやフロイトに言及して、「さらに昔話の魅力は、それが無意識なものを具現化することを示している」とも述べている。第二章で述べたように西川徹郎の俳句は、無意識部分を掬い上げようとする俳句であったのだから、それはマックス・リューティが述べている、「無意識なものを具現化すること」ということであり、その点においても昔話と共通するであろう。

また、メルヘンやファンタジーには暴力シーンや残酷なシーンがあることが珍しくはない。そのことに関してカール＝ハインツ・マレは『首をはねろ！　メルヘンの中の暴力』で、「メルヘンは暴力という重苦しいテーマを少なくとも直接にとり上げようとはしないが、メルヘンの中では暴力シーンが奇想天外な形で演じられる。そこには何一つ制約はなく、あらゆることが許される」、と述べている。さらに、次のように語っている、すなわち、「（略）メルヘンがサドよりもずっと以前に、ほとんどあからさまなサディズムや、いくつかのセックスと暴力のシーンを内容として含んでいたということ、しかもそれが非難されることもなく現在に至るまで生き残っているということである」、と。

では、〈なぜ、暴力なのか〉と言えば、同書で述べられているように、「暴力が人間的存在の一部分をなし、人間は間違いなく暴力と共に生きている」からだと言えるかも知れない。このことはたいへん残念なことであるが、人間のほとんどの国家が今なお軍事力を誇示し、それを他国への威嚇としていることに、そのことが明瞭に示されていると言える。メルヘンやファンタジーは、このような人間のあるがままの姿を映し出しているわけである。

西川徹郎の俳句には以前より暴力や残酷なシーンに傾くような句が見られていたが、メルヘン的あるいはファンタスティックな傾向が強くなっている『銀河小學校』においても、そのような句を見ることができる。

校長の背を衝く銀河系の槍
教頭の首斬り落とすノコギリ銀河
小學生となって切り落とす鶴の舌

「螢の光」屠殺場に来て思い出す
火の蝶に襲われ荒野の遠足は
火の鶏が来て教頭の尻突《つつ》く
校長室の火のスリッパで魔羅焼かれ
火の蠅が尻焼く學校の便所です
火の蜘蛛が教頭を喰う秋のくれ
小學生を七人喰らうキリギリス

これらの句における暴力には、「首斬り落とす」や「教頭を喰らう」という過激なものから、せいぜい「尻突く」といった比較的穏便なものまであるが、それらの暴力は言わば淡々と詠み込まれているだけである。カール=ハインツ・マレは同書でまた、メルヘンでは「暴力は呪われることも、賛美されることもない。ひたすら横行するだけだ」と述べているが、西川徹郎の俳句における暴力もまさにそうである。

さらにメルヘンやファンタジーと西川徹郎の俳句との共通性を見ていくと、ともに〈変身〉する人物や事物の登場することがある。たとえば西川徹郎の俳句では、「銀河小學校Ⅰ」の章で

銀河が三夜寺の柱になりすます

また「菊人形」の章では

菊人形ハイツシカ箒夕霙

などがある。マックス・リューティは〈変身〉についても『昔話　その美学と人間像』の中で、昔話には恩返しする動物が人間に〈変身〉したり、人間が自分から物に〈変身〉する話があると述べているのである。この〈変身〉のモチーフと関わるのが擬人化であると考えられる。擬人化とは物や動物が人間に〈変身〉したものとして捉えることができるからである。次に、『銀河小學校』の擬人化の句を、「銀河小學校Ⅰ」、「銀河小學校Ⅱ」、「月夜ノマラソン」の章から見てみたいが、ここでは「銀河」のようなものも擬人

化されて詠まれているのである。

ランドセル背負い出て行く漣銀河
空で叫び続けた鯉が舌を出す
菊人形ガ涙ヲ流ス月ノ峡谷
スッカリ枯レタ菊人形ガ暴レ出ス
焼死スル菊人形月ヲ胸ニ抱キ
菊人形モ時々脱糞ス菊ノ香
倒レ伏ス菊人形頬殴ラレテ
月夜ノマラソンイツシカ物置ノスコップモ
エプロン着ケタ狐モ狸モ月夜ノマラソン

このように『銀河小學校』は、メルヘンやファンタジーに通じる要素を持った俳句によって構成されている句集であると言えるが、『銀河小學校』にはもう一つの重要な事柄が詠まれた俳句があることを、見落としてはならないだろう。『銀河小學校』の「後記」で西川徹郎は、『銀河小學校』も実存俳句集であることを述べた後、『銀河小學校』で詠まれている「私の実存俳句が反抗的文学であり、反権力の文学である」として、続けて次のように語っている。すなわち、「(略)「学校」という教育の場こそ、人間を統率する国家の意思が弱者や苦者や幼き者に対して暴力的に差別的に権力を行使する〈生〉の惨劇の現場なのである。「小学校」というこの閉ざされた権力の〈劇〉場に、唯一俳句形式の剣を掲げて潜入し、必敗の覚悟を以て、私は抗い、ここに告発する」、と。私はこの発言にも同感する者であるが、この西川徹郎の「抗い」の俳句とその姿勢については、終章の「抗いの俳句」で論じることにして、ここでは西川徹郎の体験も詠み込まれているのではないか、と思われるような俳句も含まれている、小学校を舞台にした俳句を、次に見ておきたい。たとえば、「銀河小學校Ⅰ」、「銀河小學校Ⅱ」、および「抽斗地獄」の章では、こう詠まれている。

廊下に映る銀河夜まで立たされて
廊下で立たされバケツの中の銀河荒波
小學校で死篇を書いて罵られ
小學校で死人を描いて叱られる
死句俳句さんざん書いて罵られ
出席簿で割られた頭月見する
バケツ持って廊下で立たされ月見する
小學校の朝顔地獄素手で殴られ
學校という晩秋の峡谷児を殺し
ホームルームという夜の峡谷へ突き落とされ
西陽に焼かれる廊下地獄に立たされて

おそらく、教師による理不尽な叱責で、これらの俳句の中の子どもは酷い〈処罰〉を受けているのである。「出席簿で割られた頭」というのは、出席簿の角で打たれたために「頭」が「割られた」のであると思われる。さすがに頭を割られることはなかったが、私にも同じような体験があるから、この句はよくわかるのである。これらの俳句を読んで、私は作者の西川徹郎の怒りに同調するが、では教師たちはどうであろうか。たとえば、教師の長たる校長については、

色街で出す校長の火の小銭入
校長の火の腹巻を見てしまう
校長の背の火炎の刺青見てしまう

というふうに詠まれている。これらの俳句からも、小学校に限らず日本の教育制度に対する西川徹郎の、

怒りを込めた批判姿勢というものが窺われるだろう。

　そのことに関わる問題については先にも触れたように終章「抗いの俳句」で扱うことにして、メルヘン的あるいはファンタスティックの傾向を強めていっている西川俳句について、さらに次章で続けて考えてみたい。

第六章　惨劇のファンタジー――『幻想詩篇　天使の悪夢九千句』

これまでの章で見てきたように、奇想天外な世界が繰り広げられていることがしばしばあるのが、西川徹郎の俳句世界である。その世界はときに残酷にも感じられる場合もある。また、第五章で指摘したように、西川徹郎の俳句にはメルヘンやファンタジーに通じる傾向が大きく出て来ていたが、『天使の悪夢』においてはその傾向がさらに強くなっていると考えられる。本章では、西川徹郎句集『幻想詩篇　天使の悪夢九千句』（西川徹郎文學館編／茜屋書店、二〇一三〈平成二五〉・六）の題目にもなっている「第十章　天使の悪夢」の俳句について考察したい。本来ならば西川徹郎の句集は、最初の一句から最終句までを連続して読むべきものであると考えられ、またこのことは『銀河小學校』においてもそうであったのだが、本句集の全九千句を扱うことは本章では到底できない。したがって本章では、句集の題目にもなっている「第十章　天使の悪夢」に絞って見ていくことにする。次の引用は、それから適宜抽出したものである。

　義眼を外す花嫁夕闇に襲われて
　少しずつ人形になる鉄窓の男
　身体から生えた真っ青な蓬を摘む
　花嫁の義眼を冷凍保存する
　庭箒を風の羊と思い込む
　血を吐き叫ぶ鶯を父と思い込む
　谷を歩けばいつしか月夜の寺の屋根
　からだから出てゆく黒い蝶その他
　地蔵に生えた白髪を馬が喰い荒らす

「花嫁」は「義眼」を外し、その「義眼」は「冷凍保存」されたりもする。また「鉄窓の男」は「少しずつ人形になる」のである。あるいは、「身体」からは「真っ青な蓬」が生える人もいる。これらは奇想天外であるとともに、その身体イメージには残酷さも伴っていると言えよう。むろん、こういうふうな出来事は通常のリアリズム小説では起こりえない。しかしながら、これら奇想天外で残酷とも言える出来事は、メルヘンやファンタジーの世界では、普通に起こり得ることであろう。たとえば、一般によく知られている「シンデレラ」の物語ではそれほど残酷な場面は無いが、それは子ども向けに原話が程良く変えられているからであって、幾つかバリエーションがある原話の中には人肉食の場面があるものもある。また、グリム童話の「名づけ親さん」という話は、ある男が名づけ親を訪ねてゆく話であるが、男はシャベルと箒が喧嘩しているのを見たり、死んだ指や死んだ首がたくさんころがっているところや、さらには名づけ親が長い角を二本はやしているのを見たりするのである。

また、引用の西川俳句には、「蓬」が「身体から生え」ている人間や、「少しずつ人形にな」っている「鉄窓の男」のこと、あるいは「からだ」から「黒い蝶」が出て行ったり、「地蔵」に「白髪」が生えたりすることが詠まれているが、これらの句を字義通りに解釈するならば、これは一種の変身譚のように読めるだろう。さらには、「血を吐き叫ぶ鶩を父と思う」のは、実際に「父」がその「鶩」になっているからではないかと考えれば、これも変身譚と読めよう。「庭箒を風の羊と思い込む」というのも、実際に「庭箒」が「風の羊」になっているからではないかとも想像され、そうであるならばこれも変身譚の一種と言えよう。言うまでもないことだが、今は童話となっている昔話の中には登場人物などが変身する話がたくさんある。たとえば、グリム童話の「蛙の王様」は、王子が魔法にかけられて蛙になる話である。「七羽の烏」では、新しく生まれた妹の洗礼のために水を汲みにいった七人の男の子が、水差しを井戸に落としてしまったりしてグズグズして仕事をしないので、腹を立てた父親が〈みんな烏になってしまえ！〉とつい怒鳴ってしまうと、その通りに七人は七羽の烏になるのである。

このように見てくると、やはり『幻想詩篇　天使の悪夢九千句』とくに「第十章　天使の悪夢」における西川俳句はメルヘンやファンタジーの世界と共通する性格を持っていると言えよう。谷を歩いているといつの間にか「月夜の寺の屋根」に出ているというのも、時空間が不思議なものになっているメルヘンやファンタジーには普通にあることである。また、西川俳句の多くは物語性を孕んでいて、一句の世界がそれで完結している、通常の多くの俳句とは異なっている。だから西川俳句を読んだ読者は、その後の展開を想像させられてしまう。たとえば、「鉄窓の男」は「人形」になった後、どうするのだろうか、身体から「蓬」が生えた人間はどうなったのだろうか、「黒い蝶」が「からだから出て行く」ような人は、生きているのか死んでしまったのか、などと想像を廻らすであろう。

　このように西川俳句にはその後の展開が気になる物語性があるのだが、その後にそれらの人物たちが元の存在に戻り、さらには彼らに救いというものがあるとは、おそらく考えにくいのではなかろうか。「鉄窓の男」は「人形」になったままであり、身体から「蓬」が生えた人間はこれからもそれを「摘む」しかないだろう。そうなった彼らは不幸であろうが、ただそれを甘受するしかないのである。これらの変身を不条理というふうに言ってもいいかも知れない。

　実は、メルヘンやファンタジーも不条理に満ちているのである。シャルル・ペローの童話に有名な「赤頭巾」の話があるが、原話では赤頭巾はお婆さんに化けた狼に食べられてしまい、話はそれで終わりになっている。原話は、一般に知られている「赤頭巾」の物語のように、ハンターが狼を仕留め、狼の腹の中から赤頭巾を助け出す、というのではない。救いの無い話なのである。そのことについて、坂口安吾はエッセイの「文学のふるさと」（一九四一《ママ》〈昭和一六〉・八）の中で、「私達はいきなりそこで突き放されて、何か約束が違ったような感じで戸惑いしながら、然し、思わず目を打たれて、プツンとちょん切られた空しい余白に、非常に静かな、しかも透明な、ひとつの切ない「ふるさと」を見ないでしょうか」と語っている。そして、「生存の孤独とか、我々のふるさと」というものについて、「私は、いかにも、そのように、むごたらしく、救いのないものだと思います」と述べている。坂口安吾にとって、文学とはその「ふるさと」から始まるものとして考えられていた。

西川徹郎の俳句世界は、坂口安吾が述べている「文学のふるさと」に通じていると言えよう。因みに、野村泫は『昔話と文学』（白水社、一九八八〈昭和六三〉・五）の中で、小説『変身』で一般にもよく知られているフランツ・カフカに論及しながら、カフカが昔話を好んだことについて述べた後、二十世紀の芸術は言わば真に現実に即そうとして、単なる現実描写から離れて現実を「昇華」していったのであるが、「あらゆるモチーフの非現実化こそ昔話の文体的な特質にほかならない」と語っている。さらに野村泫は、「ほんとうの現実は常に非現実的なものである」というカフカの談話を紹介している。カフカの文学と西川徹郎の俳句との類縁性については、すでに高橋比呂子が論文「実存の俳句―カフカ的見地からの西川徹郎」（『星月の惨劇　西川徹郎の世界』〈茜屋書店、二〇〇二（平成一四）・九〉所収）で指摘しているが、カフカの『変身』は不条理そのものの話である。もちろん、西川徹郎の俳句も不条理に満ちた世界が頻出するのであり、その点でカフカの文学とも共通する性格を持っていると言うことができる。しかしここでは、西川俳句とカフカとの共通性については、両者の童話性における類似という観点から指摘しておきたい。

童話性に関連して言えば吉本隆明が、『西川徹郎全句集』（沖積舎、二〇〇〇〈平成一八〉・七）に収められた論文「西川俳句について」の中で、西川徹郎が「（略）驚くことに老熟から出発して、物言う嬰児の方へと逆行していった。そして大人の俳句には決してわからない創造の秘訣をあくまでも保ちつづけていると思える」と述べている。さらに吉本隆明は、西川徹郎の俳句世界は「（略）嬰児に帰らなければ決してわからないポエジィの場所といってもいい」として、「かれの句作は純化されて嬰児のもつ永遠を、だんだん獲得しつつあるようにみえる」とも語っている。これは正鵠を得た指摘であろう。

ただ、「嬰児」は少し言い過ぎであり、「嬰児」ではなく幼児と言うべきではないかと思われるが、それはともかくも、「第十章　天使の悪夢」の西川俳句が切り拓いて見せてくれる世界は、「大人の俳句」世界に馴染んだ眼には不可解としか言いようがない面がある。しかしながら、幼児の眼でその世界を見るならば、意外にすんなりと了解できるのではないかと考えられる。たとえば、次のような句である。

野のバスを襲う紋白蝶の群れ
浜町のふしぎな蝶と遊びおり
念仏を教えてくれた紫鸚哥
竹林歩きいつしか鹿となる姉妹
壺絵の龍が夜毎のたうつ湖の寺
弁当箱の中の鳥が鳴きしきる
筆入の中の鈴虫鳴きしきる
野の町の恋人月から届いた手紙
漂着の月夜河童が皿磨く
裏道を狐と急ぐ女医がいる

言うまでもないことと思われるが、「蝶」が「バスを襲」ったり、人間の「姉妹」が「いつしか鹿とな」ったりするのも、メルヘンやファンタジーの世界では普通の出来事である。あるいは「筆入の中」に「鈴虫」を入れたりするのは、幼児あるいは子どもがやりそうなことであるし、さらには「壺絵」に描かれた「龍」が現実に「のたうつ」かも知れないというのは、幼児の幻想や空想の世界では不思議なことではないだろう。「弁当箱」に「鳥」がいるかのように思ったり、「狐」と「女医」が一緒に急いでいたりする、というのも同様である。「月から届いた手紙」は子どものロマンと言えようか。先に見た俳句が残酷さを持つものであったが、ここでの俳句はメルヘン的なものに見える句である。

繰り返して言うなら、それらは幼児などが持つ幻想である。梅原猛は論文「『無灯艦隊ノート』について――ボードレールの散文詩を思わせる」(『星月の惨劇　西川徹郎の世界』所収)で、「(略)西川氏の俳句は実存俳句というよりアニミズム俳句であるが、このアニミズムはその根底に殺し殺されるという凶暴な関係を秘めているのである」と述べている。「アニミズム」は森羅万象に生きとし生けるものの姿を見るような原始心性であり、幼児の心性はアニミズムのそれに近いと言えよう。

このように見てくると、「第十章 天使の悪夢」に限らず、西川徹郎の俳句世界はたしかに「惨劇」という言葉が似つかわしいところがあるが、しかしそれは多くの童話に見られる残酷性に近いものであるし、また単純に言って、西川徹郎俳句にはメルヘン的でファンタスティックな要素が少なからずあるのである。それでは、そのような西川徹郎俳句をさらに追究していくと、どういう世界に行き着くのであろうか。しかし、その前に西川徹郎俳句と童話や昔話との共通性について、さらに触れておきたい。

「第十章 天使の悪夢」には次のような群作がある。

墓穴に首入れ母の血の泉
墓穴に首入れて知る如来の家系
墓穴を処女数人が覗き合う
墓穴に首入れ叫ぶはらからよ
墓穴に入れた首が抜けずに苦しみおり
墓穴に首入れ湖の底を知る
墓穴に首入れ地底の海を知る
墓穴に首入れ別れた父を知る
墓穴に首入れ別れた兄と遇う
墓穴に入れた首が咥える喉の骨

ウラジーミル・プロップは『昔話の形態学』（北岡誠司、福田美智代訳、白馬書房、一九八七〈昭和六二〉・八）の中で、「昔話が、一方で、おどろくべきほどに多様・多彩で、あざやかに印象深い［のは、人物の属性その他の多様性に由来し］、他方で、昔話が、それに劣らずおどろくべきほど一様で単調で同じことのくりかえしである（略）」と述べている。もちろん、「一様で単調」であるからこそ、プロップは多くの昔話から「恒常的な不変の要素」を引き出して、「三十一の機能」に基づく「構造類型」に纏め上げることができたのである。それが、すなわち「昔話の形態学」の構築である。

西川徹郎俳句には『幻想詩篇 天使の悪夢九千句』以前から「一様で単調」な群作を含む句集があったが、今の引用が「第十章 天使の悪夢」に見られる「一様で単調」な群作の一例である。「墓穴に首を入れ」ることにおいてこれらの句は同一である。もっとも、「墓穴を」で始まる句もあるが、これも「墓穴に首」を入れて「覗く」と考えれば、「墓穴に」の句とほぼ変わらないと言える。また、「墓穴に入れた首が抜けずに苦しみおり」の句と「墓穴に入れた首が咥える喉の骨」の句は、「首」の体言修飾になっている点において、引用した他の句と違っているが、しかし「首」が「墓穴」に入っていることにおいて違いはない。そういうように、これらの句は「一様で単調」な場面設定で句が展開されているのである。つまり、構造類型性という点でも西川俳句と昔話や童話には共通性があるのである。さらに言えば、この「墓穴」とは異界の入り口であるとも考えられ、そのように異界への入り口があるというところも、メルヘンやファンタジーとの類縁性を見ることができるだろう。

このように、西川俳句の大きな特質に童話や昔話との共通性があると考えられるが、それではメルヘンやファンタジーというものは、一体どういう性格を持つ物語と考えたらいいであろうか、ということを改めて考えたい。

童話や昔話などのメルヘンについて、日本におけるユング心理学の第一人者であった河合隼雄は『昔話の深層 ユング心理学とグリム童話』（福音館書店、一九九七〈平成九〉・一〇）で、「昔話のすさまじさ」ということを指摘している。もちろん、この「すさまじさ」は先に見た、西川俳句における残酷さに通じるものである。河合隼雄はユング心理学で言う「元型」に触れながら、「（略）ある個人が何らかの元型的な体験をしたとき、その経験をできるかぎり直接的に伝えようとしてできた話が昔話の始まりであると思われる」と述べている。「すさまじさ」について言えば、それはグレートマザーや影（シャドウ）、アニマやアニムスなどの、人間を成長させるものであるとともに破壊する力も持っている「元型」から出てくるというわけである。では、「元型」とは何かというと、それは人間の個人の無意識の、さらに深いところに存在していると思われる普遍的無意識の中にあるイメージ、原像のことである。

そうであるならば、昔話や童話などのメルヘンが表わしているのは、個人というよりも集団の無意識世界であるということになり、さらには人間一般の普遍的な無意識にも繋がっている、ということにもなってくる。実際、河合隼雄はその判断からグリム童話をユング心理学から分析して説得力ある論を展開している。たとえば昔話でよく見られる首切りの話は、「自己去勢」を意味していて、それは人間の成長の過程において決定的な変革を表しているのであり、そこには死と再生のテーマが語られているというふうに、河合隼雄は読んでいる。河合隼雄が論じている個々の昔話についての解釈の当否はともかくも、昔話や童話は人々の「元型的な体験」を物語化したものであると考えられるならば、それらメルヘンの世界が表していているのは、端的に言って人々の無意識の有り様であるということになるだろう。個人的無意識か普遍的無意識かはともかくとして、西川徹郎の俳句世界にも無意識を表しているところがあるのではないだろうか。

第二章でも論及したが、松本健一は論文「無意識領域の書記―『西川徹郎全句集』について」（『星月の惨劇　西川徹郎の世界』所収）で、西川徹郎について「かれは自己を無意識領域にまで踏みこんで捉えたいのである」、「（略）俳句はかれにとって方法というより、自己の無意識領域、あるいは形無きもののところにまで踏み込んでゆく場なのだ」と述べている。さらには「（略）俳句はかれにとって、いわば自動書記の役割をはたすのである」とも語っている。西川俳句における無意識の問題については、稲葉真弓も論文「言葉の「無限樹海」――西川徹郎の世界に寄せて」（同所収）で、『西川徹郎全句集』は「（略）人間の記憶の中に無意識に眠る「無限樹海」への入り口なのだ」と語り、また和田悟朗は「生と死と性の集約──『西川徹郎全句集』より」(同所収)で、西川徹郎が一夜で数百句を書き進むことに触れながら、その「集中力と技倆」は「(略)一種の無意識が駆動するところのオートマチズム」だと述べている。

ここで和田悟朗が語っている「オートマチズム」という言葉は、先に引用した松本健一の「自動書記」という言葉に重なっており、やはり第二章で論じたように、これはシュールレアリスムで用いられた技法なのである。シュールレアリスムは、意識で認識できる世界だけが現実の全てであると思っている人間の狭隘な視野を押し広げるために、たとえば半醒半睡の状態で思い浮かぶままを記述していくという「自動記述」の方法を採ることもあった。意識による制御をかなりの程度において後退させ、ペンの動きの赴くままに記述していくのである。それによって無意識界を描くことができると考えたわけである。和田悟朗も松本健一も、西川徹郎の句作の有り様をシュールレアリスムの「自動記述」そのもの、あるいはそれに近いものがあるのではないかということを述べているのだが、たしかに西川徹郎俳句からはその趣きが感じられるかも知れない。西川徹郎の句集からは奇想天外なイメージの奔出が見られ、このような奔出は意識的な統御によって作られるものではないと、恐らく両者には感じ取られたのであろう。

しかし、これも既に論じたことであるが、たとえシュールレアリスムからの影響があったにしても、西川徹郎の側にそれを受け止める資質が無ければ、その俳句世界のような、驚くべきイメージの乱舞とも言える世界は、展開されることは無かったであろう。また、シュールレアリスムとは異なって、やはり句作はあくまで意識的操作によってこそ可能となるものであろう。だから、イメージの湧出は無意識界からのものであっても、それを統御して句に仕立て上げるのはやはり作者の意識の働きなのである。西川徹郎もそのようにして句作していると想像される。

西川徹郎俳句とシュールレアリスムとの関係は今見てきたようなことであろうと考えられるが、西川徹郎俳句には凶暴性をも含んだ無意識からの噴出だけに留まらない句もある。たとえば、次のような句である。

花嫁の頬打つ舌のスコップで
入水の花嫁裏の溜め池に
花嫁探すため溜め池の水を抜く
溜め池の底に沈みおり花嫁は
溜め池から花嫁引き上げ苦しみおり
ぐったりとした花嫁横たわる池の淵
花婿が来て泣き叫ぶ淵の花嫁
隣人が眼を開きみる淵の花嫁
村長が来て掌を合わす淵の花嫁
村じゅうが集まり眺める淵の花嫁
胸も下着も濡れた花嫁を村人は

西川徹郎句集『幻想詩篇 天使の悪夢九千句』の「後記 白い渚を行く旅人」によれば、西川徹郎の寺から山道を越えても三丁ほどしか離れていない一軒の農家の「若く綺麗な花嫁」が秋の暮れ方に行方不明となり、その三日目の午後、溜め池の底に入水死体となって発見されたことがあったようである。新城峠の村落では多くの「自死者」があるようで、その花嫁の死も「溜め池の縁の草陰に靴が並べられて」あったことから覚悟の入水自殺であったと考えられる。西川徹郎によれば、「この村落の村人等の舌のスコップは鋭く研ぎ澄まされていて、弱い立場の人間や倒れ伏した人間の背を容赦なく突く」（傍点・引用者）のであり、また「一言でも村の体制に批判的発言をした人間に対しては集団的に誹謗や悪舌といった舌のスコップを雨降らせ、更には容易に人を殺す讒言がとどめを刺す」ようであったらしい。

今引用した一連の句は、その花嫁の入水自殺事件を詠んだものであろう。西川徹郎の俳句には幻想的なものだけではなく、実際の出来事に基づいた句もかなりあるのではないかと考えられるが、それとともに群作として詠まれている句には、出来事の経緯が物語のように展開されている場合があることも知られる。さらには、引用した句からは西川徹郎の怒りと悲しみを読み取ることもでき、西川徹郎の感性や姿勢というものがどういうものであるかをも知ることができよう。また、通常一般の俳句界ではこのような出来事は題材になることはおそらくほとんど無く、西川徹郎俳句だからこそ、そのような出来事が詠まれたわけである。俳句が花鳥諷詠のみに留まるならば、私たちの世界の極めて狭い領域しか対象にすることはできないが、西川徹郎の俳句世界はそういう狭さを打ち破って、詠まれる領域を押し広げ、それまでの俳句世界に革命をもたらす可能性を持ったものと言える。題材の問題に限ってもそういうことが指摘できるであろう。

それでは、以上のような特質を持つ西川徹郎の俳句を文学的にどう評価し、どう位置づけたらいいであろうか。西川徹郎が自身の俳句を「実存俳句」と呼んでいることは、これまでも何度も確認してきたことであるが、そのことはどう受け止めたらいいだろうか。次にそれらについて、これまでの論述と重なるところもあるが、改めて再度考えてみたい。

西川徹郎は「〈火宅〉のパラドックス―〈実存俳句〉の根拠」(『星月の惨劇　西川徹郎の世界』所収)で、「実存俳句」の実存は西洋哲学の実存主義とは異なり、大乗仏教の浄土教の人間観に拠ったものであると述べている。その人間観とは、「四苦の相(生老病死)とともに罪悪性と反自然的な本質こそ人間存在の偽らざる事実であり、実存性である」というものであり、且つその「実存性の克服」こそ仏陀の教えであり、そのことを説いた法然や親鸞の人間観も同じである、と同論文で西川徹郎は語っている。たとえば先に見た俳句の中で言うならば、溜め池で自死した花嫁に、私たちは「人間存在の偽らざる事実」の端的なあり方を見ることができる。あるいは、とりわけ「死」を詠んだ句に「人間存在の偽らざる事実」が詠まれていると言える。次に幾つかの句を抜き出してみる。

縄の村で縊死のれんしゅう淋しさよ
毀れた馬車で嵐の岬へ死にに行く
死顔の上をはらはらと飛ぶ蒼い鶴
死へ急ぐ父白髪靡かせ馬のよう
下帯で首括る梁月の出見える
箱の桃町を出て行く死者として
七面鳥を死化粧の姉と思い込む
東雲は川屋で死んでいる桔梗
ぐったりと床に横たわる縊死の隣人
山を下りて来て寝台で死ぬ山男

人間は墜ちる存在であり、そしてついには死ぬ存在である、それが「偽らざる事実」なのである。西川徹郎の「実存俳句」はその実相を詠むのであるが、しかしすでに「第四章 浄土仏教を背景に(略)」において引用、論及したように、「〈火宅〉のパラドックス―〈実存俳句〉の根拠」で西川徹郎は、「堕獄必定の身がそのまま往生必定の身となる」という「壮大なパラドックス」こそ、「大乗仏教の究極としての絶対他力の論理」であり、「私の俳句は、この浄土教のミダの本願の、絶対他力の大悲の思想に依っており、殊に親鸞が明らかにしたこの「地獄一定すみか」という実存的な極苦の人間観こそ、私が殊更に〈実存俳句〉と呼ぶ根拠にほかならない」、と述べている。もっとも、これもすでに指摘したように、西川徹郎は他方で、「後記 白い渚を行く旅人」(前出)の中で「私の詩や文学は、剃刀の刃先ほどの隔絶なれども明確に宗教とは位相を異とする」と述べている。あるいは同論文で、「私の文学は悪機を救う法の側には位置しない」、とも語っている。

たしかに、そうであろうと思われる。西川徹郎の俳句は、「四苦」の中で罪を犯して生きざるを得ない人間存在、それ故に救いを求めざるを得ないあり方を詠むものであるが、そこに救いの手を差し伸べる側からの句は詠まれていない。西川徹真（西川徹郎）の長大な論文『弥陀久遠義の研究』（前掲）の中の言葉を用いれば、西川徹郎俳句には「つまり救われ難き機を顕す所に救わずにおかない法の久遠が影を表わす」ということはないのである。救いを語るのは文学ではなく宗教の側だからである。

ただし、そうではあっても、西川徹郎自身も述べているように、彼の「実存俳句」の根底にある人間観さらには存在観は、やはり浄土仏教の思想に基づくものであろう。あるいは、釈迦や親鸞が地獄を見るようにこの現世を見たように、俳人としての西川徹郎も現世をそのように見ていると言えようか。やはり第四章でも述べたように、西川俳句と浄土仏教との関係については、斎藤冬海の論文「「秋ノクレ」論―西川文学の拓く世界」（『星月の惨劇　西川徹郎の世界』所収）が詳しく論じているが、仏教者としての西川徹郎のその眼は人間以外の存在を詠むところにも端的に表れている。また、これまで見て来たように、西川徹郎の俳句は人間が様々なものに変身するような句があったり、様々な動植物などが登場する句があるのだが、これも、生きとし生けるあらゆる存在を差別することなく見ようとする大乗仏教の教えと繋がっていると考えられる。西川徹郎もそのことについても「後記　白い渚を行く旅人」で語っている。

本章の始めの方で私は、西川徹郎俳句における幼児心性との共通性ということを指摘したが、幼児などの子どもの眼は、存在物を差別相において見ることはせず、同一相において見るものだと思われる。詰まらぬ分別をするのは大人の方である。おそらく釈迦は言うまでもなく、法然や親鸞という高僧も、幼児のような眼を持っていたのではないだろうか。だから、西川徹郎の「実存俳句」は幼児心性が表れている俳句とも言えるし、大乗仏教徒の眼に映った世の実相が詠われた俳句である、とも言うことができるのではないかと思われる。

ここで再び、「実存俳句」における実存の問題に戻るならば、たしかにそれは西川徹郎の言うように西洋思想の中にある実存哲学や実存主義とは異なっているのだが、しかし共通するところもあると言えるのではないか。それはとりわけサルトルの実存主義に通じるのではないかと考えられる。それまでの俳句の狭い美的世界を打ち破り、俳句を美の問題のみに収斂させるのではなく、広く倫理の問題として捉え直したのが西川徹郎の「実存俳句」であったわけだが、その姿勢はたとえば次のようなサルトルの「文学とは何か」（『シチュアシオンII』〈加藤周一訳、人文書院、改訂版、一九六四〈昭和三九〉・一二〉所収）の言葉に重なるであろう。「たとえ文学と倫理とは全く別なものであるにしても、美的命令の奥底には、倫理的命令がみわけられる」という言葉である。

そして、サルトルにとって文学と倫理は彼を取り巻く政治社会状況と緊張関係を持っていたものであったと同様に、西川徹郎にとっても「実存俳句」はそういうものであると思われる。西川徹郎は「〈火宅〉のパラドックス」の中で次のように語っている。

俳句というこの傑れた言語表現の詩形式は、今や観念の奴隷となり下った哲学（者）の閉塞性や国家権力に支えられたアカデミズムの軽薄性を打ち破り、あるいはあらゆる既成の思想や主義やイズムや理念や国家意識や権力の統制や偏狭なナショナリズムをも打ち砕き、言語を規制し束縛する一切の認識と思索の領域を超脱し、世界の果てへ向って言語を飛翔させ、未知なる世界の領有を希求し実現する唯一つの手だてであることを爰にあらためて書いておきたいと思う。

国家や体制やその支配的イデオロギーに抗おうとする、このような西川俳句の姿勢は、『教行信証』に末尾において、「主上臣下、法にそむき義に違し、いかりをなし、うらみをむすぶ」という激しい言葉を当時の支配体制に投げつけている親鸞の姿勢にも通じるだろう。このような姿勢は「第十章　天使の悪夢」

にある俳句だけではなく、西川徹郎句集『幻想詩篇 天使の悪夢九千句』全作品の俳句にも貫かれていると思われる。付け加えて言えば、「実存」という考え方を冷笑していた、軽薄で能天気な趣のあったポストモダニズム（とりわけ日本ではそうであった）が全盛であった時期にも、西川徹郎は「実存俳句」とその「実存」の持つ意味の重要性を語っていたと考えられるが、そのこと自体にも支配的イデオロギーや流行の思潮に靡かない彼の強い意志と姿勢を見ることができよう。

さて、西川徹郎の俳句世界を文学的にどう位置づけるべきか、どう評価すべきか、とりわけ俳句史においてそれらのことをどう考えるべきかという問題があるが、これを語るためには実証的な作業も含めて相当な労力を要するであろう。したがって、ここでは今の時点で指摘できることだけを挙げておきたい。言うまでもなく、西川俳句は無季非定型の俳句であり、その点においても西川徹郎が初学の頃師事していたと言える細谷源二の俳句の系譜に位置すると言える。

たとえば細谷源二は、『現代俳句の解説』（現代俳句の解説刊行会、一九五四〈昭和二九〉・一〇）で、「（略）現代の俳句にはどうしても、独自な創造と、深い思想、鋭い知性、批判精神、情熱等々が必要になって来たのであります」と述べているが、この姿勢を継承しさらに深めたのが西川徹郎だったと言える。批判精神に関して細谷源二はそれを「現在の社会を批判的に見」ることであると述べ、さらに「デフォルマシオン」について「どうしてもそうあらねば作品が生きないと云うところまでつきつめた果であってほしいのであります」と語っている。さらに細谷源二は、絵画は優れた人間生活を創り出すためにあるのだということを語った後、「俳句の場合でもその通り、既成観念や陳腐な枠にあてはめる考え方よりの解放が必要であり、それへのはげしい斗《ママ》であると云えよう」と述べている。

細谷源二のこれらの言説に表れている、俳句創造の指針の延長上に展開されたのが、西川徹郎の俳句であったのではないかと思われる。ただ、『細谷源二全集』（俳句研究社、一九七〇〈昭和四五〉・九）に見られる、細谷源二の俳句よりも、西川俳句は遙かにラディカルなのである。

西川徹郎の先達としては細谷源二のみを見てきたわけだが、西川徹郎の俳句世界が決して突然変異のように生まれてきたのではなく、むしろ俳句史の流れから出るべくして出て来たものであるとともに、やはりそれは極めてラディカルな突出でもあった、と言えるのではないだろうか。しかも、その俳句は浄土仏教の世界、さらには広く仏教全体の世界とも言わば臍の緒が繋がっているのである。日本の近現代文学と宗教との関係という場合、キリスト教との関係ばかりに眼が向けられ、仏教との関係についてはそれに比べて等閑にされる傾向が今なおある。もっとも、そこには作家の側に仏教の素養のある人物が少なかったという問題もあるわけだが、西川徹郎の俳句世界は改めて文学においても仏教思想の重要性を気づかせてくれるものである。俳句史の中の革命という点においては言うまでもなく、また仏教との関係という点においても、今後の西川徹郎俳句の展開が期待される。

抗う俳句　結びにかえて

なぜ西川徹郎は、有季・定型の俳句ではなく、無季・非定型の俳句を詠むのかという問題を、最後に考えてみたい。西川徹郎はこの問題についての考えを、二〇〇五〈平成一七〉年一〇月に静岡県島田市で開催された口語俳句協会主催の「第五十回口語俳句全国大会」で、「口語で書く俳句―実存俳句の思想」と題する「記念講演」で明快に展開している。これは後に「銀河系通信」第十九号〈黎明舎、二〇〇六〈平成一八〉・八〉に講演録として収録されている。

西川徹郎は端的にこう述べている。すなわち、「もとより、この「季語・季題」と謂うものは、京都の天皇権力を中心に作られて行った言語で、天皇権力の強大な幻想の産物と言って宜しいのであります」、と。続けて西川徹郎は、たとえば「季題」の「雪月花」の「花」はあくまで京都や吉野に咲く三月の桜のことであって、北海道の新城峠に続く裏山の山桜が咲くのは六月であり、この山桜は「歳時記」の「季語・季題」の「規範」から「疎外」され「抹殺」されてきたと語っている。さらに西川徹郎は、沖縄に住む文学者がやはり「(略)季語・季題による中央集権的な今日の俳句思想を糾弾しております」と述べている。そして西川徹郎は、「季語・季題」の元に詠まれる俳句は、「(略)自らの生活を離れて、趣味・娯楽と化し、自己を問う文学や言語表現とは一切関わりのない、言語遊戯と化したものである」とも語っている。

たしかにそうであろう。多くの人たちは、俳句には「季語」があって、かつ五・七・五の「定型」であるのが当然である、と何の疑いもなく信じ込んでいる。そのことは、俳句のテレビ番組などを観るとよくわかる。そこでは講師の人も、俳句に「季語・季題」があることを自明な前提であるかのように話をしているのである。もっとも、俳句は一般の人間でも気軽に楽しめる手頃な〈文学〉になっているというふうに思って、句作を楽しむこと自体に問題はないであろう。しかしながら、「京都の天皇権力」によって作られてきた〈美意識〉の規範を、今もなお何の疑いもなく受け容れていることには、やはり大きな問題があるのである。この問題に関連して西川徹郎は、「つまり、明治以来今日に至るまで、国家権力は教育という名の下に、文語による、花鳥諷詠、有季定型の俳句を擁護し、教育現場に於ける俳句授業を通して日本人の言語感覚や言語的発想とを巧みに制御し統率してきたという、恐るべき権力の策謀が」あるのだ、と述べている。

だから、「口語で書く無季・非定型」の俳句を作ることは、その「国家権力」に抗うことに繋がるのである。もっとも、「有季・定型」の俳句の〈美意識〉は「京都の天皇権力」によって作られてきたわけだが、それは過去のことではないか、と考える人もいるだろう。しかし、二一世紀の日本人はすでにそういう問題から〈卒業〉したとは、残念ながら到底言えないのである。そのことは、元号の問題、日の丸・君が代の問題や、それらの問題に対する人々の意識のあり方を見てもわかるだろう。いまだに日本人の多くは、天皇制の呪縛の中にいるのである。その天皇制は戦前のようなものでなく象徴天皇制になってはいるが、果たしてどれだけの日本人が、その呪縛された意識を克服していると言えるだろうか。おそらく、俳句が「有季・定型」が当然であるという意識が今なお蔓延している限り、その呪縛から抜け出ていないと判断されるだろう。

天皇制に関わる西川徹郎の俳句を、『銀河小學校』の「菊人形」の章から見てみたい。以下の引用句は連続して詠まれたものである。

腐乱シツツ立ツ菊人形皇居前

少シ血ガ滲ム菊人形ノ肛門ハ
陛下ソレハ菊人形ノ肛門デスヨ
黄菊ノ好キナ天皇陛下敬礼ス
御裏方サマノ陰部ノ黄菊ニ合掌ス
天皇モ黄菊ヲ見レバ泣キ濡レル
天皇ノ唇捲レ菊展了ル
皇太子ノ肛門汚レ菊展了ル
菊人形ノ肛門ノ黄菊ヲ見セビラカス
天皇ノ肛門ノ黄菊ヲ見セビラカス
皇族ノ肛門ノ黄菊ハ血ニマミレ
天皇ハ菊人形抱キ締メ死ンデユク
弄バレテ菊人形ガ死ンデユク
菊人形ハ皇居ノ庭ニ棄テラレテ
皇居ノ橋ニ立ツ菊人形血ニマミレ

天皇も皇太子も、さらに他の皇族の人たちも、人間である以上、これらの俳句で詠まれているような事態にならないとは限らないであろう。天皇であろうと皇太子であろうとどんな人間でも、「肛門汚レ」というような事態に見舞われることはあるのである。したがって、これらの句で詠まれていることは、西川徹郎本来の俳句のあり方から言って、ごく当然で自然なことである。もしも、これらの俳句を〈畏れ多い〉などというようなことを思う人がいるならば、その人の意識はまさに反動的で差別的なのである。〈畏れ多い〉というような、人の上に人を作ることを当然とするような意識は、人の下に人を作ることも当然だとする意識でもあって、その意識が社会的な差別を形成していくのである。だから、〈畏れ多い〉という意識は、突き詰めると差別的なのである。
それはともかく、これらの句で詠まれている天皇や皇族の人たちは、ユーモラスな印象さえあって、人間の実相というものをよく表し示しているだろう。おそらく、これらの句が「菊人形」の章で詠まれているのは、菊が天皇家の紋であることと、菊が肛門の隠喩でもあることの、その双方からの連想が結び合わさって出て来たのであろう。天皇あるいは皇居に関する俳句としては、他にもたとえば『幻想詩篇 天使の悪夢九千句』の「第四章 舌のスコップ」および「第十五章 蜻蛉夜祭」で、次のように詠まれている。

天皇陛下の肛門から外見るサナダムシ
蒼白な夢みる天皇陛下のサナダムシ
天皇の黄菊が母の脇腹に

蝙蝠傘を腋に抱えて皇居まで
皇居前激しく喚く蝙蝠傘
皇居にて羊を千匹まで数え
皇居にて蝙蝠傘を千本まで数え
皇居にて夢の羊が暴れ出す
天皇も差す蝙蝠傘火の嚢

天皇は極めて清潔な暮らしをしているだろうから、サナダムシが寄生するようなことはないであろうが、しかし他の人間と同様にその可能性が全く無いとは言えないであろう。西川徹郎は天皇を殊更に貶めようとして、このような俳句を作っているのではないのである。この世の森羅万象を差別なく見ようとする仏教者の眼で、西川徹郎は天皇のことも見ようとしていると言えよう。また、「蝙蝠傘」や「羊」は、場所が皇居であろうとお構いなく、自らの性向に従って振る舞っているのである。あるいは、本書では論じな

かった未刊の句集『東雲抄』には、
舌が皇居の青葉を一枚ずつ捲る
という句もある。
このように天皇（制）に関する俳句を西川徹郎は詠んでいるのだが、もちろん西川徹郎には天皇個人に対して特別な思いがあるというのではなく、西川徹郎はあくまで天皇制の中における天皇を問題にしているのである。西川徹郎は、一九九五(平成七)年六月に北海道近代文学懇話会での講演「俳句の根拠——何故俳句でなければならぬのか」で、今述べた事柄に関わる問題についても語っている。次に引用するのは、「銀河系つうしん　第十六号」に掲載されたその講演録からである。

この「天皇」という言葉の中には否応なく私たちの遠い祖先が実感してきた差別と被差別の呪詛が立ち込めています。ですから私たちがこの「天皇」という言葉を使う時に、私たちの遠い祖先が実感したその呪詛をそこにどうしようもなく感じ取ってしまうが故に、この「天皇」という言葉を使う時に私たちは喩えようのない畏怖の感情を覚えてしまうのであります。つまり、私たちが言葉をもって何かの表現を為そうとする時には意識するしないに関わらず否応なく、この圧倒的な負性の呪縛のエネルギーと対峙せねばならないのであります。短歌における定型とはこの圧倒的な負性の呪縛のエネルギーの組織定型化であって、そこには国家の絶えざる意志が濃厚に働いています。

この引用では定型の問題は短歌に即して語られている。俳句定型について西川徹郎は、上句五七五のみあって下句七七が切り捨てられた俳句は、「問いのみがあって応答の抹殺された奇形」の形式であること、しかし、それは「(略）未開の野へ見開かれた実存の〈眼〉が俳句にほかな」らないことであって、だからこそ「(略）俳句定型は〈問の屹立〉のなかに反定型の意志を聳立させ、自らその根拠を明らかにするのであります」と述べている。引用が続くが、やはり講演録からの引用で西川徹郎はさらに次のように展開している。

従いまして俳句を書く行為とは〈反定型の定型詩〉を書く行為であって、国家の意志との凄絶な抗いを為す必敗の行為であるのであります。ひとたびは定型に憑依すると見せかけて、その実は反定型の意志を貫く、伝統詩型としての短歌定型の上部を受け継ぎ、ひとたびは定型に依拠しつつも、その実は国家の意志と定型の呪縛への反意と抗いを貫く、このひたすらなる必死の悪意の中にしか〈俳句の根拠〉はないと言わねばならぬのであります。

「国家の意志と定型の呪縛」に抗おうとする西川徹郎の、決意表明とも言うべき強い言葉を、次々と引用したくなってくるが、今の引用に続けて、俳句は「国家の喉を突く、一本の研ぎ澄まされた反意の言葉」であり、「されば、俳句こそがまさしく〈反権力・反伝統の文学〉であると言い得るのであります」、と西川徹郎は述べている。先に天皇制と俳句の問題について見たが、ここでは国家との関係が問題にされているのである。もちろん、天皇制の問題と国家の問題は、日本においては通底している。

国家に関して詠まれた俳句としては、第一章で句集『無灯艦隊』を論じたときに「便器を河で洗いしみじみ国歌唄えり」という俳句に言及して、この句には西川徹郎の反国家の姿勢がいち早く出ているということを述べた。この句の情景を思い浮かべるならば、やはりこの句にはユーモアも感じ取られるであろう。国歌も流行歌と同じように、そのように歌うべきものであって、もしも厳粛に歌ったりするのが当然であるというように思い始める時代になると、その時代の雰囲気は人々をおかしな方向へと駆り立てていくようになる——そういう作者の声が聞こえてきそうな句である。

また、『幻想詩篇　天使の悪夢九千句』の「第五章　剃刀の夢」では、

ざっくり裂けた國旗たなびく冬の町

という俳句がある。この句にはユーモアはなく、情景がそのまま詠まれただけのような印象があるが、もしも作者が「國旗」というものに、たとえば敬礼したり拝跪するような精神の持ち主であったならば、こういう句は作らないであろう。「國旗」が裂けていようと、冬を越す人々の暮らしに変わりなければ、裂けたままたなびかせておけばいい——これはたぶんに私の思いが籠もった解釈であるが、私にはそういう作者の声が聞こえてきそうなのである。また、『東雲抄』には

隣で寝ていた父死ぬ不意に国旗が倒れて来て

という俳句もある。ここでは国旗は害を為すものとして詠まれていると言えよう。

このように、国歌も国旗も総じて敬意を表すべきものとして詠まれているのではなく、むしろその反対の立場で詠まれていると言えるわけで、そこに西川徹郎の、国家に対する姿勢を窺い知ることができるだろう。

ここで、「序にかえて　読みの方法論」の章を除いた章をごく簡単に振り返ってみたい。第一章では主に隠喩の問題に焦点を当てて初期の句を考えながら、西川徹郎のエッセイ等を参考にして、家族を詠んだ句の句意を読み解こうと試みた。第二章ではシュールレアリスムとの関係から西川俳句を考察し、第三章では、実存の問題との関わりの中で西川俳句を論じたが、その際に実存についての西欧思想にも言及した。第四章では、主に親鸞の浄土仏教の思想に眼を向けることで、西川俳句の根底に流れている思想に迫ろうとした。ただ、天台本覚思想との関わりについては触れただけで深く考究することはできなかった。また第五章、第六章では、西川俳句にはファンタジーやメルヘンに通じる要素があるのではないかという論を展開した。そして、本章の「結びにかえて　抗う俳句」では、「口語で書く無季・非定型」の西川俳句には、伝統的美意識の総本山のような天皇制（象徴制であろうが、何であろうが）や国家というものに、抗う精神が

あるのだということを見てきた。

このように西川徹郎は、東西の思想を貪欲に摂取して自らの句作の肥やしにしてきたと思われるが、一見、バラバラの摂取のようでありながら、そこには一貫性があったと言えよう。それは、やはり抗いの精神である。そして摂取された思想自体にも、抗いの精神が貫かれているのである。たとえば、シュールレアリスムは硬化した近代合理主義に対する抗いであり、実存主義の考え方も同様の傾向を持っているだろう。むろん、西川徹郎の言う実存と西欧の実存主義とは同じとは言えないが、しかし抗いの精神において通じているだろう。たとえば、サルトルの小説『嘔吐』の主人公ロカンタン、カミュの小説『異邦人』の主人公ムルソーにも、抗いの精神を見ることができる。何よりも、カミュは〈反抗〉ということを言った文学者であり、サルトルは〈革命〉を語った知識人であった。親鸞については第四章で述べた通りである。親鸞も抗う仏教者であった。

メルヘンやファンタジーについては、それら自体に抗いの精神があるわけではないが、メルヘンやファンタジーの世界を身近に感じ取る大人は、おそらく抗いの精神を堅持している人であろう。実利的で功利的な社会に融和できない精神が、メルヘンやファンタジーの世界に赴かせるところがあるわけで、それも抗いの一種と言えよう。

実に大まかではあるが、こうして西川徹郎の俳句世界を見渡すと、西川徹郎にはその俳句世界のさらなる展開を期待したくなる。西川徹郎は今後、自らの世界をどのように切り拓いていくのだろうか。

あとがき

西川徹郎氏の俳句を初めて読んだのは、二〇一〇年の秋であった。私も会員である「千年紀文学」の会の編集人で文藝評論家の小林孝吉氏の西川徹郎論である『銀河の光 修羅の闇 西川徹郎の俳句宇宙』（西川徹郎文學館発行、二〇一〇〈平成二二〉・一〇）を、二〇一一年二月一二日付の「図書新聞」で私が書評を担当することになり、まさに泥縄式に西川徹郎俳句を読んだわけである。もっとも、「西川徹郎」の名前は私の記憶にはあった。ふらんす堂刊行の「現代俳句文庫」に『西川徹郎句集』があったことから、「西川徹郎」の名前を覚えていたと思われる。私は、小林孝吉氏の著書に導かれながら、その俳句を読んでいったのだが、それは、私の中にあった俳句イメージを根底から覆す体験であった。俳句の世界とはこんなに衝撃的で広いものか、と驚いた。それまで、現代俳句に馴染んでいなかった私は、「ホトトギス」系の俳句こそが現代俳句なのだろう、と漠然と思っていたのである。

小林氏の著書は西川徹郎俳句の特質をよく掬い取った評論であったので、そのことを書評に書いたのであるが、この書評が機縁となって西川徹郎氏より、二〇一一年七月二日に旭川グランドホテルで開催された「西川徹郎作家生活五十年並びに西川徹郎文學館五周年祝賀記念会」に招待していただいた。そして二〇一三年の始めだったと記憶しているが、西川徹郎氏から西川徹郎俳句についての論文の依頼を受けた。それまで私は現代俳句のみならず俳句というものにほとんど触れてこなかったのだが、その年の一一月に何とか論文を書き上げたのが、拙論「惨劇のファンタジー 西川徹郎句集『幻想詩篇 天使の悪夢九千句』「第十章 天使の悪夢」より」である。この拙論は『修羅と永遠 西川徹郎論集成』（西川徹郎作家生活五十年記念論叢、西川徹郎文學館／茜屋書店、二〇一五〈平成二七〉・三）に収録された。

西川徹郎氏と斎藤冬海氏に二度目にお会いしたのは、二〇一四年五月三一日に同じく旭川グランドホテルで開催された「新城峠大學開校記念並びに西川徹郎・森村誠一《青春の緑道》記念文學碑建立記念並びに第十四句集『幻想詩篇 天使の悪夢九千句』出版記念祝賀会」である。その翌日に、西川徹郎氏から〈西川徹郎論〉の本を書いてみないかとお誘いを受けた。西川徹郎氏の俳句に魅了されていた私は、すでに多くの西川徹郎論があるのだから、本となった私の論考が屋上屋を架す結果に終わるかも知れないということも省みずに、即座に〈書いてみたいと思います〉とご返事をしたのである。ただ、それに取り掛かる前に三、四冊の本を上梓しなければならない仕事があったため、〈西川徹郎論〉の仕事は少し遅れるだろうことを、併せてお伝えすると、「それは構いません」とのことであった。結局、当初考えていた以上に遅れてしまい、西川徹郎氏と西川徹郎記念文學館の館長である斎藤冬海氏にはたいへんご迷惑をおかけしてしまった。お詫び申し上げたい。

西川徹郎俳句には無類の面白さがあるが、それを論じるとなると、一筋縄ではいかない困難さがあった。ほとんど悪戦苦闘であったと言えよう。そのことは執筆準備をする前から予想できたことであったが、この困難さも当初予想していた以上であった。しかし、ともかくも原稿執筆を終えてから、西川徹郎俳句に文字通り浸かっていた頃を振り返ると、不思議にそれは充実した幸せな時間であったように思われてきたのである。また、校正作業の中で必要に応じて句集を開いて俳句を読んでいると、或る懐かしささえ覚えた。やはりそれは、西川徹郎俳句自体が持つ魅力の為せる業と言うべきであろう。

本書を執筆するにあたっては、小林孝吉氏や高橋愁氏のご著書を初め、西川徹郎俳句についての多くの先行研究には大いに教わった。また、以前私の勤務校の同僚であった、日本近世文学専攻の藤川玲満氏（現・お茶の水女子大学）には、俳句についての文献をご教示いただき、勤務校の同僚で宮澤賢治研究家の山根知子氏にはメルヘンに関する文献をご教示いただいた。斎藤冬海氏には、西川徹郎論も掲載されている「銀河系つうしん」のバックナンバーをお送りいただいた。これらの文献を参考にすることによって、論考を確実に進めることができた。お教えいただいた方々には、心よりお礼申しあげたい。

「抗う俳句　結びにかえて」のところで述べた、国家や権力、それらと繋がっている伝統に対して、叛意を貫こうとする西川徹郎俳句と西川徹郎氏の姿勢に、私は大いに共感している。西川徹郎俳句の今後に注目したい。

なお、西暦と元号については、私自身の考えは措いておき、本書では読者の便宜を考えてなるべく双方を併記した。「佛」と「仏」の表記については、原則として私の文章では新漢字の「仏」を用いた。むろん、西川徹郎氏の文章からの引用等はその限りではない。また、本書は殆どを書き下ろしの論考で構成しているが、「第六章　惨劇のファンタジー――『幻想詩篇　天使の悪夢九千句』」のみは、先に述べた拙論「惨劇のファンタジー　西川徹郎句集『幻想詩篇　天使の悪夢九千句』第十章「天使の悪夢」より」に若干の字句訂正を施したものである。

二〇一八年十一月　　綾目　広治

綾目　広治　Ayame Hiroharu

一九五三年広島市生まれ。京都大学経済学部卒業、一般企業勤務の後、広島大学大学院文学研究科博士後期課程中退。現在、ノートルダム清心女子大学教授。文藝評論家。「千年紀文学」の会会員。「西川徹郎記念文學館　詩と表現者と市民の会」顧問。

著書に、『脱=文学研究　ポストモダニズム批評に抗して』（日本図書センター、一九九九年）、『倫理的で政治的な批評へ　日本近代文学の批判的研究』（皓星社、二〇〇四年）、『批判と抵抗　日本文学と国家・資本主義・戦争』（御茶の水書房、二〇〇六年）、『理論と逸脱　文学研究と政治経済・笑い・世界』（御茶の水書房、二〇〇八年）、『小川洋子　見えない世界を見つめて』（勉誠出版、二〇〇九年）、『反骨と変革　日本近代文学と女性・老い・格差』（御茶の水書房、二〇一二年）、『松本清張　戦後社会・世界・天皇制』（御茶の水書房、二〇一四年）、『教師像—文学に見る』（新読書社、二〇一五年）。『柔軟と屹立　日本近代文学と弱者・母性・労働』（御茶の水書房、二〇一六年）ほか。

現住所　〒七〇〇—〇八一二岡山市北区出石町二丁目三—十八

資料篇

黄金海峡＊西川徹郎自撰句集

十七文字の銀河系＊西川徹郎＝西川徹真　略年譜

西川徹郎主要著作一覧

諸家西川徹郎論一覧

黄金海峡＊西川徹郎自撰句集

第一句集『無灯艦隊』（一九七四年）

不眠症に落葉が魚になっている
夜明け沖よりボクサーの鼓動村を走る
海峡がてのひらに充ち髪梳く青年
流氷の夜鐘ほど父を突きにけり
京都の橋は肋骨よりも反り返る
晩鐘はわが慟哭に消されけり
首の無い暮景を咀嚼している少年
蝙蝠傘がふる妙に明るい村の尖塔
月夜轢死者ひたひた蝶が降っている
剃った頭に遙かな塔が映っている
癌の隣家の猫美しい秋である
秋は白い館を蝶が食べはじめ
無人の浜の捨人形のように　独身

男根担ぎ佛壇峠越えにけり
黒い峠ありわが花嫁は剃刀咥え
骨透くほどの馬に跨り　青い旅
暗い地方の立ち寝の馬は脚から氷る
馬の瞳の中の遠火事を消しに行く

『定本　無灯艦隊』（一九八六年・冬青社）

海女が沖より引きずり上げる無灯艦隊
無数の蝶に食べられている渚町

『決定版　無灯艦隊——十代作品集』（二〇〇七年・沖積舎）

こんなきれいな傘をはじめてみた祇園
群れを離れた鶴の泪が雪となる
屠鶏の流す泪は一番星である
剃刀が木星を忘れられずにいる
屠馬の視線と出会う氷の街外れ
屠馬は七夜一睡もせず星数え

第二句集『瞳孔祭』（一九八〇年・南方社）

樹上に鬼　歯が泣き濡れる小学校
ねむれぬから隣家の馬をなぐりに行く
父の陰茎の霊柩車に泣きながら乗る

父はなみだのらんぷの船でながれている
瞳孔という駅揺れる葉あれは
妻よはつなつ輪切りレモンのように自転車
蝶降りしきるステンドグラスの隣家恐し
遠野市というひとすじの静脈を過ぎる
椨の葉雪のように積もる日出てゆく妻

第三句集『家族の肖像』（一九八四年・沖積舎）

食器持って集まれ脳髄の白い木
葉にまみれ葉がまみれいもうとはだか
浴室にまで付きまとう五月の葬儀人
鳥に食いちぎられる喉青葉の詩人
祭あと毛がわあわあと山に
家族晩秋毛の生えたマネキンも混じり
家中月の足あと桔梗さらわれて
四、五日で家食い荒らす蓮の花
まひるの浜の浜ひるがおの溺死体
自転車に絡まる海藻暗い生誕
倉庫の死体ときどき眼開く晩秋は
揺れる芒はおびただしい死馬か山上

畳めくれば氷河うねっているよ父さん
鳥がばたばたと飛ぶ棺のなか町のよう
猛犬である下駄箱は町を映し

第四句集『死亡の塔』（一九八六年・海風社）

雪降る庭に昨夜の父が立っている
少しずつピアノが腐爛春の家
校葬のおとうと銀河が床下に
おとうとを探して野原兄はかみそり
おとうとを野原の郵便局へ届ける
おとうとを巻きとる蓮の葉は月夜
かげろうが背を刺し抜いて行った寺町
股開き乗る自転車みんな墓地に居て
父と蓮との夜の手足を折り畳む
母も蓮華も少し出血して空に
空の裂け目に母棲む赤い着物着て
顔裂けて浜昼顔となるよ姉さん
紺のすみれは死者の手姉さんだめよ
姉は浜なす海は戸口に立っている
尖塔のなかの死螢を掃いて下さい

戸に刺さった蝶は速達暗い朝
なみだながれてかげろうは月夜のゆうびん

第五句集『町は白緑』（一九八八年・沖積舎）

遠い駅から届いた死体町は白緑
ふらふらと草食べている父は山霧
二階まで迷路は続く春の家
球根も死児もさまよう春の家
みんみん蝉であった村びと水鏡
秋津が秋の日の野の人を鷲掴む
滝というあばれる白馬が山中に
棺より逃走して来た父を叱るなり
藻にまみれた校塔仰ぐ少し荒れる日
石に打たれて母さんねむれ夜の浜
竹原に父祖千人が戦ぎおり
抽斗へ銀河落ち込む音立てて
床屋で魔羅を見せられ浦という鏡
階段で四、五日迷う春の寺
庭先を五年走っているマネキン
萩の間へ続く萩野を背負われて行く

第六句集『桔梗祭』（一九八八年・冬青社）

首締めてと桔梗が手紙書いている
妹を捜しに狂院の夏祭
遥かな萩野萩が千本行き倒れ

第七句集『月光學校』（未刊、二〇〇〇年『西川徹郎全句集』所収・沖積舎）

月夜の谷が谷間の寺のなかに在る
おだまきのように肢絡みあう月の学校
花吹雪観る土中の父も身を起こし
剃刀を振り振り青葉が小学校へ
佛壇のなかを通って月山へ
マネキンも姉も縊死して萩月夜
寺屋根に引っ掛かっている白いマネキン
暗く裂けた鏡隣家の蓮池は
嵐の旅立ちゆえ妻抱くおだまきのように
天に瀧があって轟く父亡き日
池に沈んだ汽車青蓮となりつつあり

第八句集『月山山系』（一九九二年・書肆茜屋）

抽斗の中の月山山系へ行きて帰らず
月夜ゆえ秋津轟き眠られず

白髪の姉を秋降る雪と思い込む

第九句集『天女と修羅』（一九九七年・沖積舎）

婆数人空ヲ飛ブナリ春ノ寺
雲雀ガ雲雀ヲ啄ム空ハ血ニマミレ
顔裂ケタ地蔵モロトモ山畑売ラレ
未ダ眼ガ見エテ月ノ麦刈リシテイタリ
日本海ヲ行ッタリ来タリ風ノ夜叉
秋ノクレタスケテクレト書イテアル

第十句集『わが植物領』（一九九九年・沖積舎）

夢竟る馬が義足を踏み鳴らし
紋白蝶ト夜叉ガユラユラト飛ンデイル
夜叉ノ口モ比叡ノ谿モ裂ケテイル

第十一句集『月夜の遠足』（二〇〇〇年・書肆茜屋）

玄関で倒れた兄は冬の峯
雪虫も螢も兄の死顔かな
兄さんに降り注ぐ螢も薄羽かげろうも
ふらふらと遠足に出て行く死後の兄
月夜の遠出未だ熱がある死者の足

第十二句集『東雲抄』（未刊、二〇〇〇年『西川徹郎全句集』所収・沖積舎）

立小便する父葬花を担いだ儘
月の破船時計がボーンと鳴っている
鳥よりも大きな蝶が浜町に
たすけてくれぇたすけてくれぇと冬木たち
椿墜ち百千の馬車駆け出さん
「藝術とは死との関係である」　天上裏
墓は永遠に裸である　氷雨
犬から解けた繃帯が街の外れまで
佛身は青野時々瞬くは
走らねば蜻蛉に食われてしまう弟よ
父さんと一緒に死んでゆくさなだむし
山寺で死なないためにたたかう空の鯉

第十二句集『銀河小學校』（二〇〇三年・沖積舎）

小學校の階段銀河が瀧のよう
廊下に映る銀河夜まで立たされて
筆入にカミソリ銀河を隠し持つ
井戸に落ちた弟と仰ぐ天の川
銀河が喉に溢れる虫籠のキリギリス
北枕初夜を銀河が身を反らす

夢魔が来て夜な夜な掴む木の葉髪
洋服箪笥に銀河が懸かる兄の家
絶叫しつつ散る兄亡き家の山茶花
惨劇という名の月夜茸が生え
キリギリスの羽脈に透る銀河系
鉄窓より名月を観るキリギリス
死んで別れた妹雛の頬に月
寺の溷に銀河がだらりと垂れ下がる
北枕で見た夢をノートに書き切れず

第十四句集『幻想詩篇　天使の悪夢九千句』（二〇一三年・西川徹郎文學館／茜屋書店）

冬鳥地獄の空を低く飛ぶ
抜かれるときぎゃあと声出す秋の稗
誰も知らない海が墓穴の中に在る
盲学校幻の橋に雪降らせ
ぎゃあと叫ぶ蝶が白馬を襲う時
祇園の雪のお鶴が少しずつ狂う
お鶴の翼鳥辺野に雪降るよう
井戸から揚がった花嫁を見に山だかり
花嫁は井戸から揚がる白馬かな

佛身という渚の道が奈良に在る
後架の窓の青竹林にぞっとする
半盲の母が羽化する夕まぐれ
秋に逢えば猛禽が棲む君の胸
永遠に悲鳴を上げる寺の樺
桜並木が義眼に映る月夜ゆえ
産道で出会った悪魔美しき
産道と死出の山路が続きおり
山の廃校柱時計が鳴っている
網目から鶏地獄を観ていたり
佛壇の中を三年放浪し
屋根裏遊び西日に焼かれ尽すまで
繃帯で白馬をぐるぐる巻きにする
首の長い姉妹が空飛ぶ夕かな
炎天の旅は犬よりも淋しけれ
いのち尽き果ててから読む『いのちの初夜』
父の背骨の谷川うねりつつ流れ
谷川をまっ青な河童が流されてゆく
ゆめさめるまで月の食事をして過ごす

桜の國の果てまで縄で連れられて
胸に刺さった遠い帆のよう兄の嫁
蜻蛉の青い川が流れてゆく頬を
死馬を孕んだ馬が嘶く山櫻
夕映えが湖畔の寺を血染めにし
冬浜に白い義足が落ちている
私の耳を啄み叫ぶ浜千鳥
野のバスを襲う紋白蝶の群れ
夕月は湖底で叫ぶ白い鶴
死へ急ぐ父白髪靡かせ馬のよう
友禅の姉はひとすじ身を流し
雪降る秋の寺を木乃伊と散策し
白粉の舞妓と木乃伊が入れ代わる
清水寺の舞台で木乃伊と雪の舞
夕茜あかあかと火矢が峠越え
小学校で鬼籍の人を数え切れない
隣人の眼を突く馬上で身を伸ばし
隣の馬の喉に食いつく青い馬
病院裏の川を流れてゆくマネキン

鷲ほどの揚羽飛ぶ町小焼けして
波の彼方の帚の国に父住むらし
たくさんの舌が馬食う村祭
村人の舌で刺された父はサルビア
井戸に落ちた夜の太陽を覗き込む
白樺は繃帯の父か裏山に
さまざまなはらわた流れる秋の川
五月の兄の瞳孔夜の青空は
自転車の妹映る月の湖
彗星を仰ぐ湖底の寺の屋根
玄関先で血涙が出て止まらない
荒れる日恐ろし隣家の空の鯉
佛壇から落ち易し苦悩する桃は
遠く哀しい旅を白髪の自転車で
庭に植えた人形に朝夕水を遣る
大きく育った悪魔連れ出し寺参り
二日ほど家に還る秋津となり兄は
箪笥の上の人形は五年慟哭し
死ねぬゆえ自転車跨ぐ白い秋

十七文字で遺書書くすぐに死ねぬゆえに
蜻蛉の羽根で詩を書く妹遠きゆえ
秋風に空飛ぶ案山子を見てしまう
遠雪崩白い別れでありしかな
寺の畑の案山子狼のように吼え
父さんもうだめだ背の穴に燕棲む
こんなに遠い帚地獄まで来てしまった
未だ生きている案山子を背負い枯野行く
叫ぶ蟋蟀床下の銀河系ならん
妹が跨がる白馬血にまみれ
ヒヤシンス三歩歩けば黄泉が見え
螢野の惨劇見える障子穴
ハンケチが遠くて瞼は月夜の津波
雪虫に混じって母飛ぶ夕かな
雪虫に攫われ空行く兄と姉
ゆうぐれの雪虫裾まで降り積もる
雪虫が積もって自転車走れない
妹の胎内雪虫地獄かな
死後三夜夢のように行く雪の楼閣

死後二日歌舞練場で舞うお鶴
夏草や無人の浜の捨人形
風の旅人よ集まれ新城峠大學

第十五句集『永遠の旅人』（未刊）

誰も知らない屋根裏の鶴の村
塔の小窓をばたばたと出て行く月の兄
鴎に混じって兄飛ぶ冬の港町
顔に刺さった無数の鴎冬の駅

第十六句集『冬菫』（未刊）

冬菫はるばる訣れを告げに来る
嵐のように玄関で逆立つ白鳥よ
渇愛は死ぬまで胸を突かれたり
氷湖にて息絶えるまで胸突かれ

第十七句集『湖底の町』（未刊）

湖底の駅で星の出予報していたり
湖底の町の一番星ほど美しき
エスカレーターで降りてくる異星人湖底駅

西川徹郎自撰句集『黄金海峡』二百四十句　畢

■十七文字の銀河系＊西川徹郎＝西川徹真略年譜

西川徹郎 NISHIKAWA TETSUROU ＝本名西川徹真 NISHIKAWA TETSUSHIN

西川徹郎記念文學館
館長・學藝員 斎藤冬海編

実存とは、私の心の港の折れてしまった帆柱である。風来たりなば、魂の聲を出だす。西川徹郎
『風の言葉―西川徹郎語録集』(未刊)

■一九四七(昭和二二)年 ◆九月二九日東雲頃、北海道芦別市の新城峠の麓の町新城に建つ浄土真宗本願寺派法性山正信寺の住職西川證教・貞子の次男として生れる◆一九六三(昭和三八)年北海道立芦別高校入学◆一九六六(昭和四一)年龍谷大学入学、一九六八(昭和四三)年同大学自主退学◆現代俳句作家・歌人・作家・エッセイスト・文藝評論家・真宗学者◆二〇一四(平成二六)年第十四句集『幻想詩篇 天使の悪夢九千句』(茜屋書店)で第七回日本一行詩大賞特別賞受賞◆日本文藝家協会会員・日本近代文学館会員◆〈実存俳句〉創始者◆〈十七文字の世界藝術〉提唱者◆発表数二万一千句、日本文学史上最多発表作家◆西川徹郎記念文學館対象作家◆新城峠大學創立者、同代表◆西川徹郎記念文學館 詩と表現者と市民の会代表◆西川徹郎記念文學館賞選考委員◆浄土真宗本願寺派輔教・布教使◆浄土真宗本願寺派法性山正信寺代表役員、同寺第三世住職◆黎明學舎代表◆教行信証研究会専任講師◆現住所〒〇七五-〇二五一北海道芦別市新城町二四八

番地 Phone〇一二四-二八-二〇三〇番

■現代俳句作家西川徹郎は、松尾芭蕉の辞世「旅に病で夢は枯野をかけ廻る」の句に伏蔵する無季・破調・非定型の実存的口語表現や寺山修司の青森高校十代の日の〈俳句革命〉の遺志を継承し〈世界文学としての俳句〉を樹立する〈十七文字の世界藝術〉を提唱、日本の詩歌一千年の伝承的季語・季題の美意識の呪縛を打ち破り、季語・季題に非ず、人間と人生に向き合う生と死と性の〈存在の総体〉〈生の全体性〉を主題とする必然的な生存の哲学を貫く口語による独自の〈実存俳句〉を創始した◆それは明治の正岡子規や高浜虚子等の花鳥諷詠・客観写生等といった文語による伝承的俳句論や種田山頭火・尾崎放哉等の自由律俳句、戦前戦中の新興俳句や口語俳句、更には戦後の「海程」等の社会性俳句や前衛俳句、高柳重信等の多行書き俳句、感覚だけで詠まれた金子兜太等の無思想俳句、娯楽番組化した坪内稔典等の片言俳句や軽薄俳句等、明治・大正・昭和・平成の今日迄、正岡子規已来、百五十年に至らんとする近現代の俳句史の〈有季定型〉の趣味的俳句論や〈季語季題〉偏重の伝承的美意識で作られた俳句を否定し超絶した、作家森村誠一が松尾芭蕉の〈蕉句〉と比肩し〈凄句〉と命名した〈世界文学としての俳句〉の屹立へ向けた〈反定型の定型詩〉論の提唱と実践であり、それはまさに、〈十七文字定型〉の胎内原理〈反俳句の俳句〉〈反俳句則俳句〉を顕彰し、日本の詩歌文学一千年の伝統と対峙する〈反伝統の伝統〉詩としての俳句革命の実践であり、西川徹郎が提唱する、世界文學・世界藝術の極限を切り拓く〈十七文字の世界藝術〉の樹立に外ならない◆二〇〇一（平成一三）年七月西川徹郎は国文学の学術誌「國文學—解釈と教材の研究」（學燈社）七月号に同社編集人の原稿依頼に応え、その理念と原理を鮮明にした論文「反俳句の視座—実存俳句を書く」を発表した。その衝撃は俳壇・現代俳句という一ジャンルを超え、他ジャンルの表現者へも全国的な反響をもたらした◆西川徹真は斎藤冬海との結婚を機に一九八九（平成元）年一〇月、親鸞教学の北の砦黎明學舎を創立し、本願寺派の学問僧として日夜暁迄、聖教の独学研鑽に邁進しつつ〈実存俳句〉即ち〈十七文字の世界藝術〉を書き続けてきた◆斯くして西川徹郎の文学の原郷は、新城峠の遠大な大自然と共にあり、世界文學への遙遠なる出帆の志念は、極北のこの新城峠に於る生活の熾烈な現実に由り生起したのである。

■新城峠は大雪山系の尾根を遙かに望む夕張山地の峡谷の北端に聳え立つ峠である。西川徹郎はこの峠の麓の寒村の集落、新城の町外れの小高い丘に建つ浄土真宗本願寺派の法性山正信寺に生まれ育った。兄姉弟に兄徹麿（一九四三年―一九九九年）、姉暢子（一九四五年生）、弟徹寛（一九四九年生）が居る◆十代の頃、徹郎は学校から帰ると四、五キロもある砂利の坂道を自転車を漕いで峠の頂にのぼり、大雪山系の白銀の尾根を遠望しつつその絶景の中で多数の詩や俳句や短歌を作った。新城峠は、その頂を尾根として南北へ大地を分かつ分水嶺を形成し、その尾根から多数の河川が南北に流れ下っている。開村以来峠の麓の町新城は、大小の河川が網目のように流れる町として知られる。新城峠の裾野を遙かに南北に十キロほど離れて二つの大河、石狩川と空知川が悠然と流れている。新城峠から流れ下る河川のすべては、北へ向かえば石狩川随一の急流でアイヌ民族の聖地神居古潭へと流れ下る。その石狩川沿岸の道を更に北へ遡れば、西川文学の第二の故郷美しき山岳都市北都旭川がある。南へ向かえば、樹木に覆われた峡谷に沿いつつ錚々と流れるパンケホロナイ川となり、その谷間を流れる緑の水はやがて雄大な空知川へと流れ下る◆西川徹郎の文学は、喩えれば新城峠を頂として鬱蒼と茂った峡谷に沿いつつ流れゆく谷川の透き通った一条の水の流れとともに在り、極北の二つの大河、石狩川と空知川を攝めたその大自然の全体を原郷とする文学なのである◆一八九五（明治二八）年来道した国木田独歩は空知太や赤平等の空知川の沿岸周辺を散策し、名作『空知川の岸辺』を書いた◆一九〇三（明治三六）年氷雪の空知川を渡り、雪積む道無き道を北上し岩石峠を越え、更に新城峠へと向った葛西善蔵は、その途上猛烈な吹雪に遭遇して死を覚悟した経験に基づく小説『雪をんな』（一九一七〈大正六〉年発表）を書いた◆一九〇七（明治四〇）年郷里渋民村を捨て北海道へ渡った石川啄木は、釧路へ向かう汽車の窓から寂とした空知川沿岸の景色を「空知川雪に埋もれて何もみえず岸辺の林に人ひとり居き」（歌集『一握の砂』所収）と詠んだ◆徹郎の祖父正信寺開基住職西川證信（一八八八（明治二一）―一九六三（昭和三八））は、本願寺派の勤式・声明の指導者として全国にその名を知られ、北海道開教期を代表する布教使だった。広大な北海道の本願寺派の寺院凡そ三百カ寺を隈無く巡回する為に暁前に寺を出て十四、五キロもある暁闇の雪積む道無き道を徒歩で新城峠や岩石峠を越えた。当時、鉄道の駅舎の在った芦別市街又は神居古潭へ出て早朝の鉄道に乗り、巡回布教した◆父證教（一九一四（大正三）―一九七五〈昭和五〇〉年）は、真宗学者月輪賢隆・梅原真隆の弟子として龍谷大学で真宗学を修め、当時道内に数名しかいなかった学階得業の修得者だった。少年期の徹郎へ親鸞聖人の主著で浄土真宗の根本聖典

『教行信証』を最初に授けたのは父證教だった◆徹郎は幼少時病弱だったが八歳の頃、寺の庫裡の裏庭に面した病床の襖や屏風に祖父證信が墨書した芭蕉や一茶の発句や『教行信証』等の聖句を諳誦しつつ過ごした。中学時代、祖父の書斎で見つけた啄木の『一握の砂』『悲しき玩具』や宮澤賢治等の詩集を諳んじ、多数の俳句や短歌を作った。

■**一九六三〈昭和三八〉年一六歳** ◆四月二四日正信寺開基住職西川證信は行年七十八で往生の素懐を遂げた◆四月徹郎は道立芦別高校に入学するや図書館部に入部して近現代の詩歌を読み漁った。筑摩書房版『現代日本文学全集』で北海道縁の新興俳句の旗手細谷源二の名作『砂金帯』の哀調を含んだ口語調の俳句を初めて知った◆徹郎も又口語で俳句を書き始め、北海道新聞俳壇の細谷源二選と土岐錬太郎選へ「西川翠雨」のペンネームですすんで投稿した。「翠雨」の筆名は、石川啄木の函館時代の友人宮崎郁雨から名を採ったのである。「北海道新聞俳壇」紙上にその名が常時登場することを知った教師や同級生等からさかんに「スイウ」「スイウ」ともて囃された。徹郎はやがて細谷源二より届いた一通の書簡を得て、細谷の主宰誌「氷原帯」の会員（後に同人）となった◆芦別高校文芸部発行の文芸誌「シリンクス」に在学中三年間、短歌と俳句を多数発表し、「氷原帯」にも毎月続けて発表した。「北海道新聞俳壇」では細谷源二選の常連となり、「上半期」「下半期」秀作として細谷源二に続けて選出され、土岐錬太郎にも選出された◆徹郎は芦別高校へ通学する三年間、新城の町外れに建つ正信寺の参道口のバス停から岩石峠を越えて芦別市街地区迄、十四、五キロの悪路を連日朝夕、通学バスで激しく揺られながらも、「創作ノート」を片手にバスの窓辺で鬱蒼と茂った峡谷の川沿いの景色を眺めながら沢山の作品を書き続けた。学校でも教室の片隅で夕刻迄、帰宅後は毎夜、暁近く迄、床の中でも詩歌を書き続けた。

■**一九六四〈昭和三九〉年一七歳** ◆二月「シリンクス」第二十二号に七句発表◆七月二一日正信寺境内に聖徳太子堂があり、毎年、この日に御堂の前で村中の村民が集まり、上宮太子奉賛法要が勤修される。この年の余興にデビュー前の藤圭子親子一座が本堂で公演し、庫裡の一室で宿泊した。圭子の父親は浪曲を唸り、盲目の母親は屏風の陰で三味線を弾いた。圭子は浪曲が終わって最後に朗々と美空ひばりを唄った。翌四〇年と二年続けて徹郎は、デビュー前の哀愁漂う藤圭子とその親子一座の姿を間近に見ることとなった。後日徹郎はエッセイ集『無灯艦隊ノート』「太子祭」の章にこの日の事を詳しく書いた。

■一九六五〈昭和四〇〉年一八歳　◆二月「シリンクス」第二十三号に十七句、短歌七首を発表。八月「シリンクス」第二十四号に五十句、短歌五首を発表◆一〇月高校三年時に「氷原帯」新人賞(風餐賞)受賞。俳句界へは徹郎は、十代の少年作家としてデビューを遂げた◆当時の「氷原帯」は東京から北海道へ渡った新興俳句の旗手細谷源二が発行する現代俳句の北の拠点として全国的な注目を浴びる俳誌だった。前衛的な十代作家の出現は、俳句界全体へ衝撃を与えた。◆一〇月三一日札幌市で開催された「氷原帯」全国大会の受賞式会場へ詰襟の学生服姿で出席し、初めて新興俳句の旗手細谷源二と対峙。細谷源二から氷原帯新人賞の賞状と記念品を授与された◆来賓として臨席していた評論家中村還一や細谷源二の直弟子星野一郎や越澤和子等から盛んに〈天才詩人〉と賞讃された◆だが徹郎は当時、只十七字の創作に明け暮れていた訳ではなかった。新城中学二年時に札幌から転校してきた一人の少女「桑野郁子」との出会いと辛い訣れが在った。彼女は札幌より新城中学校へ転入して来たのだが営林署勤務の父親の転勤によって一年足らずで芦別の隣町赤平市平岸へ移住し、更に芦別高校一年時に校舎で一瞬影を見るもののその後離れ離れとなった儘の初恋の少女だった。当時は「死の病」と謂われた脊椎カリエスを患う薄幸の少女をひたすら思う青春の短歌を徹郎は、幾千、幾万と書き連ねられた俳句の「創作ノート」の片隅に窃かに書き遺していたのである◆新城中学、芦別高校、京都の龍谷大学へ、新城峠より芦別、更に津軽海峡を越えて京の都へ、又京の都より降雪の新城峠への帰郷といった十代後半より二十歳迄の激しく揺暗する苦悩の少年期に幻の如きその少女を憶い、憧れつつ密かに詠み続けられていたのが西川徹郎の十代の日の青春短歌であり、それらの十代の日の短歌作品は、その後の徹郎の詩人・作家としての獅子奮迅の活躍や聖教を日夜独学研鑽する學燈の影にいつしか隠れ、経蔵の奥所に積み重ねられた「創作ノート」幾十冊かの片隅に鉛筆書きされた儘に半世紀の春秋が経過したのである。

■一九六六(昭和四一)年一九歳　◆一月同人誌「粒」(代表・山田緑光)に入会◆三月「シリンクス」第二十五号に俳句三十四句と短歌八十五首を発表した。短歌には「青春哀歌八十五首」という題が付けられており、薄幸の少女桑野郁子への初恋の哀傷歌集であった◆四月宗門の大学龍谷大学へ進学◆四月金子兜太代表の同人誌「海程」◆赤尾兜子代表の同人誌「渦」に入会(何れも後に同人)した。五月大阪の「渦」句会に出席。前衛の旗手赤尾兜子と初めて相見えた。句会の席には後に早逝する中谷寛章の姿もあった◆六月「海程」大阪句会に出席。関西前衛派といわれる林田紀音夫・堀葦男・小山清峯等と初めて対面した◆七月龍谷大学深草学舎の学生寮で生活していたが、学生運動の荒廃した空気が未だ立ち籠める校内や世俗的な浅薄な話題しかない学生達との寮生活に馴染めず、東山や賀茂川沿いの道を連日散策し、短歌や俳句を書いて過ごした。夏休みに入る前に休学届けを出し、峠の寺へ帰った◆龍谷大学に在籍中、心疲れ揺れ動く徹郎を救ったのは、当時、真宗興正寺派の本山の宗務総長を務めていた千葉葆亮・定子夫妻だった。千葉葆亮は徹郎の実母貞子の姉笑子(笑子は北海道南幌町妙華寺開基住職神埜無学の長女で、栗山町の真宗興正寺派興宗寺住職千葉葆亮へ嫁いだ。徹郎の母貞子は無学の五女に当たる。笑子は昭和三三年行年四十九で往生の素懐を遂げている)が前妻であり、葆亮とは伯父に当たる関係だったが、夫妻は実の父母の如く徹郎を励まし、京の都で独り彷徨を続ける徹郎の心を救った◆一〇月総合誌「俳句研究」十月号「俳句研究誌上競合句会(萩原洋燈選)」の特選巻頭に「海峡がてのひらに充ち髪梳く青年」が掲載される。選者萩原洋燈は「いままで目の前にあった受験期という海峡が、だんだん掌をはなれてひろびろとした海原になっていく。ペンもつ手に櫂をにぎれば意外な力が湧いてとても乗り切れそうもないと思っていた海洋も乗りきり、希望の島へたどりつくことができた。潮風で光りとぶ髪に希望の櫛をあてるとき、新しい頁がひろがりだし希望をはこぶ波が青年のまわりをいっぱいにとりまく」と評した◆この年の初秋、日本海に近い昭和町で開催された「氷原帯」全国俳句大会に参加した。深川市から国鉄留萌線の鉄道に乗車したが、偶然、札幌から乗車した細谷源二の一行と乗り合わせ、細谷源二と向かい合わせとなる。細谷の傍には細谷の直弟子星野一郎や越澤和子等数名が一緒だった◆この時の印象を徹郎は後年「銀河系つうしん」第四号(一九八五(昭和六〇)年九月)掲載の細谷源二論「細谷源二の俳句、あるいは地方性という命題」の冒頭で記述している◆越澤和子は後に細谷源二の評伝『炎の海』を刊行。又越澤和子は一九八八(昭和六三)年西川徹郎初の読本『西川徹郎の世界』(『秋桜COSMOS別冊』、秋桜発行所)を独力で発行、二〇〇七(平成一九)年の旭川市緑道の西川徹郎文學館建立と開館に至る迄生涯細谷源二の直弟子として西川徹郎の文学を支えた。

■一九六七(昭和四二)年二〇歳　◆四月龍谷大学に復学◆五月総合誌「俳句研究」の第一回俳句研究誌上競合句会賞(年

間最優秀賞、選考人萩原洋燈）を受賞。「俳句研究」五月号に受賞作品が掲載される◆五月「海程」尼崎句会に出席し、赤尾兜子と共に関西前衛派の旗手と呼ばれる島津亮と初めて対面した◆九月龍谷大学での学生生活に馴染めず、名月の夜、本山西本願寺の正門の柳並木が影を落とす堀川通りの沿道を幾時間も逍遙し、遂に西本願寺正門前で蹲り、御開山様に合掌し涙を流して自主退学を決意した。徹郎は同大学をひとまず退学した後、体勢を整え新たに他大学への進学を思索したのだった◆一〇月下旬京都・油小路の下宿を畳んで、新城峠の生家正信寺へ戻るが、正信寺では庫裡の改修事業の真っ最中だった。父證教は改修中の庫裡の一番奥の部屋の病床に横臥していた。すっかり剥き出しになった庫裡の裏庭には、前夜この年初めての雪が積もり、庭全体が既に雪景色となっていた◆その年の冬から徹郎は僧侶の資格を持たぬ儘父の法衣を身に纏って、新雪に覆われた峠に点在する門徒の家々を徒歩で廻って読経した◆急に吹雪に襲われその儘夜を迎えたことがあった。やがて月が出て無事に寺へ戻ることが出来たが、徹郎はその時の恐怖を幾度か筆者に語った◆翌年からは近隣の寺院の報恩講や法要等の行事にも作法や声明も分からぬ儘に出勤し、近隣の寺院の住職や僧侶から矢のような白眼視を受けた。後年徹郎は「私が青年期で一番辛かったのは他寺院の法要や報恩講に作法も声明も知らぬ儘に出勤しなければならなかったことだった」と当時をふり返って語った◆一〇月第五回「海程」新人賞受賞。当時、同人誌「海程」は、総合誌やマスコミを何かと賑わす俳人金子兜太が代表を務め、全国的な前衛俳句運動の中核を担う推進誌だった。選考委員の一人中村還一は「蝙蝠傘がふる妙に明るい村の尖塔」（『無灯艦隊』所収）等の超現実的で幻想的な徹郎の句を「イリュージョン俳句」と名付けて絶賛した。「海程」十月号に受賞作品と肖像写真が掲載された◆一〇月『北海道詩集』（一九六八年版／北海道詩人協会篇・北書房）に詩作品「尼寺」が収録される◆この年北条民雄の『いのちの初夜』を読んでいたく感動。「文学とは何か」という問いに対する答えが此所に在ると徹郎はその時思った。

■**一九六八（昭和四三）年二一歳** ◆三月龍谷大学へ退学届を提出した◆この頃、俳句と短歌ばかりではなく、現代詩や小説を模索しつつ書き始めていた。詩は「尼寺」「蛙」「鴉」「月夜」等、多数「創作ノート」に書き付けた。小説は芥川龍之介に魅せられ、短編に幾度か挑んだが、その都度、完成を見ぬままに原稿用紙を破棄する状態だった◆七月龍谷大学自主退学後、失意と彷徨の日々を送っていたが、某日札幌市の書店で『吉本隆明 初期ノート』（試行発行所／発行人・

川上春雄）を入手、大通公園の青草の上で読んだ。吉本隆明の若き日の宮澤賢治論等の清冽な詩と思索の言葉に感動、「俳句の詩人」として生きることを決意した◆八月講演旅行の為に来道来砂した金子兜太・作家原田康子と砂川市民会館の講師控室で会う。金子兜太は徹郎に「尼寺百句」の書き下ろしを勧めた。

■**一九六九（昭和四四）年二二歳**　◆六月「海程」六月号に書き下ろし「尼寺九十三句」を発表。当時「海程」は表現に関わる作家・表現者等の全国的な注視の中に在った。その「海程」史上初となる前衛的な書き下ろし「九十三句」を発表した西川徹郎への〈驚異〉の眼が全国から集中した◆様々な作家や読者から書簡や書誌が送られてきたが、坪内稔典から一通の封書が届いた。「尼寺九十三句」に対する驚きの感想と同人誌「日時計」への寄稿の要請だった。

■**一九七一（昭和四六）年二四歳**　◆七月岩切雅人の個人誌「奔馬」に「僕における俳句の理由」を寄稿。

■**一九七二（昭和四七）年二五歳**　◆六月五日祖母西川ヒサ、行年七十八で往生の素懐を遂げる◆四月第二回「渦」賞準賞受賞。九月坪内稔典・大本義幸・攝津幸彦・伊丹啓子等の同人誌「日時計」に新作「二十句」が掲載された◆この頃から徹郎は、未明に出立して自家用車を駆り漆黒の新城峠を越え、二時間ばかりを走り、日本海沿岸の世界三大波濤の一つである留萌の黄金崎へ向かい、更に夜明けの海岸線を増毛や別苅まで走ることが多かった。黄金岬から増毛や別刈へと続く砂浜と荒磯の海岸線の光景は別世界だった。現在も徹郎は雪解けを待ち兼ねるように早春から、短い夏にも晩秋となる迄、家族を乗せ、波濤の彼方に沈む夕陽を観に行くのが常である◆「夜明沖よりボクサーの鼓動村を走る」「海峡がてのひらに充ち髪梳く青年」は少年期の作である。若き日の詩人の心に映った日本海沿岸や黄金崎の波濤や夕映は、十代の少年の日に文学の世界に詩人・作家としてデビュー以来、〈阿修羅の詩人〉と称ばれつつひたすら半世紀をまさしく修羅の如く休まず走り続けてきた少年詩人の心奥を今も遠い灯のように点している◆一一月『北海道詩集』（一九六九年版／北海道詩人協会篇・北書房）に詩作品「月夜」収録される。

■**一九七四（昭和四九）年二七歳**　◆三月二〇日第一句集『無灯艦隊』出版。『無灯艦隊』は病床に就いていた父證教が、寒村の寺門を後継するわが子を励ます為に出版費用を用意したものだった。「男根担ぎ佛壇峠越えにけり」「京都の橋は肋骨よりも反り返る」「首のない暮景を咀嚼している少年」「癌の隣家の猫美しい秋である」「黒い峠ありわが花嫁は剃刀咥え」「暗い地方の立ち寝の馬は脚から氷る」等、幻想的イメージで構成された少年期の俳句を多数収録した同句集は、前衛の退潮しつつあった時代に刊行された無季・非定型・口語による超現実的な十七文字の銀河系宇宙の出現であり、戦後日本の全く新たな定型詩文学の出現としてジャンルを超え、各界の表現者へ強い衝撃を与えた。半世紀経った今日も同書は、西川徹郎の代表作として語り継がれ、批評や評論の対象となっている◆同書を読んだ土岐錬太郎は十二月「北海道新聞」文化欄の年間回顧欄で『無灯艦隊』を讃え、「新しい前衛の誕生を祝す」と最大限の讃辞を贈った。この言辞が「最大限」なのは、抑かつてない新しい試みを意味する「前衛」を「新しい前衛」と称び、更に「誕生」と述べたからである◆当時の俳壇の代表的俳人佐藤鬼房は、伝統俳句の旗手鷹羽狩行(後の俳人協会会長)と比肩し、徹郎を革新の側の旗手と見なした批評を「天狼」誌上に発表した◆北海道大学文学部教授近藤潤一は徹郎へ長文の書簡を墨書で送り、『無灯艦隊』の出港を讃えた◆一一月二七日療養中の住職に代わり、徹郎は初めて門徒の葬儀の導師を勤めた。通夜の読経の後、初めて通夜布教を行った。「只今お勤めした『正信念仏偈』さまは〈帰命無量寿如来〉というお言葉から始まっています。〈無量寿如来〉とはアミダさまのお慈悲のはたらきを讃える言葉です。アミダさまはお浄土に於いて決してじぃっとして居ることの出来ない如来さまです。中国の高僧、善導大師のお聖教にこのような譬えがあります。井戸の周りで子供たちが遊んでいたというのです。それは日常の光景ですが、その子供の中の一人が井戸の中の様子を見ようとして井戸の縁によじ登って逆さまになって井戸の中を覗き込んでいたのです。その姿を見たならば親は決してじぃっとして居ること出来ない。〈危ないぞー〉と聲を発するや否や、その子を目掛けて一直線に走り、その子を井戸の縁から引きずり下ろしてその子を胸に摂め取るであろうというのです」◆「親鸞聖人は〈罪悪深重・煩悩熾盛の衆生をたすけんがための願にまします〉と申しています。〈罪悪深重〉とは罪悪は深くて重いということです。深いものの譬えは、たとえば井戸です。大地を掘って地下水を汲み上げるのが井戸ですから、これは深いものの一番の譬えでしょう。重いものの譬えは、お寺の境内の庭石です。つまり〈罪悪深重〉とはこの深い井戸に落ち込んでしまった重たい庭石のような、救われ難い存在であるということです。落ちた物が重くてももし落ちた所が浅ければ未だ助かる見込みが残されています。又落ちた所が深くてももし落ちた物が軽ければこれも又助かる見込みが残されています。親鸞聖人のお言葉はその何れでもなく、〈罪悪深重〉です。深い井戸に落ち込んでしまった重たい庭石のような、助かるすべの一切が尽き果てた罪の身がこの私であるということです」「又〈煩悩熾盛〉とは我が身は〈煩悩具足の凡夫〉であるということです。普段どんなに紳士然とした人でも、一言でも心に刺さる言葉を云われただけで忽ちかあっと怒りの炎の燃え立つ浅ましい凡夫の身がこの私であるということです。まるでこの本堂の参詣間の囲炉裏の燠火（おきび）ですね。普段は白く灰がかかり、燃えているようにさえ見えませんが、ふっと息を吹きかけただけで、忽ちふあっと真っ赤に燃え上がります。このようにちょっと心に刺さることを云われただけで別人のように怒りの炎が燃え立つのが、凡夫のこの私の正体なのです。親鸞聖人はそれを〈煩悩熾盛の凡夫〉と申して下さったのです」「謂わば煩悩の火達磨となって地獄餓鬼畜生の真っ暗な三悪道の坂道をごろごろと転がり落ちて行く救われ難いこの私の為にこそ、即ち助かる一切の手立てが尽き果てて十方の諸佛如来に見捨てられたるこの私をこそ助けんが為にアミダ如来は〈マカセヨ、カナラズスクウ、タスクル〉と喚び給いつつ私へ向かって直進し飛来して下さる如来様であることを教え諭さんが為に、親鸞聖人は『正信念仏偈』冒頭に〈帰命無量寿如来〉と偈述して下されたのであります」◆徹郎の説法が終わるや、一番後ろに座っていた門徒の老人矢口留吉が、突然起ち上がり、会葬者を両手で押し分けながら前へ出てきた。そして説教の終わったばかりの徹郎の身体へいきなり飛び付くように抱き付いて、こう云った。「いやあ、わしは若さんのお説法、今日初めて聴いたわ。何という有り難い、尊いお説法なんだ！　聞いていてわしゃ、涙が止まらんかった。わしはこれで極楽往生、間違いないわ！」と。未だ得度も受けず、僧侶の資格も持たず、夜毎ただ独りで聖典を読み続けていた徹郎だった。病床の父の法衣を借りて身に纏った徹郎が、生涯で初めて勤めた門徒の通夜の説法を、留吉は本堂一杯の会葬者の前で讃えた。留吉は開基住職證信に育てられた〈妙好人〉とも称ばれるべき峠の寺の嬉しき念仏者の一人だった◆旭川の石田病院で四時間掛けて人工透析を受け、夕刻のバスで寺へ戻ったばかりの腎不全症を患う父證教は、外套で身を包み屈んだ儘内陣の巻障子の内側で徹郎の初の通夜説法を最後まで耳を澄まして聴いていた。「あぁ、これでわしは安心した。徹郎はもう何処へ行っても大丈夫だ。誰が聴いても涙が出る」と徹真の母貞子に涙を拭いながらそう語った。

■**一九七五（昭和五〇）年二八歳**　◆『無灯艦隊』出版の為に尽力したその父證教は、春の雪降る三月六日の明け方頃、行年六一で往生の素懐を遂げた。患っていた腎不全症と急性肺炎の併発の為だった◆徹郎は旭川の石田病院の病床に横たわる父を前夜、兄徹麿と共に付き添い、深夜ふと脳裡をよぎった一句「死へ急ぐ父白髪靡かせ馬のよう」を苦しく喘ぐ父の枕辺で「創作ノート」に書きとめた◆三日後が父の葬儀の日だった。朝から春の雪が降っていた。出棺の頃には境内に停められた霊柩バスに淡い粒状の雪が横殴りに吹き付けていた。徹郎は母や兄、親族に続いてそのバスに乗り込み、バスの乗車口の一段目に足を掛けたその瞬間、脳裡が燦めき一句が生まれた。座席に座るや慌ててその句を「創作ノート」に書き込んだ。不思議な出来事だった。その一句が「父の陰茎の霊柩車に泣きながら乗る」(第二句集『瞳孔祭』所収、一九八〇年・南方社)である◆既にこの句は多くの詩人や学者等に批評や論文の対象として採り上げられ、西川徹郎の〈実存俳句〉の代表作の一つと称ばれている◆證教亡き後、徹郎の生家正信寺では證教の子息徹麿・暢子・徹郎・徹博の四人の内、姉暢子を除く男子の誰かが寺門を継承しなければならなった。兄徹麿は既に旭川市に住み教職に就いていた為に徹郎か弟徹博の二人の内の何れかとなった。徹博は父の急逝の報を母より聞き、住職亡き後の寺の存亡を案じ、それまで勤務していた東京の民間会社の勤務を辞め、峠の寺へ慌てて帰って来た。彼は、宗門の大学を休学と復学を繰り返し、遂には自主退学した兄徹郎を危ぶみ、徹郎より先に本山西本願寺で六月に得度を受け、既に釋徹寛の法名を得、その年の盆には寺務を立派にこなしていた◆七月徹郎は「粒」第三十一号に父亡き後の悲しみの中に在って書き下ろした「馬上慟哭」一百句を発表した◆徹郎は何時の間にか立派な僧侶となった弟徹寛の姿を見て意を決し、弟に遅れること四ヶ月経ったこの年の一〇月一五日西本願寺で得度。法名釋徹真を授かる◆第二世住職證教の急逝により生家正信寺の存亡の危機と思われた急場を救ったのは、弟徹博の艇身的な英断だった。徹郎はこの年の得度以降、戸籍上の本名を徹郎より徹真と代え、得度以前の徹郎は筆名として使用し今日に至っている。本願寺派の宗則では寺門を継承しその寺の住職に就くには「教師」という僧侶の位の修得が義務付けられている。抑寺門の子息が宗門の大学へ進学するのは、卒業の特典の中に「教師」資格が付いているからである。徹郎は父の勧めで前々年から本山が運営する中央仏教学院通信教育(四年制)を在宅受講し、卒業者には龍谷大学と同じ特典が付いていたが、卒業は未だ数年先の予定だった。その為に徹真が教師の資格を修得する迄の期間、徹郎の母貞子は砂川市の親戚寺院西願寺住職で歴史学者西川宗一に代務住職を依頼した◆西川宗一は旭川市の石田病院で證教を見舞った折に死期を自覚した證教から「徹郎をたのむ」と手を握りしめられていた。宗一と證教とは又従兄弟といった関係だが、宗一はその後の徹郎の文学活動や聖教研鑽の一々を実の子の如く、時に褒め、時に叱咤し、時にしずかに見護った。徹郎も又、宗一を実の父の如く崇めつつ慕った◆生家正信寺の存亡の危機を救った徹郎の実弟徹博(得度後「徹寛」と改名)は、徹郎が住職に就いた後、数年経って寺を出て今は旭川市内の民間会社に勤めながら、仕事の合間に徹真と同じように独学で聖教を開き、『歎異抄』等の難解な文句の解読につとめている。

■**一九七六(昭和五一)年二九歳**　◆この年、現代俳句協会の新入会員を選出する全国選挙で同協会新会員に選出され、同協会の最年少会員となった◆『現代俳句』(ぬ書房)第一集に五十句が収載される。

■**一九七七(昭和五二)年三〇歳**　◆三月二九日中央仏教学院通信教育部卒業により「教師」資格を取得した。この年安居専修科を二年で繰上卒業(「得業」予試免除)し、一〇月一日本願寺派学階「得業」の本試を受験した。(註、本願寺派学階規定では学階を修得する者は予試・本試・殿試を通帳、昇階にも予試・本試の通帳が定められ、「司教」は輔教を授与されて七年以上研鑽を積んだ者の中で論文(三百五十枚)の審査を通帳した者と定められている)。

■**一九七八(昭和五三)年三一歳**　◆五月　門徒責任役員横川定美を伴って上山し、本願寺門主大谷光真より正信寺代表役員・住職を拝命した。

■**一九七九(昭和五四)年三二歳**　◆五月「海程」五月号に評論「闇の底から叫び現れてくる声を」九枚発表◆本願寺派安居開催期間(自七月一七日至三〇日の十四日間)龍谷大学大宮学舎本講堂で行われる安居とは別教室で真宗学と仏教学の基礎的講義が宗門より指名された輔教により行われている「安居専修科(四年制)」という課程を受講すべく、開校の七月一七日一時間も前から「安居専修科教室」と墨書された教室に入り、最前列の正面に席を取り、開講を待っていた。暫くして後ろを振り向いた時、既に着席した専修科の学生たちが、それぞれ皆同様に机上に見た事のない分厚い黒表紙の書籍を四、五冊積み上げていることが分かった。隣の席の学生に頼んで見せて貰って扉を開いた。それはその殆どの頁が漢文で埋められた『真宗聖教全書』という名の聖典だった。徹郎が龍谷大学を退学後、数年経って父證教より「これを読みな」と手渡され学習してきた『教行信証』は、得度を受けた際、門主より僧侶全員に最初に渡される初学者用の聖典だった。隣の学生は徹郎にこう云った。「あら？ 貴方は、この聖典をまだ見たこともないの？ それじゃダメだよ。此所ではこの『真宗聖教全書』で研鑽するんだよ。未だ持っていないなら、帰りに本山前の仏書店で買ったらいいよ」。徹郎はその言葉を聞いた時、「あゝ、僕はとんでもない所に、間違って来てしまった。僕は一行すら読むことも出来ない。こんな難しい聖典を学ぶこと等、僕に出来る筈がない。まだ開講には時間が四、五分ある。講師の先生たちが入ってくる前に、早くこの教室を出た方がいい」。徹郎はそう考えて慌てて寺から持ってきた父證教が使っていた沢山の古い聖典や参考書等を二つの風呂敷に包み込み、それを両手に持って教室を逃げ出そうと出口のドアにかけ寄ったその時、二人の僧侶に両脇をかかえられ、身体を揺らしながら教室へ入ってきたのが、『教行信証』研究の近現代の随一の学匠といわれる安居綜理大江淳誠和上だった。開講式に続き、両脇をかかえられながら教壇に立つや大江淳誠は、一番前列の正面に座った徹郎の眼を見据え、まるで全てを見すかしたかのようにこう語り出した。「此所に居る者は皆何かしかの事情で専修科に入ってきた人達だ。聖教の研鑽に遅いということは決してない。誰もが皆、気付いたその時が教学の始まりであり、聖教研鑽の始まりなのだ」。そう語ると和上は黒板へ身を翻し、『教行信証』「総序」の文を全文漢文でつらつらと板書した。その中の「専奉斯行、唯崇斯信(専ラ斯ノ行ニ奉へ、唯斯ノ信ヲ崇メヨ)」の文中の「奉行」「崇信」の法義について語った。最老齢に達した大江淳誠和上の『教行信証』の講義を初めて聴いた徹郎は、感動に身が震えた。親鸞聖人の主著『教行信証』の研鑽研究に私も又、一生を捧げんという初志を徹郎はその時心に抱いた◆大江和上の両脇をかかえ教室に入って来た二人の学僧は、大江和上の直弟子山田行雄と日野振作だった。当時学階輔教で安居理事を務めていたが、後年共に司教となり、山田は勧学となった。故に大江淳誠、日野振作、山田行雄、この三人の和上は共に徹郎の忘れ得ぬ〈心の師〉なのである◆後年、徹真は周辺の学僧たちから「大江淳誠和上最後の弟子」と呼称される◆後に長年に亙る徹真の独学研鑽の姿を見てきた司教日野振作は、大江淳誠和上染筆の掛軸一幅を書状と共に徹真へ贈り、「貴方こそ大江淳誠和上の真の弟子だ」と徹真を讃え、激励した◆日野振作司教から贈られた善導大師『往生礼讃偈』「初夜礼讃偈」の一句「攝心常在禪」を揮毫した大江淳誠和上の直筆染筆軸は、現在、旭川市七条緑道に建つ西川徹郎記念文學館三階「東雲之間」に展示されている。

■一九八〇(**昭和五五**)年**三三歳**　◆この年七月三〇日安居専修科を二年飛び級で卒業◆一〇月一日学階得業の本試通帳。

■一九八一(**昭和五六**)年**三四歳**　◆この年『国訳一切経』(全二百五十巻・大東出版社)を購入した◆一月坪内稔典編集「現代俳句」(南方社)編集委員となる◆三月「季刊現代俳句」第十集で企画編集された「特集・八〇年代の俳句—西川徹郎」に五十句とエッセイを発表。島津亮が西川徹郎論を寄稿した◆五月立風書房『北海道文学全集』(全二十二巻)が刊行され、空知川や新城峠縁の葛西善蔵や石川啄木・国木田独歩等と共に西川徹郎の第二句集『瞳孔祭』(一九八〇年・南方社)が収録される◆七月一〇日本願寺派学階得業位を授かる◆以降、徹真は凡そ十年間続けて本願寺派安居(会場・龍谷大学／本願寺)に大衆として懸席し、鬼も涙するといわれる程に厳しき本願寺派安居の論題会読の席に出て会読優秀賞を七年連続受賞した◆本願寺派学階規定では安居解読賞を得業の中で三回以上受賞した者は助教への昇階試験の予試が免除され、助教の中で三回以上受賞した者は輔教への昇階試験の予試が免除される。徹真は安居会読優秀賞を七回連続受賞したために、予試を受けることなく、直ちに本試を受験した。そのために龍谷大・同大学院を履修せずして一九九三(平成五)年本願寺派総局より学階「輔教」が授与された◆この年の安居で安居法供会布教を大衆の得業の中から選出され、安居法供会法要の会場本願寺総会所で一席の布教を命ぜられる。浄土真宗本願寺派本山西本願寺での初の説教だった。

■一九八二(**昭和五七**)年**三五歳**　◆「読書北海道」(北海道読書新聞社)の俳壇時評欄を一年間担当した◆二月行信教校の真宗成人講座(十勝)の三泊四日の研修会に参加し、行信教校校長利井興弘と事務局の本行寺住職菅原式也から激励を受ける◆九月『俳句の現在1』(南方社)に一百句収録される。

■一九八三(**昭和五八**)年**三六歳**　◆一月「俳句斜塔」(斜塔出版社)創刊号のグラビア「俳人風貌」に登載。同誌に俳人井手都子が西川徹郎論「〈瞳孔〉の周辺」を発表した◆四月「季刊現代俳句」(南方社)第十五集の北海道特集「北のことば・北の抒情」を責任編集◆一一月現代俳句研究会を旭川市内で月二度ずつ開催。加川憲一・加藤佳枝・小南文子・越澤和子等、七、八名が出席した。同会は昭和六一年まで続けられた◆月「北海道新聞」に「現代俳句の新しい地平」を寄稿／この年、詩歌総合誌「季刊俳句」(宮入聖編集・冬青社)創刊される。同誌の維持会員として参加、徹郎は宮入聖・攝津幸彦と共に同誌の中心的執筆者となった。

■一九八四(昭和五九)年三七歳　◆五月『俳句一九八四』(南方社)の編集委員を務め、同書に「俳句と宗教―〈わが芭蕉論―不在の彼方より〉」を発表◆同月総合誌「俳句研究」(俳句研究新社)の書評欄を担当、五月より八月までの各号に同時代の書評を寄稿した◆同月同人誌「粒」創刊二〇周年記念全国大会(札幌市)で「原野への、あるいは原野からの出立」と題し、北海道の俳句界の無批評性を問う講演を行う◆「季刊現代俳句」(南方社)第十九号の座談会「北からの提言」の司会と構成を担当した◆六月文芸誌「銀河系つうしん」創刊第一号を発行、後記に幼少の頃より愛誦してきた宮澤賢治の詩集『春と修羅』の序詩を引く。同誌は一九八五(昭和六〇)年発行の第四号より発行所を黎明舎と命名、二〇〇六(平成一八)年発行の第十九号より誌名を「銀河系通信」と改名し、現在に至る◆第三句集『家族の肖像』が沖積舎から刊行。栞文を詩人鶴岡善久、短歌評論家で北海学園大学大学院教授菱川善夫と宮入聖が書く。鶴岡善久は「祭あと毛がわあわあと山に」を引き、「ぼくがこの句集でもっとも仰天したのはこの句との出合いである。(中略)従来の新興俳句、前衛俳句がついに到達しえなかった一極地をこの句は占めている」と絶賛した◆九月現代短歌シンポジウム(札幌市、現代短歌北の会主催)に菱川善夫の要請を受け、パネラーとして出席。シンポジウム会場で短歌評論家菱川善夫と初めて対面した◆坪内稔典と宇多喜代子が企画した「『家族の肖像』の著者を囲む集会」(会場、池田市宇多喜代子宅)に出席。海風社社主の詩人作井満に初めて会う◆翌日国鉄攝津駅前で大本義幸と共に島津亮に再会する。この時の様子を徹郎は後にエッセイ「晩秋の攝津にて」で書いた。

■一九八五(昭和六〇)年三八歳　◆二月総合誌「俳句研究」〈編集人・高柳重信〉に評論「荒野にて―唯一人で立つ場所」を発表◆三月「銀河系つうしん」第三号発行。「特集・『家族の肖像』論。新作「蓮華寺」五〇句発表。近藤潤一・千葉長樹・夏石番矢・仁平勝・高橋愁・中上隆夫・上月章等が『家族の肖像』論を寄稿した◆五月「早稲田文学」(早稲田文学刊行会)五月号に二十句掲載される◆七月二七日午前東京神田神保町の三省堂二階の喫茶店で宮入聖・攝津幸彦と三者会談。攝津とは幾度目かの再会だったが、宮入聖とは初対面だった。現代俳句協会賞に代わる真の俳句文学賞の創設の可能性について協議した◆午後、神保町会館で開催された第七回現代俳句シンポジウムに出席。登壇して細谷源二の俳句を紹介し、細谷の名作『砂金帯』の「後記」を朗読した。北海道から共に参加していた詩人新妻博は、特別講演を行う◆同月二八日金子兜太より同人誌「海程」を金子兜太の主宰誌(結社誌)とする旨の葉書が届く。折り返し金子兜太へ直接、「海程」主宰誌化への「不同意」と反対を表明し、退会の意志を伝える◆一一月越澤和子句集『人形連禱』(冬青社)の解説「広く荒涼とした領域へ—越澤和子の俳句」を書く◆九月「銀河系つうしん」第四号発行。新作「鬱金の襖」五十句と評論「細谷源二の俳句、あるいは地方性という命題」十六枚を発表した。◆同誌に詩壇のスーパースター清水昶が徹郎への私信形式の評論「俳句を開く扉」を寄稿。又詩壇の代表的評論家北川透が「西川徹郎句集『家族の肖像』論—明暗の裂け目」を寄稿した◆同月一四日北海道大学文学部教授で俳人である近藤潤一句集『雪然』出版記念会(札幌市)に出席し刺激的スピーチを行う。『雪然』の中のやや難解な一句の解釈だったが、徹郎の発言を聴いた聴衆がその一句解明の奥深さに驚いてざわめき、一時会場が波立つ現象が起きた◆その日の司会を務めた主催者的立場に在った北海学園大学教授・短歌評論家菱川善夫は、「壺」十月号「『雪然』特集」に論文「唇荒れつつ—司会者の『雪然』論」を寄稿し、その日の徹郎の発言のあらましと会場の様子を次のように伝えている。「(来賓の学者や評論家等の)平面的で水平的な発言が続いていた後に指名されて座席を起った西川徹郎の発言は、その場の多数の出席者等の思念を一気に垂直方向へ起ち上がらせた」(趣意)と記述している◆一〇月「季刊俳句」(冬青社)に新作「月が土足で」五十句発表◆同月七日北海道十勝の本別町出身の世界的版画家多賀新展(札幌市・NDA画廊)のオープニングパーティに招かれて出席、多賀新画伯と対面した◆同月一三日札幌市在住の歌人・評論家高橋愁が初美夫人を伴って来舎。小雨降る昼下がりの紅葉の山峡新城峠を案内する。後にこの時の様子を高橋愁は、一千枚書き下ろし評論『暮色の定型—西川徹郎論』(一九九三年・沖積舎)の中で詳細に記述した◆一二月急性心不全の疑いで芦別市立病院へ緊急入院。その後、旭川医科大学付属病院へ検査の為に転院し診察を受けるが、大患無く永年の過労の蓄積に由ることが解った。医師の勧めを受け二ヶ月ほど同病院で休養を取った◆同月一七日立風書房編集部勤務の俳人宗田安正の青春期の句集『個室』が著者の書簡と共に旭川医科大学付属病院の徹郎の「個室」へ届く。句集『個室』の後記には宗田安正の青少年期の寺山修司との交友が記されていた。句集に添えられた書簡には「寺山修司亡き後の今は、私は貴方に期待しています。宗田安正」と記述されていた。

■一九八六（昭和六一）年三九歳　◆一月「銀河系つうしん」（黎明舎）第五号発行。五十句と「黎明通信No.５」を発表。「黎明通信No.５」五十枚は、芦別市立病院及び旭川医科大学付属病院の病床で医師と看護士の眼を遁れて夜間に密かに執筆したものだった◆「銀河系つうしん」第五号を読んだ吉本隆明より見舞いと激励の書簡が届く◆徹郎はこの年も作家として多忙を極めていた。六月札幌大学教授で哲学者　鷲田小彌太（「北方文芸」編集委員）来舎、新城峠の寺に一泊。北海道文学の「批評の現在」について一夜会談。総合誌「北方文芸」への寄稿と協力を約束した◆二月『現代俳句十二人集下巻』（冬青社）に「月夜の不在」二百句が佐藤鬼房・柿本多映・宮入聖等と共に収載される◆四月「銀河系つうしん」（黎明舎）第六号発行。新作「麦野は鏡」五十句発表◆一一月三〇日「銀河系つうしん」（黎明舎）第七号発行。時評「葬送の日の金子兜太―同人誌「海程」の終末をめぐって」を発表。俳壇最大の権力者金子兜太を名指しで批判するこの論文は、現代俳句や詩歌を中心とした文学界に強い衝撃を与えた◆「銀河系つうしん」第七号「黎明通信No.７」四十二枚◆同月「季刊俳句」（冬青社）第十二号に誌上句集「町は白緑」二百句とエッセイ三枚。青柳右行が「西川徹郎ノート」を発表◆現代詩の総合誌「四次元実験工房」（矢立出版）に第十号より新作十句連載◆共著『望郷論』（共著・瑞渓社）に十五句◆『現代俳句の異相』（共著・冬青社）に五十句◆『現代俳句の新鋭４』（共著・四季出版）に三百五十句とエッセイ六枚◆『現代俳句の精鋭Ⅲ』（共著・牧羊社）に百句とエッセイ三枚◆「俳句空間」（書肆麒麟）第二号にエッセイ三枚◆短歌ジャーナル誌「シーガル」（几帳舎）第十号の誌上討論「異端の原点」に菱川善夫・高橋愁等と共に参加◆総合誌「北方文芸」七月号にエッセイ七枚◆総合誌「俳句四季」（東京四季出版）七月号に一句◆北川透の個人編集誌「あんかるわ」第七十六号に十五句とエッセイ四枚◆奄美大島から発行される月刊「南島」（海風社）第百四十七号にエッセイ六枚◆エッセイ集『緑陰の椅子』（共著・冬青社）へ「晩秋の攝津にて」八枚寄稿◆同人誌「流星」第四号に二十句◆同人誌「豈」第十一号に五十句とエッセイ九枚ほかを寄稿した。

■一九八七（昭和六二）年四〇歳　◆この年から総合誌「北方文芸」書評欄を担当、二月号「幾冬暁を見しならん―孤高の俳人斎藤玄」、三月号「高橋愁著『希望の土』評」、四月号「『寺山修司全句集』評」を執筆した◆三月エッセイ集『緑陰の椅子』（冬青社）刊行される◆四月総合誌「俳句空間」（書肆麒麟）に「結社論―鳴戸奈采との往復書簡」十八枚寄稿◆

五月「永田耕衣傘寿祝賀会」(神戸市)に招かれて出席。永田耕衣・鶴岡善久・宗田安正・有馬朗人・大野一雄等と初めて会う／祝賀会終了後、初めて降り立った港町神戸を徒歩で港沿いのホテルへ戻った。夜の港の見える部屋の窓辺で「港まで永田耕衣を引きずり歩く」(第六句集『桔梗祭』所収)の一句を作った◆八月「銀河系つうしん」第八号発行。「黎明通信」五十枚を書く◆九月二一日正信寺本堂で「友川かずき『及位覚遺稿詩集』出版記念コンサート」を主催、本堂は観衆で一杯になった。徹郎は晩秋の村中の門徒の家々を夜毎巡ってビラを配り、チケットを買って貰った◆一〇月二一日西本願寺で学階助教の本試を受験◆十二月『俳句研究年鑑』(富士見書房)に「今年の評論ベスト5」の選考と所感を寄稿した◆同月『俳句年鑑』(角川書店)の「今年の俳人ベスト10」に安井浩司・竹中宏の二人から推される◆総合誌「俳句公論」(小寺正三編集・俳句公論社)に「銀河系つうしん」第七号発表の時評「葬送の日の金子兜太―同人誌「海程」の終末をめぐって」が転載される。

■一九八八(昭和六三)年四一歳　◆一月友川かずき「冬の新作展」(東京銀座・三真堂)の栞文を書く◆総合誌「俳句芸術」(俳句芸術社)創刊号に作品十句寄稿◆歌誌「新凍土」(八巻春悟主宰誌)に十句寄稿◆総合誌「北方文芸」の俳句時評欄を担当、一回目を寄稿◆第五句集『町は白緑』(沖積舎)刊行。栞文を作家立松和平・詩人青木はるみ・俳人安井浩司が書く◆同月「北海道新聞」書評欄に評論集『球体感覚』(原子修著)評を寄稿◆一月現代詩・短歌・俳句三ジャンルのシンポジウム「スクランブル88―詩表現の根拠を問う」(札幌市教育会館)を北海学園大学教授で短歌評論家菱川善夫と共に主催し代表世話人となる◆三月「北海道新聞」夕刊文化欄の特集に「〈スクランブル88〉所感」を寄稿◆三月総合誌「俳句」(角川書店)の特集「俳句の時代の若き旗手たち」に二十句寄稿◆アンソロジー『戦後世代の俳句Ⅰ』(冬青社)に「銀河系」一百句収録される◆四月総合誌「月光」創刊第一号に二十句寄稿◆五月書き下ろし第六句集『桔梗祭』(冬青社)刊行。同書に宮入聖の書き下ろし西川徹郎論「蓮華逍遙―西川徹郎の世界」一百枚が伴載される◆同月同人誌「流星」第七号に二十句発表◆同月現代詩の総合誌「而シテ」(白地社)に評論「悪意の罠」を発表◆六月句集『町は白緑』を読んだ作家森村誠一より書簡が届く。「『サラダ記念日』調の歌や句があふれる世相の中で、西川さんの『町は白緑』は、きわめて抽象度の高い凄惨な句群です。〈竹原に父祖千人が戦ぎおり〉〈石に打たれて母さんねむれ夜の浜〉〈階段で苛烈な死者と地平見る〉〈窓開き黄いろい死者と地平見る〉などは全く凄い句です」と記述されてあった◆七月大阪・箕面市の坪内稔典宅を訪問、坪内稔典と対談「現代俳句の新たな磁場を求めて」を音声収録する◆同月『現代日本俳句大系』（近代文芸社）第一巻に三十八句収録される◆同月俳句総合誌「俳句空間」（大井恒行編集／弘栄堂書店）に「寺山修司の一句」を寄稿◆同月細谷源二の直弟子編の徹郎初の読本『西川徹郎の世界』（越澤和子編「秋桜COSMOS別冊」A5判変形、百八十五頁、二千部／秋桜発行所）刊行。同読本に評論家吉本隆明が初めて西川徹郎論「西川徹郎さんの俳句」を発表した。宮澤賢治研究の第一人者菅谷規矩雄が「死者の棲むところに―西川徹郎小論」を寄稿した。その外に鶴岡善久・島津亮・佐藤鬼房・佐藤通雅・宗田安正・宮入聖・攝津幸彦等、代表的詩歌俳人三十五名の西川徹郎論と代表作二百五十句及び詳細年譜・書誌等が収載される◆一一月、後に芥川賞作家となる藤沢周は、一一月一九日付「図書新聞」に読本『西川徹郎の世界』を紹介し「一天才詩人の現場を目撃する一冊」と書く◆日本藝術院会員で仏文学者・明治大学教授 飯島耕一は、評論集『俳句の国俳諧記』（書肆山田）の中で西川徹郎を評し「西川徹郎には呪われた異端の匂いがする。呪われたというのは、しかし詩人にとっては光栄を意味している」等と書く◆八月「銀河系つうしん」第九号発行。「黎明通信」五十枚を書く◆同月『星の降る里あしべつ』（63年度市勢要覧・芦別市）にグラビア写真及びインタビューが掲載される◆同月「ザ・ホッカイドウ・マガジン」に紹介される

■**一九八九（平成元）年四二歳** ◆一月弘栄堂書店発行の総合誌「俳句空間」（編集人・大井恒行）の俳壇選者に就く◆同月現代詩の総合誌「四次元実験工房」（矢立出版）の第四十五号より四十九号迄、新作二十句を連載◆同月短歌総合誌「月光」（弥生書房）の第六号より第八号迄、二十句を連載◆四月二二日斎藤冬海（本名・斎藤裕美子）と結婚。斎藤は日本女子大学文学部卒業後、東京で角川書店「野性時代」や短歌研究社編集部等に勤務しつつ小説や評論を書き続けていた。父親齋藤豊は会津若松市収入役を務め、退職後株式会社会津鉄道常勤鑑査役を務める◆同月総合誌「海燕」（福武書店）四月号の時評「俳句の現在」に皆吉司が西川徹郎を紹介し「十人とゐぬ詩人」と書く◆八月「銀河系つうしん」第十号「特集・銀河系句篇89―現代俳句の70俳人」発行。書き下ろし「月光学校」三百句を一挙掲載した。坪内稔典との対談「現代俳句の新たな磁場を求めて」を掲載。関西俳壇の雄竹中宏が時評「西川徹郎句集『町は白緑』の地理」を寄稿した◆

一〇月札幌市在住の歌人工藤博子の西川徹郎の第三句集『家族の肖像』を論じた評論「『家族の肖像』を読んで」が平成元年札幌市民芸術祭奨励賞(評論部門)を受賞。「さっぽろ市民文芸」第六号に掲載される◆同月一五日妻裕美子が本山西本願寺で得度、法名釋尼裕美を授与される。得度終了後、冬海と共に大津、福山、尾道、岡山、倉敷を訪ねる◆一一月二一日初冬の新城峠の黎明舎を作家立松和平が二人の激励の為に来訪。当時の芦別市長東田耕一を交え、一夜、新城峠の月夜を歓談した。翌日樹齢三千年と謂われる日本随一の水松(一位の木)が樹つ黄金水松公園ほかを案内した◆一二月一六日付「図書新聞」第一九八六号に菱川善夫評論集の書評「短歌前衛、その悲惨な抵抗劇―菱川善夫著『私という剣』」が発表される◆同月平凡社刊行の帝塚山学院大学教授乾 裕幸著『俳句の現在と古典』(平凡選書)に「迷宮の胎蔵界―西川徹郎小論」が収載される。

■一九九〇(平成二)年四三歳 ◆一月四日冬海と共に冬の松島を散策、瑞巌寺を参拝した◆一月六日斎藤冬海の実家会津若松市を訪ね、実父齋藤豊、実母齋藤道子等と一夜歓談した。齋藤豊は東北で名の通ったエッセイストだが、郡山市在住の詩人・評論家川上春雄は旧知の友人だった。川上春雄はかの戦後日本を代表する評論家・思想家で〈知の巨人〉とも「思想哲学の世界標準」(哲学者鷲田小彌太)とも称ばれる吉本隆明が、最も信頼を寄せる吉本研究の第一人者として知られる詩人・評論家。かつて徹郎は大学自主退学後の二十代初期に当て所無き彷徨の日々を送っていたが、ある夏の日、札幌市の書店で購入した『吉本隆明 初期ノート』を大通公園の青草の中で読み、若き日の吉本隆明の宮澤賢治論等の清冽な哲学的思考に衝撃を受け、「俳句の詩人」として生きる決意をしたという。その『吉本隆明 初期ノート』の奥付に記載されていた発行所が、徹郎のけして忘れることのない「試行発行所」であり、その発行人の名が「川上春雄」である。豊は徹郎と杯を交わしながら「近々、吉本隆明先生が私の文学について二度目の評論を書いて下さる」と何気なく徹郎の口から出た「吉本隆明」の名を聞いて驚き、又徹郎自身も妻の実父齋藤豊の口から「川上春雄」の名を聞き、その不思議な因縁の輪に驚愕したのだった◆二月「季刊俳句」(宮入聖編集・冬青社)第二十四号の「未刊句集シリーズ13」に「書き下ろし句集 朝顔の家」一百句が一挙掲載される◆三月総合誌「俳句研究」三月号に十句とエッセイ寄稿／同月「図書新聞」第二〇〇〇号に「反文学の視座―坪内稔典著『俳句』評」を寄稿◆六月一〇日旭川市在住の歌人西勝洋一の要請を受け、この年の旭川市歌人クラブ総会(旭川市ときわホール)で「定型詩を如何に書くか」と題し講演を行う◆同月「俳句倶楽部」(福武書店)六・七月号にエッセイ「俳句の中の死」を寄稿。同月「宗教」(編集人小端静順・教育新潮社)七月号に布教原案「涅槃の真因」十五枚発表◆同月七月一七日より三〇日、平成二年度本願寺派安居に懸席◆同月「季刊俳句」第二十二号に二十句と安井浩司句集『汝と我』評を寄稿◆この年の夏、斎藤冬海と共に積丹半島を周遊し、浦や磯の句を沢山作る◆九月二一日徹郎の母校道立芦別高校講堂で全校生徒・全教職員六百五十名の前で「青春と文学」と題し講演した。徹郎へ講演の依頼の為に正信寺を来訪したのは、同校の新聞局の顧問寺坂盛雄という若い教諭だった。当時、正信寺門徒の中に住職徹郎の法話を聴いて歓喜した「現代の妙好人」とも喩えるべき篤信の門徒寺坂鉄蔵・ちや(鉄蔵は二〇一二年六月一一日行年九十九で、ちやは二〇一〇年一〇月六日行年九十一で往生の素懐を遂げた)の老夫妻が居た。寺坂鉄蔵は新城峠に近い隣村芦別市豊岡で林業に従事していたが、晩年は芦別市街地区に移住していた。西本願寺で得度し住職となったばかりの若き日の徹郎は、寺坂夫妻の聞法の姿に励まされ、少しでも良い法話をして夫妻に喜んで貰うべく聖教を独学研鑽、何時何処へでも聖教を持ち歩く姿を見た他の僧侶からはいつしか「峠の学僧」「新城の和上」等と呼ばれるようになったと、徹郎は某日、筆者に語った。夫妻は生涯最期まで峠の寺に参って徹真の法話を聴いて聞法し信心歓喜して報恩の念仏行に生きた。寺坂家の読経に徹郎が訪ねると、帰りは徹郎の運転する車の影が遠く見えなくなるまで雨や雪の中でも路上に佇って徹郎を見送った。又徹郎が文化的接触の衰退した地方都市芦別市民の為に、東京から某歌人を招いて幾度が主催したコンサート等の会場へも夫妻は小雨降る中を杖を突いて出席し、徹郎が行う社会教育活動を応援した◆その老夫妻の子息が寺坂盛雄(昭和二八年芦別生まれ)であり、当時同校の教諭だった◆少年期に通学バスで悪路を揺られながら朝夕車中で多数の詩歌を作ったという母校、道立芦別高校での全校生徒や全教職員へむけた講演は、徹郎には言葉にならぬ程の嬉しさだった。恐らくは寺坂盛雄が校長や教頭へ申し出、或いは教職員会議で申し出て初めて成立した同校で前例の無いイベントだったに違いない。寺坂盛雄は鉄蔵・ちや亡き後は更に寺の門徒総代や参与を務め、又西川徹郎文學顕彰委員会の役員を務め、徹郎の寺務や文学活動を支えた。二〇〇七年の旭川市中心地七条緑道沿いの西川徹郎文學館の建立と開館、二〇一四年の「西川徹郎・森村誠一〈青春の緑道〉記念文學碑」の建立や二〇一四年の新城峠大學文藝講座の開校の為に尽力し、徹郎の社会教育活動を支えた。その姿はまるで妙好人鉄蔵・ちやの生き写しのようにさえ思えた◆この年、西川徹真は自ら代表となり黎明學舎を創設した。黎明學舎は道内の本願寺派僧侶の教学振興の為に札幌別院や自坊正信寺を例会会場或いは合宿会場として教行信証研究会を開催。毎回、徹真が講師を務め『教行信証』の講義を行った◆二〇〇七年西川徹郎文學館開館以降は文學館講堂を会場に教行信証研究会は続けて開催されている。黎明學舎創設已来、現在迄の聴講者は延べ八百名に及んだ◆一〇月「銀河系つうしん」第十一号発行。「絶叫する箒」百四十句を発表した。他に作家藤沢周の「連載・西川徹郎論」や科学者で俳人、東京大学元総長有馬朗人の「宮澤賢治と西川徹郎」、斎藤冬海の短篇小説、髙瀬浄の「現代への視線」などを満載◆同月総合誌「俳句とエッセイ」(牧羊社)十号に三十句寄稿◆一一月三〇日『菱川善夫評論集成』刊行記念シンポジウム(会場・札幌市センチュリーローヤルホテル)で「菱川善夫と定型詩の現在」と題して講演。北海学園大学大学院教授菱川善夫、北海道大学教授近藤潤一、同大学助教授神谷忠孝や同工藤正廣等、多数の大学関係者が集合する中での講演だった◆この日の出席者で徹郎の講演を聴いた帯広市在住の某歌人が興奮、三次会の席で徹郎へ掴みかからんとしたが、菱川善夫が一喝し身を挺してとどめた。余りに熱い、熱い一日一夜だった◆この日の講演は「銀河系つうしん」第十三号(一九九二(平成四)年)の講演録に収載されている◆一二月一日大阪市で開催された「倉橋健一を語る会」に招かれて出席、倉橋健一・青木はるみ・中川幾郎・高堂敏治等、関西文壇を代表する詩人や論客等と初めて会った◆同人誌「豈」第十二号、第十三号に作品二十句発表／北川透個人編集誌「あんかるわ」終刊第八十四号にエッセイ「さよなら、あんかるわ」を寄稿した／同人誌「豈」第十三号に二十句、同第十四号に二十句発表◆総合誌「俳句空間」第十七号に書評六枚寄稿。

■**一九九一(平成三)年四四歳**　◆一月「北の芽」第二十七号、第二十八号に「教行信証聞信録」三十一枚寄稿◆「季刊俳句」第二十七号に季評を寄稿／四月二〇日午後斎藤冬海と共に東京・本駒込の吉本邸を訪問、吉本隆明と会談した。吉本隆明は刷り上がったばかりの「試行」を積み上げた書斎へ私達二人を迎え入れ、札幌行寝台列車「北斗星」の発車の迫る夕刻まで歓談した。「ぼくは貴方の書くものは全部読んでますから頑張って下さい」と、吉本隆明は最後に丁寧にそう語った◆五月六日七日冬海と共に残雪のオンネトーと阿寒湖畔に遊ぶ◆『赤黄男』(冬青社)創刊号に五十句を発表◆七月「銀河系つうしん」第十二号発行。「特集・島津亮—前衛俳句の光芒Ⅰ」、徹郎の「島津亮論」二十枚。島津亮自選三百句。島津亮年譜（立岩利夫編）、和田悟朗・竹中宏・佐藤鬼房・攝津幸彦・杉本雷造の島津亮論。立松和平の短篇小説「海のいのち」他を収録した◆同月『毎日グラフ別冊／平成女流俳人』（毎日新聞社）にエッセイ「女性俳句の現在—北海道」を担当執筆した◆「俳句とエッセイ」（牧羊社）八月号に二十句とエッセイ寄稿◆総合誌「俳句倶楽部」（福武書店）九月号に月評八枚◆同月『現代俳句文庫⑤西川徹郎句集』（ふらんす堂）刊行。代表作四百句に評論「わが芭蕉論」。解説に芥川賞作家藤沢周の「迷路—『町は白緑』を収載して刊行。徹郎の初めての文庫だった◆同月七日中央仏教学院通信教育部北海道支部真宗講座（栗沢町・賢誠寺）で「信心正因・称名報恩の原理」と題して講演◆同月総合誌「月光」第九号に二十句寄稿／同月『北海道・東北ふるさと大歳時記』（角川書店）に解説と作品鑑賞を担当執筆◆同月七日八日冬海と共に晩秋のサロベツ原野に遊び、日本海の荒波に浮かぶ利尻富士を望む。この旅で初めて天北峠と天北原野を渡る◆同月総合誌「俳句」（角川書店）十月号の緊急企画「特集・ゴルバチョフへの手紙」に九句寄稿。同月総合誌「俳句空間」第十八号に評論「悲惨と栄光の砦—島津亮について」を発表◆同月総合誌「俳句とエッセイ」十一月号に乾裕幸著『芭蕉歳時記』の書評を寄稿。

■**一九九二（平成四）年四五歳**　◆一月二十七日角川書店新年交礼会（東京）に初めて出席した。三橋敏雄・和田悟朗・中村苑子等と再会。角川書店社主角川春樹とは初めて対面した◆翌二十八日斎藤冬海と鎌倉に遊ぶ◆翌二十九日山梨市を訪ね、俳人三森鉄治と会談◆同月三十日日蓮宗の大本山久遠寺を参拝。聖道門の石段の険しさに驚く◆二月五日北海道教区教学研究発表会（本願寺札幌別院）で「唯信独達の思想—教行信証における救済の論理」を発表◆四月『俳壇年鑑』（本阿弥書店）に五句寄稿し、「作家作品展望」欄を担当執筆した◆総合誌「現代詩手帖」（思潮社）四月号の「特集・短詩型のゆくえ」に詩人白石公子の詩と組み「作品十三句」を発表した◆「宗教」（教育新潮社）四月号巻頭に「真の幸福とは何か」が掲載される◆五月図書出版書肆茜屋を創立◆同月総合誌「俳句」（角川書店）五月号に遠藤若狭男句集『青年』の一句鑑賞を寄稿◆同月『俳句そこが知りたい』（邑書林）に解説三枚寄稿◆六月『平成俳人代表作全書』（東京四季出版）に二十一句収載される◆同月短歌誌「彩北」百号記念号に二十句寄稿◆七月「銀河系つうしん」第十三号発行。「特集・宮入聖—

現代俳句の旗頭①」を企画編集。宮入聖の代表五百句のほか西川徹郎の「宮入聖ノート」の外、菱川善夫・和田悟朗・柿本多映・等の諸家宮入聖論を収載した。徹郎の書き下ろし「月の楡」百六十句一挙掲載した。谷口愼也が時評「位相」を書く◆同月総合誌「俳句とエッセイ」（牧羊社）七月号に櫻井琢巳著『地平線の羊たち』の書評を執筆した◆八月第八句集『月山山系』（書肆茜屋）刊行◆同月「季刊俳句」（冬青社）第二十九号の「特集・夏の俳句、十六人集」に二十句収載される。同月谷口愼也発行の「連衆」第十三号に五十句寄稿◆『夏稽古』（冬青社）に十句寄稿。同月八月二〇日付「北海道新聞」夕刊文化欄に「「雲母」終刊と俳句結社」を発表◆同月「銀の鈴」第三号に論文「蓮師教学研究―五重義相の諸問題について」を発表◆「糸瓜」六〇〇号に十句とエッセイ寄稿◆同月「赤黄男」（冬青社）第三号に十句寄稿◆徹郎の第八句集『月山山系』を読んだ哲学者梅原猛より一一月七日付の書簡届く。「（『月山山系』は）不思議な句です。月の世界へ迷い込んだような」と梅原猛の直筆で記されてあった。

■**一九九三（平成五年）年四六歳**　◆一月講談社学術文庫『現代の俳句』（平井照敏編）に高浜虚子・種田山頭火等と共に明治以降の百七人の代表作家の一人として作品三十句と肖像写真、略歴が収録される。巻末に本書の編者で詩人の平井照敏が解説を執筆、現代の俳壇を代表する四人の精鋭の中の一人として西川徹郎の名と作品を挙げた◆二月『最初の出発』（第一句集全書4東京四季出版）に『無灯艦隊』より抄出の一百句収録される。解説として三橋敏雄が「出藍の句集」を書く◆同月十三日付「北海道新聞」「ひと93」に講談社学術文庫「現代の俳句」に明治の虚子以来百七人の一人として同書に選出され収録されたことが、記者千龍正夫により「伝統俳句に反旗を揚げた革新俳人は歴史に名を刻んだ」と報道される◆二月五日斎藤冬海を伴って郡山市の試行発行所を訪問、川上春雄と親しく会談した◆三月六日早朝、横浜市在住の日本が生んだ世界的舞踏家大野一雄より突然の電話があった。大野一雄は『現代俳句文庫⑤　西川徹郎句集』（ふらんす堂）の貴方の俳句を識って驚き、声が聞きたくて、思い余って電話した」「一度また何処かで会いたい」と語って電話は切れた。舞踏家大野一雄とは一九八七年神戸市で開催された「永田耕衣傘寿祝賀会」の会場で面談していた◆三月総合誌「俳句研究」（富士見書房）三月号に九句とエッセイ寄稿◆総合誌「俳句空間」（弘栄堂書店）第二十二号に評論「反俳句の視座」を発表◆同月芦別市ロータリークラブ例会で「俳句文学とは何か」と題し講演◆同月母校道立芦別高校の「芦別高校新聞」(顧問・寺坂盛雄教諭)の「郷土の芸術家」欄に紹介される◆五月九日より十六日迄本願寺派札幌別院の常例布教に出講、十四席の布教を行う◆同月『蓮師教学研究』(稲城選恵編集◆光蓮寺仏教研究会・探究社)第三号に「三十一文字の聖教―蓮如上人御詠歌について」が掲載される◆同月総合誌「俳句あるふぁ」(毎日新聞社)第三号の「特集・芭蕉流の生き方」にエッセイを寄稿◆六月二日浄土真宗本願寺派全国布教使大会に坊守西川裕美子(斎藤冬海)と共に出席、裕美子は大谷光真門主へ花束贈呈を行う。大会終了後、滋賀県堅田等の蓮如上人の遺跡を巡拝する◆同月『蓮師教学研究』(編集・稲城選恵/光蓮寺仏教研究会・探究社)第三号に「三十一文字の聖教―蓮如上人の御詠歌について」を寄稿◆七月「銀河系つうしん」第十四号発行、「特集・九〇年代の俳句前線―現代俳句の二十一俳人」◆一九九二年五月下旬の某日一夜にして書き下ろした「一夜句集シンデレラ」三四〇句を同号に一挙掲載した◆「吉本隆明の親鸞論解読」の連載一回目。三森鉄治の西川徹郎論「父、あるいはファルスの現像」七十枚を掲載◆同月「月光」第九号に二十句寄稿◆八月総合誌「俳句空間」(編集人大井恒行/弘栄堂書店)第二十三号の「特集・現代俳句の可能性―戦後生まれの代表作家十八人」に収録される◆九月釧路市の喫茶「ジスイズ」を経営する小林東・詩人藤田民子を斎藤冬海と共に訪問◆同月二十日発売の週刊誌「サンデー毎日」(毎日新聞社)の「俳句王」にエッセイ「口語俳句のすすめ」が掲載される◆十月西本願寺で学階「輔教」の本試を受ける。試験当日出題された題目は「親鸞聖人と曇鸞大師の二種法身論について」小論文を書くことだったが、この本試験を満点で通過、試験担当の関係者を驚かした◆一一月歌人・評論家高橋愁による一千枚評論『暮色の定型―西川徹郎論』(沖積舎)が刊行される。鬼才高橋愁が一九九二年一月二日より書き始め同年八月三〇日までの僅か八カ月間で書き下ろした一千枚の西川徹郎論だった。沖積舎より函入上製本と普及本の二種が同時刊行された。高橋愁は後記に「俳句という詩型は西川徹郎氏のえがく世界によって確実に滅びてしまうのではないかという危機を感じた。(中略)天才と狂気の花がきそいあって定型の季節を装飾している」と書く◆同月三〇日、本願寺派の学階「輔教」を授与される◆一二月二三日付「北海道新聞」に高橋愁著『暮色定型―西川徹郎論』刊行の報道記事が掲載される。

■**一九九四(平成六)年四七歳** ◆北海道教区教学研究発表会で「信一念義の研究」と題し研究発表した研究に基づく論文「唯信独達の思想―『教行信証』における救済の論理」を『北海道教区教学研究紀要』第三号(北海道教区教学委員会編)

に発表◆同論文を読んだ勧学寮頭赤山得誓より賞讃の私信が届く◆七月六日より一一日迄本山西本願寺の常例布教に出講し六日間に亘り二十四席の布教を行う◆本山常例布教に引き続き七月一一日より一二日迄滋賀県米原市磯の琵琶湖邉の古刹上妙寺の別修永代経法要に出講、二日間七席に亘り布教讃歎を行った◆この折に上妙寺住職から江戸末期に活躍した妙好人椋田與市の存在を知らされた。『わが心の妙好人』（二〇一一年・志村有弘編・勉誠出版）に寄稿した論文「妙好人について―夕映えの念仏者たち」の中で妙好人椋田與市を紹介した◆一二月「銀河系つうしん」第十五号発行。「特集・立松和平の世界―同時代の文学①」、高橋愁の立松和平論「禁止の夏日」百七十枚。斎藤冬海の同「龍のいる場所」七〇枚。立松和平年譜等を収録◆西川徹郎の新作「秋ノ暮」百十五句の一挙掲載◆松本健一の評論「形無きものを……―西川徹郎の俳句」を掲載した。◆この年銀河系俳句大賞を創設。第一回を「連衆」発行人谷口愼也に決定。

■**一九九五（平成七）年四八歳**　◆三月六日午前三時三分、会津若松市の県立病院で長男龍大が出生した。誕生を祝し三日二夜で「龍大一百句」を書き下ろす◆六月四日北海道近代文学懇話会一九九五年度第一回集会（札幌市教育会館）で北海学園大学教授菱川善夫と共に講演。菱川は現代短歌の問題を語り、徹郎は「俳句の根拠―何故、俳句でなければならないのか」と題し、俳句の根拠について語った◆同月「茜屋通信」（書肆茜屋、註・現、茜屋書店）創刊第一号発行。特集「西川徹郎のCOSMOS」「龍大一百句」掲載◆立松和平の「行者のことば―西川徹郎小論」、まつもとかずやの「かなしくも黄金―西川徹郎論」等を収載◆八月二日付「北海道新聞」に図書出版書肆茜屋の創立が報道される◆九月谷口愼也著『虚構の現実―西川徹郎論』刊行◆一二月『現代仏教人名録』（東京寿企画）に大谷光真・中村元・大江淳誠・早島鏡正・北畠典生・高田光胤・瀬戸内寂聴等、現代日本の代表的仏教人と共に西川徹真の詳細な経歴が収録される。

■**一九九六（平成八）年四九歳**　◆二月一〇日小南文子句集『青海亀の泪』（書肆茜屋）刊行。徹郎は帯文に「売られゆく牛の眼青い稲梳かれ 文子」を「詩精神を喪失した現代俳句の〈現在〉に於て本書こそ深海の秘寶と喩えられるべきである。息絶えるその日迄著者は、俳句形式の詩魂を呼吸しつつ、まるで詩神の影のように秘やかに只黙々と自身の俳句を書き続けてゆくことであろう。推薦 西川徹郎」と書く◆三月八日付「北海道新聞」夕刊の特集シリーズ「北海道ひと紀行」欄に特大の近影写真入で紹介される◆「銀河系つうしん」第十六号「特集・極北の歌人高橋愁」を発行。徹郎はこの号の後記「黎明通信№16」に「俳句朝日」創刊号の角川春樹作品掲載に対する抗議声明文の首謀者現代俳句協会青年部の姿勢に対し厳しく批判を書く◆又「本誌（註・「銀河系つうしん」）の編集発行の基本思想が〈反中央〉にあることは間違いないことだ。しかし本誌の思想は〈反中央〉というテーゼのみではその幾分かを語ったことにしかならない。〈反中央〉を標榜する地方の雑誌を私は幾冊か知っている。だが、その多くが余りに容易だ。何故なら〈反中央〉をのみ掲げる限り自らの脚下が問われることは無いからだ。権力依存を生み出す驕慢の無責任の風土は自らの脚下にこそ地縁血縁の分厚い層を重ねている。〈反中央〉の掲げた剣を打ち返してはそのまま自らの脚下を斬る、〈反中央・反地方〉の絶体絶命の思想こそが今鋭く問われてゆかねばならぬ。「銀河系つうしん」はその〈反中央・反地方〉の狭間の峻路に烈しく棚引く阿修羅の旗だ。俳句というこの手の切れそうな煌く詩形式を唯一の最後の武器として、私は何処迄も私自身の俳句を書き続けて行く」と徹郎は〈反中央・反地方〉の絶体絶命の思想について書く◆四月二日「銀河系つうしん」第十六号を読んだ日本大学名誉教授・文藝評論家笠原伸夫より「銀河系つうしん」を賞讃する私信が届く◆四月四日付「東京新聞」コラム「大波小波」欄に「黎明通信№16」に書いた徹郎の現代俳句協会青年部への批判が紹介され、「俳句は生死を賭けた孤立者の唯一残された最後の武器である。北海道芦別で実存俳句の旗を掲げて阿修羅の如く叫び続けている西川の、胃の腑に落ちる正論だ」と報道される◆同月『現代俳句集成』（宗田安正編／立風書房）が刊行された。同書に寺山修司・鷹羽狩行等と共に現代俳句の代表作家の一人として百五十句とエッセイ「地獄の文学」が収録される◆十月一日より六日迄、本山西本願寺の常例布教に出講、五日間二十六席布教した◆同月四日京都東山の親鸞聖人縁の青蓮院植髪堂で布教した。布教記念として青蓮寺門主揮毫の清水焼茶器を頂戴した◆一〇月二三日北星学園大学（札幌市）国際交流学科で特別講義、講題は「松尾芭蕉の俳諧と現代の俳句」、担当教授は詩人・英文学者矢口以文だった。以後は九八年・九九年と三回に亙り講義した。

■一九九七（平成九）年五〇歳　◆一月本山西本願寺の御正忌報恩講通夜布教の布教使を拝命。一五日夜、二席の布教讃歎を行った。全国から集まった三千、四千人にもならんとする多数の聴聞衆が、徹真の説法を聴いて皆一様に瞼を拭った。その時の説法は、親鸞聖人の師である法然上人の弟子耳四郎の獲信についての法話だった。京の都一番の悪党といわれた盗賊耳四郎は、ある日、法然上人の庵室の床下に潜り込んで身を隠していた。その結果、思いもよらず法然上人の説くミダの本願の〈悪人正機〉の説法をその床下で聞くこととなった。床板越しに轟くように聞こえてきたのは、「汝をこそたすくるぞや」「十方の諸仏如来に見捨てられたる悪人罪人をこそ助けんがための弥陀如来の本願にましますなり」というアミダ如来の本願大悲を説く法然上人の朗々とした説法の聲だった。やがて耳四郎は床下を這い出て、法然上人に直接会ってこう訊ねた。「京一番の悪党のこの私でもほんとうに助かるのか」と。法然上人は耳四郎にこう答えた。「助かるとも、助かるとも。この私でさえ助かるのだから汝が助からんことは無いのだ」と。法然上人の口元から発せられた〈この私でさえ〉助かるという叡山一の碩学法然上人の言葉を聞いて、耳四郎の全身に衝撃が走った。法然上人のこの言葉を聞いて耳四郎は忽ち信を獲、念仏者となって法然上人の弟子となった。その後、耳四郎は法然上人に生涯仕え、身を挺して逆賊から上人を護ったという。徹真の口から迸る如来大悲の説法に満堂の聴聞衆が皆瞼を押さえ、やがて念仏の聲が津波のように湧き起こったという◆八月下旬一週間で一気にエッセイ三十三篇を脱稿、エッセイ集『無灯艦隊ノート』の版元、蝸牛社へ送った◆一一月一日『一億人のための辞世の句』(坪内稔典選・蝸牛社)が刊行された。同書に〈不眠症に落葉が魚になっている　西川徹郎〉の一句が選出され、「この句は私の第一句集『無灯艦隊』の巻頭句で、芦別高校在学中の十代の頃の作品である。切実に生きた少年の日の私には一日一日が最期の日であり、臨終との思いであった。従ってそれ以降書き続けてきた一句一句が私にとっての辞世の句にほかならなかった。この句をもって「私の辞世の一句」とする所以である」という徹郎の自注と坪内稔典のコメント「西川さんは現代の代表的俳人の一人。北海道に住み、僧侶でもある」が収録される◆一二月二〇日一一四五句書き下ろしの第九句集『天女と修羅』(沖積舎)刊行される。栞文を研生英午が書く。装画・多賀新。

■**一九九八年(平成一〇)年五一歳**　◆一月哲学者梅原猛より一月一七日消印の書簡が届く。其処には第九句集『天女と修羅』を読んだ感想が記され、「『天女と修羅』拝受、大へん鮮烈な詩です。緊迫した詩情がほとばしり、伝わります」と書かれていた◆一月六日付「北海道新聞」に『天女と修羅』紹介される◆二月二〇日三十三篇のエッセイと俳句を収載するエッセイ集『無灯艦隊ノート』(蝸牛社)刊行◆三月一日付「北海タイムス」に「俳句革命を宣言」との大見出し付で『天女と修羅』の刊行が報道される◆六月高橋愁の批評小説『わが心の石川啄木』(書肆茜屋)刊行。明治と平成の一百年間の時空を越えた石川啄木と西川徹郎の邂逅を描く小説だった◆同月作家立松和平の仏教論エッセイ集『仏に会う』(NTT出版)に「行者のことば―西川徹郎小論」が収録され、著者立松和平より献呈を受ける◆同月『現代俳句の世界』(責任編集・齋藤愼爾/集英社)の「日本の俳壇」に現代の代表俳人の一人として有馬朗人・金子兜太等と共に略歴・代表作品三十句・近影写真が掲載される。編者の紹介文に「未ダ眼ガ見エテ月ノ麦刈リシテイタリ　徹郎」「反季・反定型・反結社主義を標榜し、〈私〉という実存の闇を照射する北天に輝く孤高の星」とあった◆同月現代詩の総合誌「現代詩手帖」(思潮社)六月号に『天女と修羅』『無灯艦隊ノート』を読んだ評論家小笠原賢二が「幽閉の中の開放」と題した絶讃の書評を書く◆同月総合誌「俳句四季」(東京四季出版)六月号の「特集・戦後生まれの俳人」に自選代表四十句とエッセイ、略歴と近影写真が掲載される◆同月作家森村誠一より『森村誠一読本』(KSS出版)の贈呈をうける。戦後日本の闇を全力で問い続ける森村誠一の作家精神にいたく感動する◆七月『日本仏教文化論叢下巻』(北畠典生博士古稀記念出版・永田文昌堂)に論文「妙好人俳諧寺一茶と浄土真宗」が収載される◆八月八日付「図書新聞」に文芸評論家小林孝吉の『わが心の石川啄木』(高橋愁著・茜屋叢書②)の書評「西川徹郎と石川啄木」が掲載される◆九月吉本和子第一句集『寒冷前線』(深夜叢書社)の献呈を受ける。清冽な詩情に驚く。著者は吉本隆明夫人だった◆九月十三日芦別市新城出身の理論経済学の第一人者高瀬浄(秀明大学顧問・八千代国際大学前学長)が黎明舎に来訪。「地方と文明」をテーマに会談した◆九月東京築地本願寺の彼岸中の五日間の常例布教を拝命、二十席の布教を行う◆山口県出身の輪番蓮清典(後に本願寺派総長)は〈布教使で学問僧の西川徹真が、現代俳句作家の西川徹郎〉であると知って驚き、築地市場のマルニ水産株式会社社長で金子みすゞ振興会代表二村貞雄と金子みすゞの朗読女優小口ゆいを紹介、一夜輪番蓮清典と共に会談した。徹郎はこの日詩人金子みすゞの存在を初めて知った◆一一月一日『一億人のための遺言状』(蝸牛社)にエッセイ「わが子龍大へ」が収録される◆一二月「銀河系つうしん」第十七号発行。「特集・平成俳句の光源。13の異星」現代俳句の前線で活躍する十三人の俳人の五十句とエッセイを特集した◆「一夏の夜叉」一一〇句と「吉本隆明の「親鸞論」解読『最後の親鸞』を読む」を発表◆同誌上で第二回銀河系俳句大賞の授賞者を柿本多映・故攝津幸彦と決定発表◆「俳句の前線」に吉本和子登場◆故太田美紀子の誌上遺句集「朧月」一七一句掲載◆同月「宗教」（小端静順編集・教育新潮社）十二月号に『教行信証』における「信巻」の位置」を発表。

■一九九九年（平成一一）年五二歳　◆「北海道新聞」七月二日付夕刊に「吉本隆明と親鸞思想─自己という名の絶対性の錯誤、人間の思惟と理性が持つ根源的な病理」を発表◆「北海道新聞」一一月二二日付夕刊文化欄に「「実存」の剣を掲げて戦う」を寄稿◆第十句集『わが植物領』（沖積舎）刊行◆九月本願寺派所属布教使の特別講習に当たる布教講会に出席、布教実演を行う◆一一月二日奈良県生駒市で高校の教員をしていた実兄徹麿が心筋梗塞を発症して行年五十七で逝去。同月六日板垣脳外科病院（滝川市）に入院していた実母貞子が鬱血性心不全症で行年八十で往生の素懐を遂げた◆「北海道新聞」一一月七日付朝刊全道版に貞子の訃報が「西川貞子さん（俳人西川徹郎＝徹真氏の母）六日鬱血性心不全の為死去。七十九歳。葬儀は九日午前十時。同市新城町二四八正信寺で。喪主徹真氏。同氏は、季語を廃して人間の内面を詠む「実存俳句」の創始者。『現代の俳句』（講談社）が選ぶ俳句作家百七人の一人」と報道された◆母兄の二人を喪い、悲哀窮まり四十九日迄の期間に「月夜の遠足」百三十句を書き下ろした。北見市在住の世界的書道家久保観堂に全句染筆揮毫を依頼した。

■二〇〇〇（平成一二）年五三歳　◆一月六日「月夜の遠足」百三十句を脱稿し、書道家久保観堂へ送る◆同月七日「母と兄の事─『月夜の遠足』覚え書」二十三枚脱稿◆同月八日より月一回の「北海道新聞」のコラム欄「朝の食卓」を二年間担当◆同月一二日第十句集『わが植物領』を読んだ哲学者梅原猛より書簡が届く。「正月に、先にお送りいただいた句集『わが植物領』読みました。特に比叡の句に鬼気迫るものを感じました。実存俳句といわれますが、実存を超えているように思います」と記されていた◆「関西文學」二月号「特集　世界のなかの俳句」に「母は蘭」十二句収載される◆関西在住の戦後俳句の代表俳人の一人鈴木六林男より書簡があった。「〈反中央・反地方〉、一人の友が北海道に居る気分になり、その精神に賛同です。深い雪の中の思索者に御禮迄」と記されていた◆沖積舎刊行予定の『西川徹郎全句集』に収録する未刊集として既刊句集未収録の作品の中から二〇〇七句を選出し、第十二句集『東雲抄』と命名し全句集に収録することとした◆二月一九日築地本願寺（西本願寺東京別院）輪番蓮清典の要請に依り築地本願寺仏教文化研究会（会場

・築地本願寺講堂）で「妙好人小林一茶と浄土真宗」と題し講演。築地本願寺講堂が聴講者で満堂となった◆三月久保観堂が染筆揮毫した全百三十句を影写版和装本の第十一句集『月夜の遠足』（茜屋叢書①書誌茜屋）として刊行◆四月一日付「図書新聞」に詩人雨宮慶子による第十句集『わが植物領』の書評が掲載される◆同月『名句鑑賞辞典』（角川書店）に句集『月山山系』所収の「抽斗の中の月山山系へ行きて帰らず」が、阿部完市の鑑賞文と共に収載される◆七月三〇日沖積舎より『西川徹郎全句集』（天金装・A5判・函入美装本・九七三頁建）が、西川徹郎の既刊・未刊全十三句集、総五三三八句を集成し、解説・吉本隆明「西川俳句について」や研究文献目録等を収録して刊行され、全国の主要書店店頭で発売される。帯文には「吉本隆明氏、絶賛！　俳句の詩人の全句集　俳句の革命、四十年の精華、解説・吉本隆明　正岡子規以来の近現代の俳句の極北に輝く阿修羅の詩人西川徹郎の未刊句集二冊を含む全十三句集、〈実存俳句〉総五三三八句を集成！」と記載される◆九月九日付「東京新聞」コラム「大波小波」欄に『西川徹郎全句集』の刊行が報道される。西川文学を「日本語の限界と可能性への挑戦」であると高評された◆一〇月一四日付「図書新聞」に評論家小笠原賢二が「実存の波濤」と題し書評を寄稿。「実存俳句」について徹郎自身の言葉に依り「逃げ隠れようも無い人間の凄絶な生の実相」と書く◆この年群馬県立土屋文明記念文学館第十一回特別展「二〇〇〇年百人一句パノラマ現代俳句」に「ねむれぬから隣家の馬をなぐりに行く」（第二句集『瞳孔祭』南方社所収）の一句が展示される◆北上市の現代日本詩歌文学館の常設展に「顔裂けて浜昼顔となるよ姉さん」（第四句集『死亡の塔』海風社所収）の一句が石川啄木・北原白秋・斎藤茂吉等の作品と共に展示される。

■二〇〇一**〈平成一三〉年五四歳**　◆五月二七日芦別市の都会館で『西川徹郎全句集』『斎藤冬海短編集』の出版記念祝賀会を開催、芦別市民や道内外の支持者百余名が参集した。その中にはかつて徹郎は龍谷大学へ進学し、前衛俳句の赤尾兜子の同人誌「渦」で活躍したが、その頃同誌の同人だった大津市在住の柿本多映や札幌在住の詩人新妻博や函館在住の俳人杉野一博等が遠路駆け付け出席した◆新妻博は徹郎が現代詩「尼寺」「月夜」を書いた二十代の頃、北海道詩人協会会長を務め、『北海道詩集』（北海道詩人協会編・北書房）に徹郎の詩を選出収載した人だった。一九八四年個人誌として「銀河系つうしん」を創刊した当時、徹郎は閉塞した道内俳壇の非難の嵐の中に在ったが、新妻博は総合誌「北方文芸」時評で「銀河系つうしん」の文学上の意義を論じ、同誌と西川徹郎の支持を鮮明に宣言した◆翌朝、二八日徹郎は新妻博・杉野一博・柿本多映等を新城峠頂上の展望台へと案内した◆七月學燈社発行の国文学の学術誌「國文學―解釈と教材の研究」七月号〈特集・俳句の争点ノート〉が発行され、全国書店で発売される。同誌には編集人の強い要請に応えて寄稿した「反俳句の視座―実存俳句を書く」が収載された。同論文の反響は俳壇を超え、現代詩や川柳界を始め他ジャンルの表現者へも強い衝撃を与えた。北は稚内から南は沖縄の那覇市まで書店や學燈社へ問い合せが相次いだと謂われる◆前年刊行された『西川徹郎全句集』の新装普及判が沖積舎より刊行される◆この年『教行信証研究』（黎明學舎・茜屋書店）創刊第一号を発行◆九月『東浦道子詩集』（茜屋北斗叢書①書肆茜屋）に帯文「北に樹つ詩と詩人！　北海道は空知の野に在って自己を瞠めつつ只一人で書き続けて来た絶世の閨秀詩人が、今、かの地中湖の紫紺の漣のようにうち震え、たゆたう内奥の声を綴り出す。〈詩とは何か〉、この根源の問の閃光を放ち密かに自己の内部の詩の源泉に耳を開く。ここに北の地の清冽な詩と詩人が樹っているのだ。〈推薦＊西川徹郎〉」を寄稿した。

■二〇〇二**（平成一四）年五五歳**　◆二月二五日より五日間本山西本願寺常例布教の布教使拝命、西本願寺本堂に於いて十六席の布教を行う◆五月四日（寺山修司十三回目命日）に北海道文学館「特別展　寺山修司～燦めく闇の宇宙～」（監修・山口昌男）で北海学園大学大学院教授菱川善夫と共に記念講演。寺山修司のファンが押し寄せ、会場は満堂となった◆午後、北海道立文学館に隣接する劇場ZOOを会場にした「朗吟・寺山修司」に出演、徹郎は寺山の十代俳句を朗読した◆満席の聴衆の中には最前列の席でステージ上でスポットライトを受ける徹郎へ眼を凝らし、朗吟を聴く徹郎の叔父で北海道新聞社友神埜努の姿があった。神埜努は徹郎の母貞子の実弟だったが北海道大学文学部卒業後、北海道新聞社編集局に勤務し、徹郎の文学活動を陰で支えた人物の一人である◆新城小学校時代、修学旅行で札幌を訪れた徹郎を大通公園で出迎え、西欧の童話集を贈り、初めて世界文学の一端を徹郎に教えた人だった◆寺山修司特別展の記念図録『寺山修司の二十一世紀』（北海道文学館）に荒木経惟・横尾忠則・吉増剛造等と共に寺山修司論「十七音の銀河系―寺山修司は何故、俳句を辞めたのか」を寄稿した◆九月『星月の惨劇―西川徹郎の世界』（『西川徹郎全句集』刊行記念論叢・A5判・七百三十頁建、茜屋書店）刊行。梅原猛・森村誠一・立松和平・松本健一・稲葉真弓・笠原伸夫等、各界の代表作家五四名の西川徹郎論が収載された◆哲学者梅原猛は「『無灯艦隊ノート』について―ボードレールの散文詩を思わせる」の中で「私は生き物に対するこのような凶暴な愛情をうたう俳人をみたことがない。その意味で西川氏の俳句は実存俳句というよりアニミズム俳句であるが、このアニミズムはその根底に殺し殺されるという凶暴な関係を秘めているのである。(略)俳句もさることながらむしろ俳句の説明のために書かれた随筆により美しい詩を感じた。これは西川氏の自伝でもあるが、結構、散文詩にもなっている。特に祖父の死後、祖父にそっくりな人間が家にやってきたことを記した「訪問者」、及び「蝙蝠傘」に生ける蝙蝠という恐ろしい鳥の霊を感じた「蝙蝠傘」など、ボードレールの散文詩を思わせるほどであった」と論評した◆詩人・評論家研生英午は「空の阱―実存俳句の行方」を寄稿し、徹郎を「詩聖」と称び、「ジャン・コクトーに見出され、夭折したフランスの作家レーモン・ラディゲの『肉体の悪魔』の再来かと思わせる、初学の頃の西川の天才ぶりは、誰もが舌を巻くものだった」と記述した◆一〇月一五日付「東京新聞」コラム「大波小波」欄は西川徹郎を「怪物的俳人」と呼んで『星月の惨劇―西川徹郎の世界』の刊行を報道し、「西川は〈反季反定型反結社主義〉を掲げるだけではない。俳句は単なる遊びではなく、〈詩作〉であり、実存を貫く〈極限の行為〉だという。近年は一句の完結度よりも連作・群作の方法に依って矢つぎ早に句集を刊行している。ブルドーザーめいたエネルギーである。北辺の地に在り、中央志向の俳壇に抗して俳句のイメージを塗り替えようとしている。芭蕉や子規の革新精神を忘れて保守化し面白味を無くした俳句の現代を見るとき、西川のような前衛的表現者は尊い」と西川文学を紹介した◆一〇月一七・二四日付「週刊 仏教タイムス」にジャーナリスト長谷川現道は『星月の惨劇―西川徹郎の世界』を「孤高の東洋的実存」と題して報道。「椿墜ち百千の馬車駆け出さん」等を掲げ、西川俳句を「日常感覚のはるか向こうの、はるかに深い人間存在の根源に迫る世界」と評し、「死と共に生きている深い自覚があるからこそ西川俳句の底には確かに孤高の東洋的実存が流れているのである」と伝えた◆『西川徹郎自撰自筆句集』(A5判・自筆影写版 沖積舎)が刊行される。

■二〇〇三(**平成一五**)**年五六歳** ◆第十三句集『銀河小學校』(書き下ろし五〇七六句収載・A5判・六四八頁建)、『世界詩としての俳句―西川徹郎論』(櫻井琢巳著)が沖積舎より同時刊行◆櫻井は同書でボードレール・ランボー・アポリネール等の世界の詩人と西川徹郎の超現実的実存俳句との比較論を展開、西川徹郎の〈世界詩としての俳句〉を論証した◆二

月『関西文學』(編集・関西文学会／発行・澪標)三十六号に「銀河燦然」十二句寄稿。

■二〇〇四(平成一六)年五七歳 ◆総合誌「俳句界」(文學の森)一月号に「〈革命前夜〉の寺山修司」を発表◆北上市の日本現代詩歌文学館常設展に正岡子規・北原白秋等と共に『銀河小學校』の一句「小學校の階段銀河が瀧のよう」が展示される◆立川市の立川病院に法政大学教授小笠原賢二を見舞う◆『極北の詩精神―西川徹郎論』(茜屋叢書④／茜屋書店)刊行◆『美と思想―菱川善夫』(沖積舎)に「火の斧を抱えた旅人―菱川善夫論」が収録される◆一一年『現代俳句 新世紀』下巻(北溟社)―西川徹郎自選二百句と評論「文学としての俳句―細谷源二と星野一郎」収録される。

■二〇〇五(平成一七)年五八歳 ◆二月六日付「北海道新聞」「ほん」欄「語る」コーナーに「実存俳句の可能性追求」と題した同社編集局編集委員往住嘉文の取材によるインタビュー記事と大判肖像写真が掲載される◆口語俳句協会会長田中陽の度重なる要請に応え、松尾芭蕉縁の静岡県島田市を来訪し、第五〇回口語俳句全国大会(口語俳句協会主催・島田市)で「口語で書く俳句―実存俳句の思想」と題した記念講演を行う◆一〇月二九日付「読売新聞」に作家稲葉真弓がエッセイ「異界へ私を連れてゆく―『西川徹郎全句集』」を発表◆櫻井琢巳著『世界詩としての俳句―西川徹郎論』(沖積舎)が「ちゅうせき叢書27」として再刊。

■二〇〇六(平成一八)年五九歳 ◆東京・神田アソシエ21ホールで開催された「アソシエ21学術思想講座」で同講座の講師で「神奈川大学評論」の創刊以来の編集委員・文芸評論家小林孝吉が西川徹郎の十代の日の俳句作品を「世界文学」と称んで「世界文学としての俳句―西川徹郎」と題して講演◆九月一〇日徹郎は地元芦別で開催された第三〇回道民芸術祭並びに第三八回空知管内郷土芸術祭(会場・芦別福祉センター大ホール)で「俳聖松尾芭蕉とわが実存俳句」と題して講演した◆満堂の聴衆の中には高校時代の数年間、書簡により添削指導を受けた初学の師とも呼ぶべき細谷源二門随一の俳人で名句集『白い堆積』の著者砂川市在住の星野一郎の姿が在った。講演を終え演台を下りた徹郎は、ただちに直進して師の手を握りしめ胸を抱いた◆八月二五日『銀河系通信』(A5判・七三〇頁建、黎明舎／茜屋書店)第十九号発行。本号よりに判型をA5判へ変え、誌名も「銀河系通信」と改名した。特集Ⅰ「世界文学としての俳句」、特集Ⅱ「寺山修司とは誰か」、特集Ⅲ「小笠原賢二『極北の詩精神』」、特集Ⅳ「孤高の詩人櫻井琢巳」、特集Ⅴ「修羅の日本文学史」、特集

Ⅵ「漂泊の詩人高橋紀子」、特集Ⅶ「現代俳句の異星三十四俳人」を組む◆特集Ⅱ「寺山修司とは誰か」で西川徹郎の講演録を含め寺山修司論五本を発表、特集Ⅵ「漂泊の詩人高橋紀子」では「永遠の漂泊者―高橋紀子論」を発表した◆西川徹郎誌上句集「銀河小學校自選三千句」、追悼川上春雄、全国諸紙誌に掲載された諸家の西川徹郎論等を収録した◆第三回銀河系俳句大賞(主催・黎明舎、選考人西川徹郎)を発表し、沖縄県在住の俳人で文芸評論家平敷武蕉の評論集『文学批評は成り立つか―沖縄・批評と思想の現在』(二〇〇五年、ボーダーインク)に決定し、授与することを誌上発表した。

■二〇〇七(平成一九)年六〇歳　◆一月西川徹郎文學館開館記念出版『決定版　無灯艦隊―十代作品集』(沖積舎、五千部)刊行◆吉本隆明が帯に推薦文「少年のころ破調の俳句に没入し、その破調はとうとう永続数十年にして、珍しいほどゆたかな呼吸の出し入れの音に変貌した。今も歩いているのだ。吉本隆明」を寄稿、斎藤冬海が解説三十枚を書いた◆五月二七日道内外の西川文学の支持者や読者三百名の力に依り、少年期より憬れの北都旭川市中心地の旭川市役所庁舎と旭川グランドホテル(現・「星野リゾート・ホテルＯＭＯ７」)前の七条緑道に西川徹郎文學館が開館(一八年より正式名称を「西川徹郎記念文學館」と改名)◆五月二六日開館前夜、旭川グランドホテル二階孔雀の間に於いて西川徹郎文學館開館記念祝賀会が吉本隆明・梅原猛・森村誠一・大島渚・角川春樹・立松和平・有馬朗人・蓮清典・松本健一・稲葉真弓・馬場駿吉・久保観堂・平敷武蕉・三井あき子・長沢徹・齋藤豊・西川宗一等、西川徹郎と交友の深い著名作家・文化人七十八名が発起人となって開催された。旭川市長西川将人・道議会議員三井あき子が祝辞を述べ、続いて芦別市在住の道議会議員長沢徹が芦別市民を代表し力強く祝杯の音頭を挙げた◆「東京新聞」九月二八日付に名古屋ボストン美術館館長で名古屋市立大学名誉教授馬場駿吉が「世界文学の最先端に立つ詩―西川徹郎文學館を訪ねて」を発表した◆「東京新聞」一〇月二四日付に宗田安正が西川文学を伝え「西川徹郎と俳句形式」と題した時評を発表した◆総合誌『現代詩手帖』(思潮社)十一月号に日本詩壇の代表作家で宮澤賢治研究の第一人者天沢退二郎が書評「『無灯艦隊』について」を発表◆『抒情文芸』(抒情文芸刊行会)第一二二号にエッセイ「新城峠」を寄稿した。

■二〇〇八(平成二〇)年六一歳　◆『日英対訳　二十一世紀俳句の時空』(現代俳句協会篇／永田書房)に日本俳壇の代表作家の一人として日英対訳の三句とプロフィールが収録される◆八月二〇日付「朝日新聞」「北のことば抄」に芥川賞作家

加藤幸子の『決定版 無灯艦隊―十代作品集』の二句鑑賞のエッセイが掲載される。

■二〇〇九(平成二一)年六二歳 ◆五月二三日初来旭初来館した国民的作家森村誠一が講題「西川文学と人生」と題した来旭来館記念講演を行う◆この講演で森村誠一は西川徹郎の実存俳句を、松尾芭蕉の〈蕉句〉に比肩して語り、〈西川凄句〉と命名した◆特別ゲストとして出席した作曲家・東京音楽大学教授池辺晋一郎(二〇一八年池辺晋一郎は日本の文化功労者に選ばれた)は、西川徹郎の十代の日の「首の無い暮景を咀嚼している少年」(『決定版 無灯艦隊―十代作品集』所収)等の作品を評し、「非情にその、シュルレアリスムの絵画のような、というふうに僕は思ってうかがってました。他の俳句もそうですね。西川先生の俳句は、文學や絵画・音楽などの藝術を超えています」(二〇一〇年森村誠一著『永遠の青春性―西川徹郎の世界』所収)と語った。館内は森村誠一と池辺晋一郎ファンや市民で溢れた◆日本大学名誉教授笠原伸夫著『銀河と地獄―西川徹郎論』(西川徹郎文學館新書①／茜屋書店)刊行。笠原は西川徹郎独自の〈反定型の定型詩〉論を讃え、「現代俳句のアヴァンギャルド」「西川徹郎は異形の天才である。西川徹郎の方法は原則、俳句形式への断絶と連続という背理的な形での自負につらぬかれている。一言でいえば反俳句の俳句―反伝統の伝統である」と述べた◆六月第四十五回龍谷教学会議全国大会(会場・龍谷大学)で「眞實之利と大無量寿経」と題し研究発表を行う◆一一月三〇日総合誌「俳句界」(文學の森)の編集顧問大井恒行が写真家赤羽真也と共に来旭来館した。同誌の企画編集「西川徹郎特集」の為の「独占インタビュー」やグラビア等の撮影の為だった。翌朝斎藤冬海と共に薄く冠雪した新城峠を案内し、又エッセイ集『無灯艦隊ノート』でも書かれた「仙台山」の丘陵を案内した◆大井恒行はかつて十代後期から二十代前期に徹郎が、赤尾兜子の「渦」の同人として活躍した頃の姿を知る幾人かの中の一人であり、大井はその後、徹郎が攝津幸彦・宮入聖・大井恒行等と共に現代俳句の気鋭の同人集団「豈」創刊へと進んだ状況を識る数少ない「豈」創刊同人の一人だった。

■二〇一〇(平成二二)年六三歳 ◆一月日本文壇の代表作家森村誠一の講演録『永遠の青春性―西川徹郎の世界』(西川徹郎文學館新書②茜屋書店)を刊行。前年五月の来旭来館記念講演「西川文学と人生」に基づき、書名を「永遠の青春性」とし、西川徹郎の自選句集『わが黄金伝説』(参百句)を併載した◆後記に森村誠一は「西川俳句は、日本の文学遺産として凄絶な発光をする宝石である。西川文学の栄光は、凄まじい衝撃を読者に射ち込むことにある。生死の境界を超えた永遠の絶唱であることが、西川徹郎の人生の凝縮と実存である」等と書く◆本書を読んだ東北大学名誉教授・日本哲学会会長・哲学者野家啓一は、五月一六日付「読売新聞」に「寺山修司の『田園に死す』の再来」等と書く◆総合誌「俳句界」(文學の森)二月号で特集「極北孤高の異色俳人西川徹郎」が企画刊行される。代表作品三十句や写真家赤羽真也撮影の肖像写真、生地新城峠、大井恒行に依る「独占インタビュー」、西川徹郎論二篇等の同総合誌初の本格特集となり、全国的反響を呼んだ◆一〇月二〇日文芸評論家小林孝吉著『銀河の光　修羅の闇―西川徹郎の俳句宇宙』(西川徹郎文學館新書③/茜屋書店)刊行。小林は同著で「西川徹郎は、ついにダンテやドストエフスキー、日本では宮澤賢治や埴谷雄高などごく少数のものしか到りえない、生の惨劇の究極の地点=魂の高い峠に立ったのだ。そこには〈絶対の救済〉=〈銀河の光〉が満ち溢れている……」と書いた◆一〇月三〇日西川徹郎作家生活五十年記念出版『西川徹郎青春歌集―十代作品集』(西川徹郎文學館編/茜屋書店)が少年期に書かれた幾十冊に及ぶ「創作ノート」に書き遺されていた「青春短歌」を採集し刊行◆斎藤冬海が同書に解説「少女ポラリス」一百枚を書く◆本歌集を読んだ国民的作家森村誠一は、徹郎の短歌を〈凄歌〉と名付け、「生死を超えた永遠の絶唱」と絶賛、「啄木に並ぶ、或いは啄木を越える秀歌」(二〇一八年「西川徹郎研究」第一集所収)と評した◆相模女子大学名誉教授・八重洲学園大学客員教授　志村有弘は「『西川徹郎青春歌集―十代作品集』を読んだとき、胸に押し寄せる青春の痛みと哀感に、私は不覚にも涙を流した。―中略―私は西川徹郎という繊細で至純な魂を持つ文学者に、一種痛みのようなものを感じたのも事実である」(二〇一二年・鼎書房、志村有弘著『忘れ得ぬ北海道の作家と文学』所収)と述べ、更に書簡で「日本の近現代に詠まれた青春の詩歌の中で稀にみる絶唱」と賞讃した◆文学座テアトル・エコー等で舞台の演出等を手がけ、『リビング・ヒストリー　ヒラリー・ロダム・クリントン自伝』等を翻訳した演出家・翻訳家である酒井洋子は、「与謝野晶子を超えた純愛詩」と絶賛した。

■二〇一一(**平成二三)年六四歳**　◆この年刊行された『詩歌作者事典』(監修・志村有弘/鼎書房)人名篇には杜甫・李白・李賀・白楽天・王日休・杜順・聖徳太子・紀貫之・紫式部・芭蕉・西行等、中国・日本三千年間の代表詩人(詩歌作者)等と共に詳細な西川徹郎伝が収載される◆「大法輪」六月号(大法輪閣)に「わが文学と親鸞―聖と俗の峡谷、その一筋の道を行く」発表◆六月二八日龍谷教学会議全国大会(会場・龍谷大学)で「「行文類」一乗海釈の淵源―『教文類』の憬興師

『述文賛』の存在理由」と題し研究発表◆七月二日西川徹郎作家生活五十年並びに西川徹郎文學館開館五周年祝賀記念会(旭川グランドホテル)開催◆同会場で第一回西川徹郎文學館賞を角川春樹一行詩集『白鳥忌』に授賞した◆『わが心の妙好人』(勉誠出版／監修・相模女子大学名誉教授志村有弘)に「妙好人について―夕映えの念佛者たち」が収載される◆かつて一九九四年七月下旬本山西本願寺の常例布教を拝命し六日間二四席の布教を終え、続いて出講したのが、滋賀県米原市磯の琵琶湖の邉の古刹上妙寺の別修永代経法座だった。徹真はその折、上妙寺住職より江戸末期に上妙寺で聞法を重ねた妙好人椋田與市の存在を知らされた。徹真は本書『わが心の妙好人』に椋田與市の人生と言葉から見えて来た念仏に生きる妙好人與市の真の姿を書いた◆『わが心の妙好人』には〈現代の妙好人〉の一人に徹郎が挙げられ、斎藤冬海が「漆黒の峠を越えて―詩聖西川徹郎伝序章」を寄稿したが、全ては本書の版元勉誠出版の企画編集の上で為された斎藤への原稿依頼に由る事柄である◆徹真はこの年の盂蘭盆会を終えた八月下旬より一〇月下旬の二カ月間不休で「弥陀久遠義の研究」一千枚を執筆、その中の六百余枚を本願寺司教請求論文として本願寺総局へ提出した。同論文で親鸞滅後七五〇年間未解明だった『教行信証』「教文類」引文の新羅の憬興師『述文賛』五徳瑞現釈と「行文類」一乗海釈の跨節の関係性を解明、「教文類」の『述文賛』引文の根拠と理由を初めて論証した。又同論文で親鸞聖人七五〇回大遠忌法要記念出版『親鸞聖人聖教全書一』(本願寺出版社)の『教行信証』(本願寺派聖典編纂委員会編)の訳出と表記の誤りを指摘した◆一〇月『菱川善夫著作集』第九巻「千年の射程―現代文学論」(菱川善夫著作集刊行委員会／沖積舎)に菱川善夫の西川徹郎論「わが「無灯艦隊」論―『西川徹郎全句集』による解読と批評」が収載される◆一〇月三一日本願寺派勧学山田行雄和上が正信寺に初めて出講。報恩講大逮夜法要に「いさみの念仏」と題して二席布教した◆一二月二五日『弥陀久遠義の研究』(黎明叢書①茜屋書店)刊行。

■二〇一二(**平成二四)年六五歳**　◆二月七日斎藤冬海を伴って上京、相模女子大学名誉教授・評論家志村有弘、鼎書房社主加曽利達孝と赤坂(主婦会館)で一夜会談。志村有弘は『往生伝研究序説―説話文学の一側面』(一九七六年・桜楓社)等の著者で相模女子大学名誉教授・八重洲学園大学客員教授を務める説話文学や近代文学研究の第一人者だった◆翌日徹郎は冬海と共に少年歌人源実朝を偲び鎌倉を散策、「ぞっとするほど綺麗な妻と歩く鎌倉」「鎌倉が冬海冬海と呼ばれたり」等の句を書く◆二月総合誌『俳句界』(文學の森)二月号に「角川春樹一行詩集『白鳥忌』遠望―天才詩人角川春樹」を寄稿／前年の年末に刊行した『弥陀久遠義の研究』は、現代俳句作家で且つ真宗学者西川徹郎に依る『教行信証』研究の学術論文として文学界をはじめ他ジャンルへも様々な反響を及ぼした◆六月二日付「図書新聞」に吉本隆明研究の勝れた評論家久保隆は「親鸞が切開した浄土理念の通路へとさらに誘われていく」と題した書評を発表◆七月二一日付「図書新聞」の特集「上半期の三冊」では宮澤賢治研究の第一人者である詩人・天沢退二郎が『弥陀久遠義の研究』を上半期の収穫筆頭に挙げ、「傑れた俳句作者でもある著者による親鸞の原テクストの研究。私の如き門外漢にも、例えば或るキーワードの真意を丹念に追求するくだりなど、よくわかり、実に面白い」と称讃した◆九月一九日角川春樹が代表を務める日本一行詩協会主催第五回日本一行詩大賞受賞式(会場・千代田区九段、アルカディア市ヶ谷)に招かれて出席、主催者代表の角川春樹や来賓の作家森村誠一や同河村季里等と再会した。評論家太田昌国ともこの会場で初めて対面した◆受賞式終了後、三階レストランで森村誠一と会談した。徹郎は「人間の実存的な痛苦や悲哀は、その人の生の全体性を覆う夢や幻想や幻覚・幻視といった領域に至って初めて本物と云えるのではないか。だから私は新しい句集のタイトルに「幻想詩篇」という四文字を加えようと考えている」と語った。その時、徹郎の話に耳を傾けていた森村誠一は「私の知人に戦争で負傷して片足を喪った人が居る。その人がある時、私にこう話してくれた。『足を失ってもう何十年も経つのに時々その足が痛くて痛くて眠れない時がある。無いはずの足が疼いて、その痛みでどうしても朝まで眠れない夜があるのです』と。この幻の足の痛みの話は、今の西川さんの話と全く同じですね」と応えた。徹郎はこの森村誠一との会談を第十四句集『幻想詩篇 天使の悪夢九千句』(二〇一三年六月一〇日・茜屋書店)の後記『白い渚を行く旅人』の中で引用し、「森村誠一が語る切り落とされた足から幾年経ってもけして消えることのない痛みや疼き、その後も幻の痛み疼きとなって全身を襲うように、夢や幻視的超現実的イメージとして出現した私の俳句文学は、私の身体に浸透してしまった生の悲哀と実存的な痛苦の表象である」と書いた◆八月二〇日『新視点・徹底追跡 方丈記と鴨長明』(歴史と文学の会編・勉誠出版)に「念仏者鴨長明―不請阿弥陀仏論」を発表した。『方丈記』成立後八百年間未解明だった『方丈記』研究の最大の難題「不請阿弥陀仏」を解明し、法然の弟子如蓮上人長親を心友(藤原定家『名月記』)とする『方丈記』奥書に記述された念仏者鴨長明の「桑門ノ蓮胤」としての真の姿を『方丈記』研究史上初めて明らかとした◆六月二八日二九日第四七回龍谷教学会議全国大会（会場・龍谷大学）で「『行文類』一乗海釋の淵源―『教文類』の憬興師『述文讃』の存在理由」と題し研究発表◆八月三一日『金子みすゞ 愛と願い』（勉誠出版）に徹郎の衝撃的論文「金子みすゞのダイイングメッセージ―遺稿詩集の「あさがほ」「学校」の詩その他を巡る考察」を発表した◆西川徹郎は肉眼ではなく常に詩人の〈心眼〉で書を読む。みすゞの「手書き遺稿詩集」の詩作品の中に密かに織り込まれた詩人西條八十へ寄せたラストメッセージを解読し、永年不明とされてきた金子みすゞの自死の原因が徹郎の本論文に由り、没後八二年にして初めて突き止められた◆本書には別に、徹郎がみすゞへ「みすゞよ泣くな」と語りかける徹郎製作の「銀の馬車に乗って―『金子みすゞ童謡全集』と『西川徹郎全句集』その他より」と題した童謡詩人金子みすゞと俳句の詩人西川徹郎の二人の詩人による大正と平成、八十年の時空を隔てた愛のデュエットともいうべきコラボレーションが収載される◆同書に金子みすゞを題材にした作家斎藤冬海の書き下ろし小説「少女きりぎりす」も掲載される。刊行後、全国のみすゞファンから多数の反響が峠の寺に届いた◆一〇月二〇日西川徹郎文學館館内を会場として麗澤大学教授で内閣官房参与松本健一の講演会「世界文学とは何か―西川徹郎の俳句について」を開催。翌朝、徹郎と斎藤冬海は、美瑛町在住の西川徹郎文學館図書編集室スタッフである植物学者戸島あかねに道案内役を依頼し、三人で徹郎の運転する自家用車で初雪のかかった大雪山系の山道を越え、松本健一を十勝岳火山砂防情報センターと十勝岳登山口へと案内した◆この年小説家倉阪鬼一郎著『怖い俳句』（幻冬舎新書）が刊行される。同書に「西川徹郎十三句」と著者の論評が収録される。

■二〇一三（**平成二五**）**年六六歳** ◆一月『口語俳句年鑑』（口語俳句協会）巻頭言「新興俳句の詩精神は死なない―世界文学としての俳句の源泉」を発表した◆総合誌「短歌往来」（ながらみ書房）に新作「桔梗駅」一〇句寄稿◆この年、総合誌「詩歌句」（北溟社／編集・発行人小島哲夫）の俳壇選者に就任◆六月書下ろし九〇一七句収録の第十四句集『幻想詩篇 天使の悪夢九千句』（西川徹郎文學館叢書Ⅲ・茜屋書店）を刊行。巻末には森村誠一による解説「無限の夢を追う狩人」と吉本隆明の既発表二編の西川徹郎論を西川文学の資料的解説として収録した◆本書は日本各界の表現者へ衝撃を与え、中国・北京社会科学院名誉教授で世界比較文学者千葉宣一は「世界文学史の奇跡！ 発熱し発狂しそうになる。俳のエクスタシーにふるえます」、一千枚書き下ろし評論『暮色の定型—西川徹郎論』（沖積舎）の著者で文芸評論家高橋愁は「これは文学史上の大事件！〈怪物〉は本物だった」、現代俳句協会顧問で俳壇の長老伊丹三樹彦は「九千句書き下ろし、驚きました。西鶴もタジタジだ」と賞讃した◆西川徹郎は本著で発表句数二万一千を超え、江戸期の小林一茶、近代の種田山頭火を越え、日本文学史上、最多発表作家となる◆この年刊行された『北海道文学事典』（監修・志村有弘／勉誠出版）人名編に作家倉本聰・同渡辺淳一等と共に詳細な経歴が収載される◆別に同事典の執筆者として十一項目を担当寄稿。斎藤冬海は総論「アイヌの文学と作家」と人名編十四項目を担当執筆した◆九月七日内閣官房参与で麗澤大学教授松本健一著『思想伝』（人間と歴史社）出版記念集会（東京・四谷麹町、会場「スクワール麹町」）に招かれ、来賓として出席。徹郎は松本健一・政治家仙谷由人（民主党元幹事長）・ジャーナリスト田原総一朗に続いて登壇、「革命評論家松本健一」と題し講演を行った。降壇後、多数の記者や関係者に取り囲まれた。

■**二〇一四（平成二六）年六七歳**　◆一月東京・四谷「スクワール麹町」で前年九月七日ジャーナリスト田原総一朗等と共に行った講演を収録した「松本健一著『思想伝』出版記念集会記録」（人間と歴史社）が届く◆三月「宮沢賢治学会」会報（花巻市立宮沢賢治イーハトーブ館発行）第四十八号に巻頭論文「妹としの聲無き絶唱—『春と修羅』「永訣の朝」の「あめゆじゆ」とは何か」を発表◆賢治没後八一年にして定説「雨雪」説を翻し「死に行く妹としの末期の絶唱がこの詩の本質であり、「あめゆじゆ」とはアミダの原語「アミタユス（無量寿）」である」とする画期的新説を発表した。全国の研究者や宮澤賢治学会会員や賢治ファンからの驚嘆の反響や問合せが続いた◆五月三一日西川徹郎作家生活五十年記念事業実行委員会による「西川徹郎・森村誠一〈青春の緑道〉記念文學碑」が北都旭川の中心地旭川市役所庁舎前の公道七条緑道西川徹郎文學館通に建立される／日高山脈を流れ下る日本随一の急流沙流川から採取された緑青の日高青石原石（背高三メートル）に森村誠一が西川徹郎を称んだ「永遠の狩人　森村誠一」の自筆筆跡と『西川徹郎青春歌集—十代作品集』所収の徹郎十代の日の短歌「初恋の傷みに堪へて月の出を見てゐる大きな月出でたれば」や第八句集『月山山系』所収の「抽斗の中の月山山系へ行きて帰らず」の句が刻印された◆同日午前一〇時森村誠一と旭川市長西川将人、北海道議会議員三井あき子、書道家久保観堂、正信寺門徒代表横川博ほかが来賓として臨席、道内外の詩人・文化人・市民等百余名が参集して除幕式が行われる◆午後一時西川徹郎文學館館内を会場に新城峠大學開校式に続き、第一回新城峠大學文藝講座が特別講師森村誠一による講題「小説の神髄—小説はなぜ書くのか、そして如何に書くか」が開講された。館内は三階テラスや文學館前の公道七条緑道にまで詰めかけた学生や市民の聴衆で溢れた◆夕刻五時近隣の旭川グランドホテルに於て新城峠大學開校記念祝賀会並びに西川徹郎・森村誠一〈青春の緑道〉記念文學碑建立記念祝賀会並びに第十四句集『幻想詩篇　天使の悪夢九千句』出版記念会を開催した。ノートルダム清心女子大学教授綾目広治、「神奈川大学評論」編集委員小林孝吉、書道家久保観堂等、道内外から百七十名の文化人や市民が出席、西川徹郎は挨拶を兼ねた講演「独立者として」を行った◆この年、作家森村誠一と日本文藝家協会理事関川夏央の二人の推挙を受け、日本文藝家協会新会員となった◆九月二九日第十四句集『幻想詩篇　天使の悪夢九千句』（A５判・八百頁建、茜屋書店）が、日本の詩歌界の最高賞の一つ日本一行詩協会主催（後援・読売新聞社／角川春樹事務所）の第七回日本一行詩大賞特別賞を受賞した◆詩壇のスーパースター故清水昶と同時受賞（選考委員は角川春樹事務所社長・日本一行詩協会会長・一行詩詩人角川春樹、神奈川県立近代文学館館長兼理事長・作家辻原登他）した◆受賞式会場に来賓として森村誠一、遠藤若狭男、北溟社社主小島哲夫、評論家久保隆等、多数の文学者が臨席した。遠藤若狭男や久保隆とは初対面だった◆西川徹郎は演台に立って自身の名付けた「実存俳句」とは一九七四年刊行の第一句集『無灯艦隊』の名の如く、俳句革命を希求する〈現在戦場〉の名であり、その〈無灯艦隊〉の艦上に〈日本一行詩大賞〉という輝く旗を掲げたと本賞の選考委員角川春樹や辻原登等の選考委員等へ謝辞を述べた。◆角川春樹は、角川書店創業者である俳人角川源義を父とし、日本全国に名の轟く伝統俳句の旗手、西川徹郎は前衛の旗手であり、この度の授賞は、伝統の旗手が前衛革新の旗手を顕彰したことになる◆九月九日付「毎日新聞」はそれを伝え、「受賞作は九〇一七句を収録した超現実的幻想的な作風で、十四作目の句集。西川さんは「前衛の旗手と言われてきた自分が、伝統的俳句の旗手として意識してきた角川春樹さんが中心となっている賞をいただけるのは本当に感慨深く、うれしい。五十年やってきた自分の仕事が全部報われた気持ちがする」と喜ぶ」と報道した◆九月二九日東京・千代田区九段北のアルカディア市ヶ谷（私学会館）で開催された受賞式に徹郎は斎藤冬海を伴って出席。その日が徹郎の六十七回目の誕生日であることがアナウンスされると二百名に至らんとする多数のマスコミ・来賓・一行詩協会会員等出席者から一斉に歓声と拍手が湧き起った◆「河」九月号「日本一行詩大賞特集」へ受賞の辞「第七回日本一行詩大賞特別賞を受賞して」を寄稿した◆二〇〇〇年『西川徹郎全句集』刊行より第十四句集『幻想詩篇 天使の悪夢九千句』上梓に至る迄の十年間は、まさに天駈ける阿修羅の飛翔の如く熾烈な日夜だった。徹郎は『全句集』刊行後の僅か一年六ヶ月で五千九十一句を書き下ろし、第十三句集『銀河小學校』(A5判・六百三十頁建、沖積舎)を上梓した。更に『銀河小學校』後の二年六ヶ月で一万五千句を書き下ろし、その中から九千十七句を収載したのが第七回日本一行詩大賞を受賞した第十四句集『幻想詩篇 天使の悪夢九千句』である◆第十三句集『銀河小學校』五千句書き下ろしに続く第十四句集『幻想詩篇 天使の悪夢九千句』の脱稿と上梓は、自身の生死を賭けた様々な困難を克服した自身との格闘の末の奇跡だった◆宮沢賢治学会顧問で日本詩壇の第一人者である詩人・評論家天沢退二郎は、二〇一三年一二月二一日付「図書新聞」特集「下半期の三冊」で『幻想詩篇 天使の悪夢九千句』を挙げ、「西川氏の句集は、質量共に圧倒的ヴォリューム。特に繰返しを恐れず句作の連打が読む者にきびしくせまる」と述べた。

■二〇一五(平成二七)年六八歳 ◆三月一五日『修羅と永遠―西川徹郎論集成』(西川徹郎文學館叢書③/茜屋書店)刊行。吉本隆明・森村誠一・野家啓一・立松和平・池辺晋一郎・私市保彦・有馬朗人等七十三名・百二十五篇の西川徹郎論の集成。資料篇に西川徹郎の主要論文&エッセイ&自選作品。帯文は東北大学名誉教授・哲学者 野家啓一。A5判・千二百頁建。西川徹郎の作家生活半世紀の期間に全国の諸紙誌に発表された西川徹郎に関する作家論・書評・時評・批評・鑑賞・紹介等は五百編に及ぶ。本書はその大量の西川論の中から日本各界の代表作家に依る総百二十五篇の西川徹郎論を編纂収録した◆四月二日付「東京新聞」に森村誠一は自身の来歴を語るエッセイ「この道」の中で影響を受けた作家として「俳句は松尾芭蕉、角川春樹、西川徹郎、短歌は辺見じゅんと与謝野晶子」と述べる◆同月作家加賀乙彦より『永遠の都』全七巻の寄贈を受ける。加賀乙彦は『永遠の都』で藝術選奨文部大臣賞を受賞。北海道を舞台にした小説『湿原』がある◆五月二三日付「図書新聞」に評伝作家・文藝評論家澤村修治は、「青春短歌」を含めた上で半世紀に及ぶ西川文学を讃え「日本の戦後文学の異形峰として西川文学は聳えている」と評した◆詩人・英文学者 愛知大学大学院教授伊藤勳は、六月一二日付「週刊 読書人」に「反定型の定型詩」と題した書評を発表し、西川徹郎の〈反定型の定型詩〉

論や〈聲無き聲〉論を評し「現世という「地獄」にあって、言葉になり得ない魂の聲を敢えて言葉にしようとした時、五・七・五を逸脱した」と述べた◆仏文学者鈴木創士は七月一八日付「図書新聞」の特集「上半期の三冊」で本書を挙げ、「永遠の少年詩人による遠い秘密の惨劇に似た風景」と述べ、「十七文字の世界から発する閃光が一瞬にして見せしめる」と述べた◆一二月本願寺派本山西本願寺より辞令を受けた徹真は、北海道教区胆振組の苫小牧・登別・室蘭等の本願寺派の十四カ寺を巡回布教した◆その中でも仏教学者橋本昭道が住職を務める室蘭市輪西の光昭寺で二日間四席の布教は忘れられない。橋本昭道は北海道大学大学院インド哲学科で仏教学を修得、真宗大谷派講師藤田宏達の直弟となった。橋本昭道の稟とした姿勢は清冽にして本願寺派の仏教学の一条の光明である◆又室蘭市御前水町願隆寺で同寺住職を務める水口大縁は龍谷大学大学院で岡亮二教授に就いて真宗学を修めた真宗学者だが、水口大縁と交わした法縁のひとときも忘れられない◆水口大縁は徹真の布教二席を門徒の最前列に座して聴聞し、徹真の布教中も時々念仏を称えておられた◆「我等は罪悪深重にして煩悩具足の凡夫なれば、如来に背を向けたる仏法の逃亡者なり。三界を流転しつつ逃げ惑う我等凡夫悪人をこそアミダ如来は、〈任せよ必ず救う〉と召喚したもう。如来は我等が為にこそ尽十方世界へ向けて光明の投網(とあみ)を打ち放って下されて我等凡夫悪人罪人をこそ洩らさず如来の光網の中にとらえ入れしめ、我等をして臨終の一念に到るまで如来の光明の中に住む身とならしめたもう」という光明摂取、現生正定聚の布教讃歎を水口大縁は、徹真の口元から迸る一句一言一聲も洩らすことなく聞きとどめていたのである◆布教後、水口大縁は講師控室で徹真にこう尋ねた。「わたしは今日初めてあなたのご法話を聴きました。今日までわたしは随分長く沢山の先生方の講話や法話を聴いてきましたが、こんな有り難い、素晴らしい法話を聴いたのは、初めてです。本当に驚きました。あなたのお説法は、聴いているうちに、不思議なことに自分でも知らぬうちにいつの間にか口からお念仏が出てくる。こんな有り難い説法は、私は本当に今まで聴いたことがない。あなたは一体、何処でどのようにお聖教を学び、そして何処でどなたから真宗の教えを学んだ方なのですか。そしてあなたは、普段、どのような書物を読み、どのような研鑽をしておられるのですか」と◆本堂での布教が終わったばかりの徹真の後ろを追うように控室に入ってきたその寺の住職水口大縁の質問に、徹真は丁寧に法衣をたたみ、差し出された一服の御茶をいただきながらこう答えた◆「私は若い時に龍谷大学を自主退学しています。その為にどなたかの先生に直接付いて学んだことは一度もありません。退学後私は現在迄、新城峠の寺に在って、唯一人で独学でお聖教を学んで参りました。但し大江淳誠和上が綜理をお務めだった頃の安居に、三十代頃ほぼ十年間続けて懸席し、論題会読の席に出ております」◆「その外には私に特段学歴というべきものはありません。ですから私は日々の生活の全てが私に与えられた教学と聞法の道場であり、私は私に与えられた私の人生の総べてが聞法と聖教研鑽の為の道場の一日一夜であり、私の人生の中の日々様々な出来事の一切悉くが、私に与えられた一日一夜の聞法の道場の中の出来事と考え、その一切悉くが私は私に対する如来さまよりの御催促であり、その総てが如来さまよりの試練とお激励であると頂きまして、今日迄私は如来さまの御法と伴に過ごして参りました」◆「読む物は真宗学を学ぶ者としては当然ながら三経・七祖、それに御本典『教行信証』を始めとした親鸞聖人や蓮如上人の聖教です」「その上で真宗学は所謂、末註と謂われる江戸期の学匠等の講説を纏めた『真宗叢書』『真宗全書』更に大谷派の江戸期の教学を纏めた『真宗大系』や浄土宗の『浄土宗全書』等、合わせれば二百巻を優に超えるでしょうか。先哲の遺したこれらの御法の寳庫の扉を開かねばなりません。私はその中でも特に空華学派僧鎔の『本典一滞録』や東陽圓月の遺したお言葉等を殊更注意して戴くようにしています」「その外では釈迦一代経の根本経典『華厳経』や『涅槃経』、それに『維摩経』や『勝鬘経』等です。『華厳経』の註釈書である賢首菩薩法蔵の『華厳経探玄記』全六巻や聖徳太子のお書きになられた「三経義疏」の『勝鬘経義疏』や『維摩経義疏』等は私の座右の書で何時も枕辺に置き、休む前に拝読しています」◆水口大縁の問いに対しこう答えた時、水口大縁は更に「それでは伺いますが、『維摩経』にはどのような法義が説かれていますか。又『維摩経義疏』に聖徳太子はどのような義釈を為しているのですか」と訊ねられた。その問いに応え徹真はこう述べたという。「『維摩経』という経典は、我が国へ大変早い時期に伝わった経典です。具さな経名は『維摩詰所説経』です。この具名は仏陀の弟子で病を得た在家の菩薩維摩詰を見舞う文殊菩薩との問答で構成された「問疾品」がこの経の中心であり、そこに大乗仏教の根本義が示されていることを顕示しています。病を得た毘耶離大城の維摩詰を見舞うように仏陀より命ぜられた文殊菩薩は、多数の仏弟子や大衆を引き連れ、横臥した維摩詰を見舞います◆「何故、あなたは病を得、横臥しておられるのですか」という文殊の問いに対し維摩詰は、「一切衆生病むを以て是の故に我病む。若し一切衆生の病滅すれば、則ち我が病滅せん」「譬えば長者に唯一子有り。其の子、病を得れば父母も亦病み、若し子の病癒えなば、父母も癒ゆるが如し。菩薩も是くの如し。諸の衆生に於て之を愛すること子の如し。衆生病まば則ち菩薩も病み、衆生の病癒えなば、菩薩も亦癒ゆ。又是の疾、何の所因より起こると言わば、菩薩の病は大悲を以て起こるなり」と答えます。これはつまり維摩詰は「人々の病や苦しみはその儘がこの私の悩み苦しみである」と答えたのです」◆『華厳経探玄記』は『華厳経』のみならず、大乗仏教全体の指南書の一つでもありますが、賢首菩薩は「同体ノ大悲」と言っています。子の悩み苦しみはその儘親の悩み苦しみであることと同じく、大乗仏教の根本義をこの「同体大悲」という言葉で語っています」と答えた時、水口大縁は更にこう問いを続けた。「それでは何いますが、『維摩経義疏』で太子はそれをどの様に解釈しているのですか」と。徹真は愈々嬉々として水口大縁にこう答えたという◆「浄土真宗の根本経典『大無量寿経』を日本で最初に、誰よりも先に釈を為したのは、実は聖徳太子です。『維摩経義疏』の仏国品釈を開くと「無量寿経に云く」と大経の経名を挙げた上で、大経の本願抑止文「唯除五逆誹謗正法」の真意を釈顕しています。それは大経が説くミダの本願の救済が「五逆謗法」の悪機をこそ対象としたものであることを顕すと共に『維摩経』の「一切衆生病むを以て是の故に我病む」の「病む衆生」とは実に大経抑止文「五逆謗法」の悪機のことであると指摘したことを意味します。つまり太子は大経が説くミダの本願の深意を以て『維摩経』問疾品の経意を釈顕し、同時に『維摩経』問疾品の「同体大悲」を以て大経抑止文の底意を顕開し、この二経を合せ鏡の如くして大乗仏教の根本義「如来大悲」を顕示したのです」「親鸞聖人は太子の「三経義疏」を読み、太子への尊敬の念を愈々深めたことでありましょう。『涅槃経』の一闡提も含めた末法の世の五逆謗法の悪機を洩らさず救う大乗仏教の至極の法をそこに見たのです」◆此所まで一気に語った徹真は、ふっと時が既にいっとき経ったことに気付き、部屋の窓をふり返った。その時、太平洋を間近に望む広大な室蘭の港湾の全面が既に薄く茜を混じえ薄墨色に日が暮れかかっていたことに気付いたという。これが徹真が時折ふり返って語る、北の地の真宗学者水口大縁との忘れ得ぬ法縁のひとときの出来事である。

■**二〇一六（平成二八）年六九歳**　◆一月角川書店発行『短歌年鑑』（平成二八年版）特集「短歌の詩情とは何か」に、現代俳句側から西川徹郎が「〈詩〉とは何か―聲無き聲と十七文字の世界藝術」を寄稿。現代詩側からは詩壇の長老清水哲男が寄稿した◆四月二三日「西川徹郎文學館主催〈青春の緑道〉春の夕の市民集会」（旭川トーヨーホテル）で館長・學藝員斎藤冬海が「日本文学史を照らす念仏者の心―徹郎・長明・実朝」と題し講演◆講演後、館主西川徹郎と館長斎藤冬海がカメラの前に並んで記者会見し、第三回西川徹郎文學館賞を文藝評論家小林孝吉著『内村鑑三 私は一基督者である』（御茶の水書房）に贈ることを決定発表した◆四月二四日付「北海道新聞」は「受賞作はキリスト教思想家内村鑑三の評伝であり、西川館主は〈内村鑑三の内部世界の苦悩を見事に描き出し、苦悩が人間を救済し、人間の苦悩や酷痛が人類の灯となる様相を描き出した〉と選考理由を述べた」「授賞式は今秋行う」「同賞は日本文学の振興に寄与した作品と作家に不定期に贈られる」「今回の選考委員は西川館主と斎藤冬海館長の二氏が務めた」と報道した◆六月二六日午後四時芦別市青少年センター体育館を会場に芦別市出身のプロレスラー若松市政（新日本プロレス元所属、将軍KY・ワカマツ）が主催する「どさんこプロレスIN芦別」大会が開催された◆徹郎は試合終了後、未だ激闘の熱気冷めやらぬリングへ上がってマイクを握った。「あっあれは、作家の西川徹郎だ！」と叫ぶ観衆や、「西川徹郎は遂にプロレスへ転向したか」等と呟くリングサイドの観衆の声でざわめく中、徹郎は会場全体に鳴り響く檄の第一声を放った。それは、永年の声明と説法で鍛えた声だった◆「皆さん！ 私は、作家の西川徹郎です。皆さんは、観たか！ 今日の大会は、プロレスラー若松市政が炭鉱閉山後の芦別の復興とこの町の青少年育成の促進を願って、独力で只一人で起ち上げた大会だ！ プロレスとは、打ちのめされ、倒されて、〈もうダメだ！〉、と絶体絶命となったそのどん底から起ち上がって、相手に立ち向かって行く格闘技なのだ。私たち市民の一人一人がこのように起ち上がって、この閉塞した町を皆の力で文明と文化輝く都市へと変えて行こうではないか！ 私が発声するから皆一緒に〈若松ガンバレ！〉と声を挙げてくれ！」◆徹郎の音頭に呼応した体育館一杯の青少年や観衆が、立ち上がって一斉に右手の拳を高く突き上げ、声を出した。会場の全体が揺れ動き、大きな波となった◆この夜のプロレス会場のリング上での演説は、青少年や児童のいじめに由る自殺が多発する世相を背景とした、西川徹郎の作家・宗教人としての自発的な一地方都市に於ける青少年育成活動の一端でしかないが、暫く芦別市民の熱い話題を提供することとなった。

■二〇一七（平成二九）年七〇歳　◆七月八日午後一時西川徹郎記念文學館館内を会場にした講師小林孝吉に依る新城峠大學第二回文藝講演会並びに第三回西川徹郎文學館賞受賞記念講演会を開催した。講題は「青春と文学―西川徹郎と内村鑑三」、小林孝吉は「内村鑑三と西川徹郎、両者共に世界に通ずる宗教家で文学者であり、共に苦悩が存在の深淵を照らすことを伝えている」と話し出した◆午後五時より近隣の旭川トーヨーホテルを会場に西川徹郎文學館開館十周年祝賀記念会並びに『修羅と永遠―西川徹郎論集成』刊行記念祝賀会並びに第三回西川徹郎文學館賞授賞式を開催。旭川市副市長岡田政勝、旭川市教育長赤岡昌弘、北海道議会議員三井あき子、歌人今川美幸、詩人東浦道子、川柳作家櫻川博康、芦別文化連盟会長須藤大硯、口語俳句作家澤田吐詩男等を始め、道や市内外の作家や文化人、関係者や市民一百名が出席した◆九月一八日会津若松市で自宅療養中だった斎藤冬海の実父齋藤豊が行年八九で往生の素懐を遂げた。齋藤豊は会津若松市の市役所に勤め、永年、市の収入役を務めた。仮に江戸期ならば「会津藩の家老」とも呼ばれる立場だったが、奇しくも豊の没したこの日は、一八六八（慶応四）年戊辰戦争に於る会津若松城落城の日でもあった◆齋藤豊は一九二九年会津若松市に生まれ、会津若松市役所に勤務、総務部長を経て会津若松市収入役を務めた。豊は東北の古都と喩えられる会津若松市の近代都市への復興に生涯尽力した。若き日の詩人・評論家川上春雄は、会津若松市役所での同僚だった。豊は文筆家としても活躍、「福島民報」「福島民友」等にエッセイを連載した。主著に『アヒルの行列』（茜屋書店）がある。徹真にとり豊は義父なれども遺言に従い九月二二、二三日、会津若松市内の大会場に於ける通夜と葬儀の導師を務めた◆通夜の読経後、徹真は、我が子長女を北海道の峠の寺に嫁がせ、長女に敢えて茨の峻路を歩かせしめ、我が娘がその寺の坊守となり、女性布教使となるや、自らも妻道子と共に念仏者となった。更に我が娘が本願寺派では東京以北、女性僧侶として唯一人の学階輔教を授与された真宗学専攻者と知るや更に歴史上初の女性僧侶の司教を目指すべく我が娘を激励した。徹真は通夜の席で豊のその功労を讃え、一席の布教讃歎を行った◆その夜の徹真の布教は、会津若松市民がかつて未だ聞いたことのないという『涅槃経』や『浄土和讃』に説かれる「一子地仏性」の説法だった。その夜の会葬者で徹真の口から迸る如来大悲の御法を聴いて瞼から雨降る涙を拭わぬ者は一人たりと居なかったという。徹真のこの夜の説法は会津若松市の歴史的出来事の一つとして市民町民の間で今も語り継がれている◆一一月総合誌「俳句界」（文學の森）十二月号の特集「平成俳句検証」の「あなたが選ぶ、平成を代表する句と俳人」のアンケートに作家森村誠一は、『幻想詩篇 天使の悪夢九千句』所収の一句「夏草や無人の浜の捨人形 西川徹郎」を挙げ、更に平成を代表する俳人に「西川徹郎」を挙げた。その理由として「自分の精神とシンクロナイズしてきます」「生死の境界を超えた永遠の絶唱」と答えた。

■二〇一八（平成三〇）年七一歳 ◆一月西川徹郎文學館の正式名称を「西川徹郎記念文學館」（略称、「西川徹郎文學館」）と改名◆二月総合誌「俳句界」二月号に巻頭作品「永遠の旅人」二十一句を寄稿◆五月本年度開館以来、西川徹郎や西川徹郎記念文學館の活動を支持して来た西川徹郎文學顕彰委員会（本部・芦別市）や文学館建立関係者有志の会や文學館近隣の店主等で構成する協力者の会等の任意の会を発展的に解消し、新たに「西川徹郎記念文學館 詩と表現者と市民の会」を創設して一本化し、新城峠大學文藝講座等の開催に協力して頂くボランティアの市民の会として同会を結成した◆代表・西川徹郎、副代表・館長斎藤冬海、副代表・口語俳句作家澤田吐詩男、会計・美術家曽我部芳子、監査・演劇家脇慎一郎／筆頭顧問 作家森村誠一、顧問 日本藝術院会員・作家加賀乙彦、日本文化功労者・東京音楽大学教授池辺晋一郎、日本哲学会元会長・東北大学名誉教授・哲学者野家啓一、角川春樹事務所社長・映画監督・一行詩人角川春樹、東京大学元総長・元文部大臣・俳人有馬朗人、日本比較文学学会元会長・武蔵大学名誉教授私市保彦、名古屋市立大学名誉教授・名古屋ボストン美術館館長馬場駿吉、「神奈川大学評論」編集委員・文芸評論家小林孝吉、ノートルダム清心女子大学教授・文芸評論家綾目広治、メディチ文化協会正会員・アルバ・ガッタ・ローマ芸術家協会名誉会員・書道家久保観堂、北海道議会議員三井あき子等、西川徹郎との交友や西川文学に関わる文学者や文化人が名を連ねている◆七月〈詩・歌・句・美〉の共同誌「鹿首」（長野県諏訪市、鹿首発行所）十二号に巻頭作品「永遠の旅人―湖底の町にて」五十句寄稿。同誌は編集人研生英午を中心とした詩歌や俳句や評論、写真や美術等の藝術家集団による共同誌。研生英午はかつて『星月の惨劇―西川徹郎の世界』に評論「空の谺―実存俳句の行方」を寄稿した傑れた日本文学の論者。本誌編集に於ても高く強靭な精神性に貫かれた誌面を創出している◆六月「仏教家庭学校」（編集兼発行人・小端香芳／教育新潮社）に徹真の「念と聲とはひとつこころなり―乃至十念は名号の独用」を寄稿。同誌は盆用施本として全国の寺院より所属門徒へ配布され、多数の門信徒が読む法話誌◆山形県天童市の善行寺住職北畠典生(龍谷大学元学長)から私信が届く。「貴殿の法話は本当に有り難いです。拝読しながら私も何時の間にか知らないうちにお念仏を称えておりました」と書かれていた◆七月学術研究誌『西川徹郎研究』(西川徹郎記念文學館編・茜屋書店)創刊第一集刊行。巻頭に作家森村誠一の『西川徹郎研究』創刊を祝した一篇「永遠の青春」と日本藝術員会員の作家加賀乙彦の西川徹郎へ寄せた「わが友に告ぐ」を掲載、新城峠大學文藝講座第一回の作家森村誠一の講演「小説の神髄―小説は何故書くのか、そして如何に書くか」と第三回西川徹郎文學館賞受賞記念講演を兼ねた新城峠大學文藝講座第二回の小林孝吉の講演「青春と文学―西川徹郎と内村鑑三」を収録した。哲学者野家啓一の評論「死の影の下に―『西川徹郎青春歌集―十代作品集』を読む」や文芸評論家綾目広治の「恋心の純粋持続―『西川徹郎青春歌集―十代作品集』」、日本比較文学会元会長私市保彦の評論「賢治の胎内から躍り出た怒りの修羅―西川徹郎と宮澤賢治の世界」、斎藤冬海の「西川徹郎と宮澤賢治―『春と修羅』「永訣の朝」の〈あめゆじゆ〉を巡って』や西川徹真の論文「妙好人小林一茶と浄土真宗」や立松和平「行者の言葉―西川徹郎小論」の転載、更に梅原猛・志村有弘・原子朗・平岡敏夫・研生英午・中園倫等の論文や書簡からの転載が収載される。巻末に館長・學藝員斎藤冬海が「黄金海峡Ⅰ「西川徹郎研究」後記」を書く◆七月一四日午前から自家用車で家族と共に日本海の浜益へ出て海岸線の国道を北上し、雄冬・別苅・増毛・黄金崎等の浜辺や磯辺で遊んだ。それらの日本海沿岸はかつて少年詩人だった頃の徹郎が哀傷と悲嘆の日夜を越えて岸辺に立ち、紺碧の海を見詰めて沢山の詩歌を詠んだ青少年期の創作の現場でもあった◆八月二四日付「週刊 読書人」と九月一五日付「図書新聞」は『西川徹郎研究』の創刊を詳細に報道◆八月二九日付「プレス空知」(赤平支局長野村博／空知新聞社)は『西川徹郎研究』の創刊と西川徹郎記念文學館の新城峠大學無料講演会等の社会教育活動に協力する市民のボランティアの会「西川徹郎記念文學館 詩と表現者と市民の会」の結成を伝えた◆八月一四日付「あさひかわ新聞」(主幹工藤稔／北のまち新聞社)と総合誌「北海道経済」九月号、郷土グラフ誌「グラフ旭川」九月号は「北海道文学史初の研究学術誌の創刊」を大きく報道した◆八月「熊野、魂の系譜Ⅱ」という副題が付いた谷口智行の論集『熊野概論』(書肆アルス)が届く。「花吹雪観る土中の父も身を起こし徹郎」の一句が収載されていた◆四月二五日大阪府立大学名誉教授金子務より書簡と新著『科学と宗教―対立と融和のゆくえ』(監修・金子務／日本科学協会編、中央公論新社)が届く◆六月一一日日本哲学会元会長で東北大学名誉教授野家啓一の新著『はざまの哲学』(青土社)が届く。この二書は共に現代日本の科学と哲学の最先端の知性と学識の書である。金子務監修『科学と宗教─対立と融和のゆくえ』では妙好人を世界へ紹介した哲学者鈴木大拙が、又野家啓一著『はざまの哲学』では詩人宮澤賢治が採り上げられる。この二人(鈴木大拙と宮澤賢治)の詩と哲学に内在するものが〈東北大震災後の日本の進路を示唆する何か〉であることを読者へ語り掛けている◆『はざまの哲学』の著者野家啓一が東北大震災の直接的被災者であったことを徹郎は本書所収の論文「東北の地から」で初めて知った◆『はざまの哲学』は形而上学的真理の探究を地上の〈狭間〉の地点に立って思索した現代日本の哲学界の第一人者野家啓一の新刊であり、最新の哲学論考である。

■一九四七(昭和二二)年東雲の出生より二〇一八(平成三〇)年極月の今日現在に到る迄の「十七文字の銀河系─西川徹郎＝西川徹真　略年譜」は、新城峠という極北の山峡の大自然を舞台とした宗教と文学の狭間のひとすじの隘路を行く永遠の旅人の影である◆徹郎は二〇〇二年六月「大法輪」(大法輪閣)六月号に論文「わが文学と親鸞─聖と俗の峡谷、その一筋の道を行く」を書いた◆その「一筋の道」とは聖と俗の狭間、科学と宗教の狭間、相と無相の狭間、数と無数の狭間、我と非我の狭間、私と非私の狭間、有情と非情の狭間、日常と非日常の狭間、思議と不思議の狭間、現実と非現実の狭間、反中央と反地方の狭間、定型と反定型の狭間、哲学と文学の狭間、韻文と散文の狭間、聲と無聲の狭間、西欧哲学と佛教哲理の狭間、それはまさに大陸と孤島の狭間の海峡を錚々と流れゆく日本海に突き出た世界三大波濤黄金崎の荒れ狂う峻烈なる冬の日の海流の相(すがた)にも似て新城峠の峡谷の隘路を白魔と共に吹き抜け駆け抜けて行く阿修羅の羽ばたく翼の如きものの影である◆とまれ極北の山峡大雪山系を遙かに北に望む夕張山地の北端に切り立つ新城峠の頂に激しく棚引く阿修羅の旗こそは、筆者が此所迄書き記してきた、戦後日本に出現した日本文学の異形峰として聳える阿修羅の詩人西川徹郎の凄絶なる非望の文学、〈十七文字の世界藝術〉の異名なのである。

尚、本略年譜に於ては「徹郎」と「徹真」の名を適宜使い分けた。文中敬称を略します。

(二〇一八(平成三十)年十二月十七日)

〔西川徹郎主要著作一覧〕

■序数句集

第一句集『無灯艦隊』 一九七四年 粒発行所

第二句集『瞳孔祭』（栞文 坪内稔典） 一九八〇年 南方社

第三句集『家族の肖像』（栞文 鶴岡善久・菱川善夫・宮入聖） 一九八四年 沖積舎

第四句集『死亡の塔』（別冊栞 清水昶・大井恒行・和田悟朗ほか） 一九八六年 海風社

第五句集『町は白緑』（栞文 立松和平・青木はるみ・安井浩司） 一九八八年 沖積舎

第六句集『桔梗祭』（宮入聖「蓮華逍遙―西川徹郎の世界」一百枚併載） 一九八八年 冬青社

第七句集『月光學校』（未刊集・『西川徹郎全句集』所収） 二〇〇〇年 沖積舎

第八句集『月山山系』 一九九二年 書肆茜屋

第九句集『天女と修羅』（解説・栞文 研生英午） 一九九七年 沖積舎

第十句集『わが植物領』 一九九九年 沖積舎

第十一句集『月夜の遠足』（全句揮毫・書家久保観堂、特別限定本、解説・栞文 斎藤冬海） 二〇〇〇年 書肆茜屋

第十二句集『東雲抄』（未刊集・『西川徹郎全句集』所収） 二〇〇〇年 沖積舎

第十三句集『銀河小學校』（書き下ろし五千句） 二〇〇三年 沖積舎

第十四句集『幻想詩篇 天使の悪夢九千句』第七回日本一行詩大賞特別賞 解説 吉本隆明・森村誠一 二〇一三年 茜屋書店

■全句集・定本・決定版・自筆句集

『定本 無灯艦隊』（別刷栞 解説・攝津幸彦 発行人・宮入聖） 一九八六年 冬青社

『現代俳句文庫⑤　西川徹郎句集』（解説・藤沢周）　一九九一年　ふらんす堂
『西川徹郎全句集』（天金装・豪華本　解説・吉本隆明「西川俳句について」）　二〇〇〇年　沖積舎
『西川徹郎全句集』（普及本　解説・吉本隆明「西川俳句について」）　二〇〇一年　沖積舎
『決定版　無灯艦隊―十代作品集』（帯文・吉本隆明、解説・斎藤冬海／文學館開館記念出版　五千部）　二〇〇七年　沖積舎
『町は白緑　西川徹郎自選自筆句集』（自筆揮毫・和綴本）　一九九〇年　沖積舎
『西川徹郎自撰自筆句集』（『西川徹郎全句集』自選一百句自筆揮毫）　二〇〇二年　沖積舎

■歌集
『西川徹郎青春歌集―十代作品集』（解説・斎藤冬海「少女ポラリス」一百枚）　二〇一〇年　茜屋書店

■エッセイ集
『無灯艦隊ノート』（「俳句と書き下ろしエッセイ」）　一九九八年　蝸牛社

■真宗学論文
『弥陀久遠義の研究』（黎明叢書第一集）　二〇一一年　黎明學舍／茜屋書店

■共著及び全集・選集等収載主要書籍
『俳句の現在Ⅰ』「西川徹郎集」　一九八〇年　南方社
『北海道文学全集』第二二巻　西川徹郎句集「瞳孔祭」三〇句　一九八一年　立風書房
『現代俳句十二人集』下巻（宮入聖編）西川徹郎集「月夜の不在」二〇〇句　一九八六年　冬青社
『現代の俳句』講談社学術文庫（平井照敏編）「西川徹郎集」三〇句　一九九三年　講談社
『最初の出発4』『無灯艦隊』抄一〇〇句（解説・三橋敏雄）　一九九三年　東京四季出版
『現代俳句集成』（宗田安正編）「西川徹郎集」二〇〇句　一九九六年　立風書房
『現代俳句の世界』（齋藤愼爾編）「西川徹郎集」三〇句　一九九八年　集英社
『日本佛教文化論叢』下巻（龍谷大学学長北畠典生博士古希記念出版）「妙好人俳諧寺一茶と浄土真宗」一九九八年　永田文昌堂

『現代俳句一〇〇人二〇句』（坪内稔典・宇多喜代子編）「西川徹郎集」二〇句　二〇〇一年　邑書林
「國文學」七月号　論文「反俳句の視座―実存俳句を書く」　二〇〇一年　學燈社
『現代俳句新世紀』下巻「西川徹郎集」二〇〇句　二〇〇四年　ほくめい出版
『美と思想―菱川善夫』「火の斧を抱えた旅人―菱川善夫論」　二〇〇四年　沖積舎
『櫻井琢巳全集』第五巻　解説「永遠の金字塔―櫻井文学について」　二〇〇六年　沖積舎
『俳句夢一夜』（現代俳句協会編）　二〇〇七年　文學の森
『芭蕉道への旅』（監修・森村誠一）　二〇一〇年　角川学芸出版
『わが心の妙好人』（志村有弘編）「妙好人について―夕映えの念仏者たち」　二〇一一年　勉誠出版
『金子みすゞ　愛と願い』（志村有弘編）「金子みすゞのダイイングメッセージ」　二〇一二年　勉誠出版
『方丈記と鴨長明』（志村有弘編）「念仏者鴨長明―不請阿弥陀仏論」　二〇一二年　勉誠出版

■日英対訳
『日英対訳　二十一世紀俳句の時空』（現代俳句協会編）　二〇〇八年　永田書房

■編集・発行誌
『銀河系つうしん』（現『銀河系通信』、一九八四年創刊第一号より二〇〇六年発行第十九号迄）　黎明舍／銀河系通信発行所
『教行信証研究』（二〇〇一年第一号より二〇〇九年第三号迄）　黎明學舍／茜屋書店

［諸家西川徹郎論一覧］

■単行本

宮入　聖　「蓮華逍遙―西川徹郎の世界」（西川徹郎句集『桔梗祭』併載・一百枚）　一九八八年　冬青社

高橋　愁著『暮色の定型―西川徹郎論』（豪華本・書き下ろし一千枚）　一九九三年　沖積舎

高橋　愁著『暮色の定型―西川徹郎論』（普及本）　一九九三年　沖積舎

谷口慎也著『虚構の現実―西川徹郎論』　一九九五年　書肆茜屋

櫻井琢巳著『世界詩としての俳句―西川徹郎論』　二〇〇三年　沖積舎

小笠原賢二著『極北の詩精神―西川徹郎論』　二〇〇四年　茜屋書店

櫻井琢巳著『世界詩としての俳句―西川徹郎論』（ちゅうせき叢書27）　二〇〇五年　沖積舎

笠原伸夫著『銀河と地獄―西川徹郎論』（西川徹郎文學館新書1）　二〇〇九年　茜屋書店

森村誠一著『永遠の青春性―西川徹郎の世界』（西川徹郎自選句集『黄金山脈』・西川徹郎文學館新書2）　二〇一〇年　茜屋書店

小林孝吉著『銀河の光　修羅の闇―西川徹郎の俳句宇宙』（西川徹郎文學館新書3）　二〇一〇年　茜屋書店

綾目広治著『惨劇のファンタジー　西川徹郎　十七文字の世界藝術』（西川徹郎研究叢書Ⅰ）　二〇一九年　茜屋書店

■小説

高橋　愁著『わが心の石川啄木』―西川徹郎と石川啄木の邂逅―評論小説　一九九八年　書肆茜屋

■単行本収録論文

吉本隆明「西川徹郎さんの俳句」（『西川徹郎の世界』『秋櫻（COSMOS別冊）』所収）　一九八八年　茜屋書店

飯島耕一「詩人の光栄―西川徹郎」（『俳句の国俳諧記』所収）　一九八八年　書肆山田

三橋敏雄「出藍の句集―『無灯艦隊』」(『最初の出発4』解説) 一九九三年 東京四季出版

吉本隆明「西川俳句について」(『西川徹郎全句集』解説) 二〇〇〇年 沖積舎

斎藤冬海「秋ノクレ」論(『星月の惨劇―西川徹郎の世界』所収) 二〇〇二年 茜屋書店

斎藤冬海『決定版 無灯艦隊―十代作品集』解説 二〇〇七年 沖積舎

斎藤冬海「少女ポラリス」(『西川徹郎青春歌集―十代作品集』解説) 二〇一〇年 茜屋書店

志村有弘「金子みすゞ 菩薩の心と浄土願求―西川徹郎の夭折」(『金子みすゞ み仏への祈り』) 二〇一一年 勉誠出版

斎藤冬海「漆黒の峠を越えて―詩聖西川徹郎伝序章」(志村有弘編『わが心の妙好人』) 二〇一一年 勉誠出版

志村有弘「西川徹郎伝」(『詩歌作者事典』―日本・中国二カ国代表詩人の事典―人名篇) 二〇一一年 鼎書房

志村有弘「西川徹郎」(『北海道文学事典』人名篇」) 二〇一三年 勉誠出版

乾 裕幸著『俳句の現在と古典』(平凡選書)「迷宮の胎蔵界―西川徹郎小論」 一九八九年 平凡社

立松和平著『永遠の子供』「悲しみを食らう―西川徹郎論」 一九九四年 有學書林

立松和平著『仏に会う』(仏教論・エッセイ集)「行者のことば―西川徹郎小論」 一九九八年 NHK出版

立松和平著『立松和平 文学の修羅として』「悲しみを食らう―西川徹郎論」 一九九九年 のべる出版

藤沢 周著『スモーク・オン・ザ・ナイフ』「迷路―町は白緑 西川徹郎論」 一九九九年 河出書房新社

攝津幸彦著『俳句幻景』「宙吊りの時空が現れる―『西川徹郎句集』『月山山系』」 一九九九年 南風の会

柿本多映著『時の襞から』「銀河淡き夜に―西川徹郎様」 二〇〇〇年 深夜叢書社

小笠原賢二著『拡張される視野』「西川徹郎 幽閉の中の解放」「実存の波濤」 二〇〇一年 ながらみ書房

森村誠一著『煌く誉生』「西川徹郎の句界」 二〇〇三年 講談社

加藤克巳著『雲と心』「北の前衛 西川徹郎」 二〇〇六年 砂子屋書房

小沢克己著『俳句と詩の交差点』「西川徹郎」 二〇〇六年 東京四季出版

松林尚志著『俳句に憑かれた人たち』「西川徹郎」 二〇一〇年 沖積舎

菱川善夫著『菱川善夫著作集』第九巻「わが「無灯艦隊」論―『西川徹郎全句集』による解読と批評」二〇一一年　沖積舎
志村有弘著『忘れ得ぬ北海道の作家と文学』「西川徹郎―極北の修羅」二〇一二年　鼎書房
倉阪鬼一郎著『怖い俳句』（幻冬舎新書）「西川徹郎十三句」二〇一二年　幻冬舎
志村有弘著『北海道の作家と文学』「西川徹郎―極北の修羅」二〇一四年　鼎書房

■読本・記念論叢・別冊

◇**「死亡の塔」**西川徹郎句集別冊栞（発行人作井満・海風社）／A５判・九〇頁建・西川徹郎第四句集『死亡の塔』別冊栞

鳳真治／宇多喜代子／徳広純／倉橋健一／福島泰樹／大井恒行／清水昶／鶴岡善久／菱川善夫／友川かずき／福多久／寺田操／高橋渉二／阿久根靖夫／田中国男／杉本雷造等、一六名　一九八六年　海風社

◇**「西川徹郎の世界」**（『秋櫻COSMOS別冊』）（編集発行人・越澤和子）A４変形・一八六頁建・二千部・代表作二百句・年譜・書誌

吉本隆明／菅谷規矩雄／倉橋健一／笠井嗣夫／藤田民子／安井浩司／坪内稔典／宮入聖／攝津幸彦／林桂／三木史／乾　裕幸／高堂敏治／佐藤通雅／鷲田小彌太／矢口以文／宗田安正／佐藤鬼房／島津　亮／上田　玄／青柳右行／柿本多映／和田徹三／福島泰樹／三森鉄治ほか、三二名　装画友川かずき　一九八八年（扱・茜屋書店）秋桜発行所

◇**「茜屋通信」**創刊第一号―西川徹郎のCOSMOS（編集・斎藤冬海／発行人・清水黎）A５判・九二頁建

菱川善夫／立松和平／太田代志朗／まつもとかずや／谷口慎也／上田玄／須藤徹等一〇名　一九九五年　書肆茜屋

◇**「星月の惨劇―西川徹郎の世界」**（斎藤冬海編著／『西川徹郎全句集』刊行記念論叢・茜屋叢書③）A４上製・カバー装・七二七頁建・二千部発行・西川徹郎代表作品五〇〇句・年譜・評論「〈火宅〉のパラドックス―実存俳句の根拠」

梅原猛／森村誠一／松本健一／立松和平／笠原伸夫／稲葉真弓／小笠原賢二／櫻井琢巳／寺田　操／小林孝吉／伊東聖子／遠藤若狭男／伊丹啓子／皆川　燈／藤原龍一郎／研生英午／三橋敏雄／和田悟朗／宗田安正／大井恒行／谷口慎也／高橋比呂子／まつもとかずや／高堂敏治／加藤多一／新妻　博／鶴岡善久／菱川善夫／加藤克巳／佐藤通雅／鳳　真

治／矢口以文／笠井嗣夫／久保観堂／沖山隆久／高橋紀子／林　桂／尾内達也／雨宮慶子／宇多喜代子／鈴木六林男／阿部完市／橋本輝久／沢　孝子／藤田民子／越澤和子等、四六名　装画森ヒロコ／題字久保観堂　二〇〇二年　茜屋書店

◇**『修羅と永遠—西川徹郎論集成』**（西川徹郎作家生活五十年記念論叢／編纂・監修西川徹郎文學館・編纂監修委員会／斎藤冬海編著／西川徹郎作家生活五十年記念事業実行委員会・西川徹郎文學館叢書③）A5上製・函入・一二〇〇頁建・千部発行・西川徹郎自選「少年と銀河」八一一句・「空知川の岸辺—西川徹郎十代作品集」自選二八一首収録・評論エッセイ一五篇収録

第一章　平岡敏夫／野家啓一／私市保彦／小林孝吉／綾目広治／倉阪鬼一郎／稲葉真弓／遠藤若狭男　**第二章**　吉本隆明／森村誠一／久保　隆／斎藤冬海　**第三章**　竹内清己／傳馬義澄／池辺晋一郎／堀江信男／東出白夜／伊丹三樹彦／藤原龍一郎／五島高資／皆川　燈／陽羅義光／平敷武蕉　**第四章**　萩原洋燈／赤尾兜子／宮入　聖／攝津幸彦／青柳右行／佐藤鬼房／三橋敏雄／上田　玄／山内将史／遠藤若狭男／関　悦史／竹中　宏／まつもと・かずや／有馬朗人／阿部完市／和田悟朗／宗田安正／伊東聖子／高橋比呂子／皆川　燈／伊丹啓子／秦　夕美／斎藤冬海／研生英午／谷口愼也／大井恒行　**第五章**　鶴岡善久／菱川善夫／清水　昶／菅谷規矩雄／乾　裕幸／鳳　真治／立松和平／青木はるみ／松岡達宣／藤原龍一郎／藤沢　周／鷲田小彌太／雨宮慶子／小林孝吉／森村誠一／稲葉真弓／立松和平／尾内達也／松本健一／増子耕一／芹沢俊介／宗田安正／馬場駿吉／天沢退二郎／川瀬理香子／加藤幸子／志村有弘　**第六章**　宮入聖／谷口愼也／櫻井琢巳／小笠原賢二／小林孝吉／笠原伸夫　**第七章**　斎藤冬海「西川徹郎論」収録　七五名一二五篇　装画　A・ブルノフスキー　肖像写真　赤羽真也　二〇一五年　茜屋書店

◇**『西川徹郎研究』創刊第一集**（西川徹郎記念文學館編／発行・茜屋書店）A5判・一六八頁建・西川徹郎青春短歌一七〇首・西川徹真「妙好人小林一茶と浄土真宗」ほか収録。西川徹郎十代肖像写真・装画森ヒロコ

新城峠大學文藝講座第一回　森村誠一／同第二回　小林孝吉／宮澤賢治／野家啓一／私市保彦／綾目広治／立松和平／伊藤勳／平岡敏夫／志村有弘／梅原猛／加賀乙彦／原子朗／伊丹三樹彦／研生英午／中園倫／斎藤冬海等一八名　二〇一八年　茜屋書店

装画作者紹介

森ヒロコ　銅版画「妖獣と少女」　　**西川徹郎記念文學館蔵**

1942〜2017年　版画家。小樽市生まれ。東京女子美術短期大学卒。銅版画を独学し寺山修司篇『星みがき★あなたの詩集』(1971年新書館)収載「六月の涙」でデビュー。以降、独自の幻想的作品を東京や西欧諸国の都市で発表を続けた現代版画の鬼才。西川徹郎は1984年文藝誌『銀河系つうしん』創刊より第18号まで装画として採用。又『星月の惨劇―西川徹郎の世界』『銀河小學校』や学術研究誌『西川徹郎研究』等の西川徹郎主要著作の表紙を飾る。西川徹郎記念文學館二階［緑道名作ギャラリー］は森画伯の銅版画を常設展示している。

戸島あかね　illustration「オオツリバナ」　　**西川徹郎記念文學館蔵**

イラストレーター・植物学者。北海道大学卒。西川徹郎記念文學館図書編集室スタッフ。美瑛町在住。

［西川徹郎研究叢書］第1巻
惨劇のファンタジー 西川徹郎 十七文字の世界藝術
2019年1月20日
著　者　綾目広治

発行人　斎藤冬海
発　行　図書出版 茜屋書店
〒075-0251 北海道芦別市新城町宮下
PHONE0124-28-2030　FAX0124-28-2708
企　画　西川徹郎記念文學館
〒070-0037 北海道旭川市7条8丁目緑道西川徹郎文學館通
PHONE0166-25-8700　FAX0166-25-8710
編　集　西川徹郎記念文學館 図書編集室　斎藤冬海・山辺白鷺・霜山 雫
西川徹郎記念文學館 詩と表現者と市民の会
装　丁　霜山　雫
製　作　図書出版 茜屋書店
印刷・製本　株式会社 平河工業社
定価　2500円＋税
ISBN978-4-901494-15-1 C0095　¥2500E

＊本書の制作・編集に際し、南幌町妙華寺住職神埜真様、道立芦別高校元教諭・芦別市寺坂盛雄様、はんこ屋さん21旭川店様、会津若松市齋藤道子様、同佐藤進・麻美子様より御協力を頂きました。御芳名を掲げ、謹んで御礼申し上げます。

■茜屋書店

〒〇七五-〇二五一芦別市新城町宮下 電話〇一二四-二八-二〇三〇番＊最寄りの書店へ申込み下さい、又は茜屋書店迄。

幻想詩篇 天使の悪夢九千句 第七回日本一行詩大賞特別賞 解説・吉本隆明・森村誠一 八百頁建 定価二七〇〇〇円

修羅と永遠—西川徹郎論集成 吉本隆明・森村誠一・野家啓一等各界第一人者七五名。千二百頁建 定価二五〇〇〇円

月夜の遠足 西川徹郎句集 世界的書家・久保観堂全句揮毫〈特別限定版三百部発行〉解説・斎藤冬海 定価三八〇〇〇円

星月の惨劇—西川徹郎の世界 梅原猛・森村誠一・立松和平・稲葉真弓等五十四人の論叢 七三〇頁建 定価七三〇〇円

西川徹郎の世界 昭和六三年刊行西川徹郎初の読本。吉本隆明・菅谷規矩雄等三十五名の西川論収載。茜屋扱 定価一八〇〇円

西川徹郎青春歌集—十代作品集 解説・斎藤冬海／装画・戸島ひろこ 西川徹郎文學館叢書① 定価二五〇〇円

月山山系 西川徹郎句集 極北の峠を越えて町を襲う秋津の月光譚！ 定価二五〇〇円

わが心の石川啄木 高橋愁著 時代を超え石川啄木と西川徹郎の邂逅を描く批評小説 在庫稀少 定価一八〇〇円

極北の詩精神—西川徹郎論 小笠原賢二著 「小笠原賢二覚書」西川徹郎 著者畢生の西川徹郎論 定価二三〇〇円

銀河と地獄—西川徹郎論 笠原伸夫著 泉鏡花論の著者究極の西川徹郎論 西川徹郎文學館新書① 定価二〇〇〇円

永遠の青春性—西川徹郎の世界 森村誠一著 西川徹郎文學館新書② 初来館記念講演録 定価二〇〇〇円

銀河の光 修羅の闇—西川徹郎の俳句宇宙 小林孝吉著 西川徹郎文學館新書③ 定価二〇〇〇円

弥陀久遠義の研究 西川徹真著 ミダは人類の永遠の救済者、名号は底無しの火坑に堕ちた悪機を救う。 定価三〇〇〇円

教行信証研究 第二号・第三号 黎明學舎 編集発行人・西川徹真 真宗教学の北の砦 定価二五〇〇円

銀河系通信 第十九号 黎明舎 編集発行人・西川徹郎 第七〜十八号定価二千円 第十九号七二〇頁建 定価五〇〇〇円

斎藤冬海短編集 斎藤冬海著 北辺の地に在って白鷺の如く羽ばたく第一創作集 定価二二〇〇円

西川徹郎研究 第一集 森村誠一・野家啓一・加賀乙彦・私市保彦・立松和平・小林孝吉・綾目広治ほか 定価二五〇〇円

■新城峠大學——風の旅人よ集まれ新城峠大學

◆学生諸君、市民の皆さん、詩歌や文学は生涯尽きることの無い清冽な青春の泉です◇西川徹郎は一九四七年北海道芦別市の北端新城峠の麓の寺に生まれました。十代の頃から新城峠の絶景の中で沢山の詩歌を作り、戦後日本を代表する評論家吉本隆明先生の二編の作家論が発表されました◆後年、国民的作家森村誠一先生より松尾芭蕉の〈蕉句〉に比肩し〈凄句〉と名付けられた二万一千に及ぶ実存俳句を発表し、江戸期の小林一茶や近現代の種田山頭火等を超え、日本文学史上最多発表作家となり、二〇一四年には第七回日本一行詩大賞特別賞を受賞しております◆《地方在住の青少年や市民が、此の地此の地方に在りながら日本の最高峰の詩人や作家の肉声による講義・講演を聞く》その体験は、苦悩多き青少年が人生の苦難を克服する強い激励ともなるに違いない。或いは彼等の中からほんとうの詩や文学に目覚め、やがて日本の詩歌や文学を担う詩人や文学者が出現するかも知れない◆新城峠大學は、未知未来の詩人や文学へ向けた文藝家西川徹郎のメッセージです。斯くなる理念の下に日本の詩歌文学の世界的振興を希う西川徹郎記念文學館が実践する文学と社会教育活動の総体の名称です。市民や学生諸君の参加を期待しております。

〒070-0037北海道旭川市七条八丁目西川徹郎文学館通／TEL0166-25-8700番

十七文字の世界芸術　**西川徹郎記念文學館**

新城峠大學事務局

■黎明學舎——教行信証研究会案内

◆真宗教学の北の砦黎明學舎は平成元年創設以来「自信教人信」のみ教えに随い、大乗経典や浄土真宗の根本聖典『顯淨土眞實教行證文類』（『教行信證』）一部六巻を始めとする真宗聖教の祖意を窺い、佛陀の正意を明らかとする研鑽と学究を目的として「教行信証研究会」を開講中です◆会場は西川徹郎記念文學館講堂◆会費は一人二千円。聖教は『真宗聖教全書』一巻より三巻迄、乃至は『教行信證』の収載された聖典をお持ち下さい。

◆聴講希望の方は下記の世話人又は黎明學舎へ申込み下さい。松倉信乗(0166-32-9438)土肥昭眞(0164-35-2154)西川公平(0125-52-2572)

柴田泰成(0165-34-9100)市原芙御子(090-3777-4946)西川裕美子(0124-28-2030)

〒075-0251北海道芦別市新城町二二四八　正信寺／TEL0124-28-2030番

黎明學舎／教行信証研究会

講師　本願寺派輔教　西川徹真